Coleção Melhores Crônicas

Marques Rebelo

Direção Edla van Steen

Coleção MELHORES CRÔNICAS

Marques Rebelo

Seleção e **Prefácio** Renato Cordeiro Gomes

© José Maria Dias da Cruz, 2002
1ª EDIÇÃO, GLOBAL EDITORA, SÃO PAULO 2004
1ª REIMPRESSÃO, 2009

Diretor Editorial
JEFFERSON L. ALVES

Gerente de Produção
FLÁVIO SAMUEL

Assistente Editorial
ANA CRISTINA TEIXEIRA

Revisão
GIACOMO LEONE NETO
SOLANGE MARTINS

Projeto de Capa
VICTOR BURTON

Editoração Eletrônica
LÚCIA HELENA S. LIMA

Dados Internacionais de Catalogação na Publicação (CIP)
(Câmara Brasileira do Livro, SP, Brasil)

Rebelo, Marques, 1907-1973.
 Marques Rebelo / seleção e prefácio Renato Cordeiro
Gomes. – São Paulo : Global, 2004. – (Coleção melhores
crônicas / direção Edla van Steen).

 ISBN 85-260-0892-7

 1. Crônicas brasileiras I. Gomes, Renato Cordeiro.
II. Steen, Edla van. III. Título. IV. Série.

04-0167   CDD–869.93

Índice para catálogo sistemático:
1. Crônicas : Literatura brasileira 869.93

Direitos Reservados

GLOBAL EDITORA E
DISTRIBUIDORA LTDA.

Rua Pirapitingüi, 111 – Liberdade
CEP 01508-020 – São Paulo – SP
Tel.: (11) 3277-7999 – Fax: (11) 3277-8141
e-mail: global@globaleditora.com.br
www.globaleditora.com.br

Colabore com a produção científica e cultural.
Proibida a reprodução total ou parcial desta obra
sem a autorização do editor.

Nº DE CATÁLOGO: **2377**

Melhores Crônicas

Marques Rebelo

MARQUES REBELO,
CRONISTA DE UMA CIDADE

I

Já é lugar comum associar a crônica moderna ao desenvolvimento da imprensa, afirmando o seu caráter híbrido de jornalismo e literatura. Ao ligar-se ao registro do cotidiano numa linguagem ora mais solta, ora mais poética, a crônica prende-se à realidade do efêmero fixado pelo cronista e "se ajusta à sensibilidade de todo o dia" (como afirmou Antonio Candido). Esse traço que se encaminha para o "literário" não livra esse tipo de discurso do consumo imediato de seu suporte, o jornal ou a revista, em princípio descartável. Entretanto, embora reino do transitório – e nisto está também a sua modernidade – a crônica é tempo (como indica a sua etimologia), mas luta contra Chronos e sua ação destruidora, mas o cultua. Tecida nas malhas do tempo, às vezes transcende o mero consumo da leitura apressada no jornal, quando passa para o livro. A letra efêmera do jornal pode então ser resgatada nesse outro suporte que materializa a crônica para o tempo. Se aí ela perde as relações de contigüidade com a matéria jornalística que a rodeava, ganha, por outro lado, mais autonomia e vale como ponto de referência para se (re)pensar o tempo fixado pelo cronista, que deixa na escrita marcas da subjetividade. As visões parceladas do cotidiano que afeta e mobiliza o cronista permitem recompor um possível painel que rearranja os fragmentos da história miúda recolhida no efêmero da realidade, a que o autor se atrela. O cronista então se liga ao tempo, ao seu tempo.

Assim também se configura a crônica de Marques Rebelo (1907-1973), esse escritor carioca que surge para a literatura basicamente nos anos 30 do século XX, junto da chamada segunda geração do modernismo brasileiro, inaugurado com a Semana de Arte Moderna, em 1922. Mais conhecido por seus romances (*Marafa* – 1935; *A estrela sobe* – 1939; *O espelho partido*, composto pelos volumes *O Trapicheiro* – 1959, *A mudança* – 1962, *A guerra está em nós* – 1968) e por seus contos reunidos nas coletâneas *Oscarina* (1931), *Três caminhos* (1933) e *Stella me abriu a porta* (1942), Rebelo, como muitos escritores, antes e depois dele, também se dedica à crônica. Sua produção de cronista acompanha toda a carreira do escritor, com permanente colaboração para publicações como *Cultura Política*, a revista do Departamento de Imprensa e Propaganda (DIP), do Estado Novo de Getúlio Vargas, ou a coluna diária "Conversa do dia" que assinou no jornal carioca *Última Hora*, de 1952 a 1954, bem como o suplemento Flan do mesmo jornal, em que escrevia crônicas na seção "Conversa da semana", ou ainda textos na revista *Senhor*, entre 1959 e 1963, ou a colaboração intermitente na revista *Manchete*. Nesses espaços, porém, nem sempre o que publicava era crônica propriamente dita, revelando a fluidez da classificação dos textos nos gêneros literários. Muitas vezes eram trechos, ou fragmentos de romances, anotações, vinhetas. Essa produção também revela que a ficção de Marques Rebelo, ao apegar-se ao documental, ao querer dar testemunho de uma época e de uma realidade, guarda muito de crônica que anota a observação do cotidiano miúdo, dos usos e costumes, dos aspectos mais típicos da sociedade retratada. Estão também neste caso os livros de viagem *Cortina de ferro* (1956) e *Correio europeu* (1959).

Desse modo, ancorado no presente, partindo da observação do cotidiano, que lhe fornece os assuntos, Marques

Rebelo não abre mão de testemunhar o seu tempo, de ser seu porta-voz. Sua crônica, como de resto sua obra ficcional, são respostas a certas perplexidades pessoais e sociais. Como afirma em *O espelho partido*, ele estabelece um "comércio entre ilusão e realidade" para conjugar, em sua prática escritural, os "acontecimentos vivos da rua" e os "acontecimentos da misteriosa máquina humana", ambos filtrados pelo Eu, que dosa proximidades e distâncias para registrar o cotidiano subjetivo e o coletivo social.

II

Talvez a observação mais conhecida e repetida sobre a obra de Marques Rebelo seja sua ligação visceral com a cidade do Rio de Janeiro, que ele registrará e ficcionalizará com "sarcasmo e ternura". Sua escrita é marcada por esses traços da personalidade desse carioca de Vila Isabel, destacados por Carlos Drummond de Andrade em crônica, quando da morte do autor. O bairro que dá samba, como cantou Noel Rosa, empresta seu "feitiço decente" a toda a cidade, que em sua multiplicidade prende a atenção de Marques Rebelo. Ressalta Drummond: "A vida e o sonho [são] agasalhados [na vida no papel]. Marques Rebelo levava então para dentro do pequeno escritório uma cidade inteira, com seus costumes e músicas, a tristeza e o pitoresco, o ar, o paladar, o odor do ajuntamento humano". Esses vários aspectos da cidade enfeitiçam o escritor que os transforma, como um mago, um bruxo, em vida escrita. A vida e o sonho transfigurados no papel não são apenas reflexos que documentam a vida carioca do seu tempo, mas a cidade simbólica que os seus textos constroem.

Herdeiro de uma tradição que remonta a Manuel Antônio de Almeida (de quem ele escreveu uma biografia), passando por Machado de Assis, Lima Barreto e João do Rio, entre outros, Marques Rebelo acabará criando um grande painel da cidade com seus romances, contos e crônicas. O Rio de Janeiro é o elemento que os articula. Tem aguda consciência de que a cidade e suas questões determinam o nosso cotidiano e dá forma aos nossos quadros de vida.

Mas como representa a cidade em suas crônicas? Rebelo apreende a vida urbana nos cacos de seu "espelho partido", título que ele dá ao seu romance, em forma de diário, que registra as memórias do personagem Eduardo, alterego do escritor, conjugadas à vida da cidade, do País e do mundo, entre 1936 e 1945 (foram publicados três dos sete volumes planejados). O Rio em processo de modernização é então representado pelos fragmentos de "mil cores" (como registra em *O trapicheiro*, o primeiro volume da série). Busca construir uma legibilidade para o Rio, recortando-lhe os fragmentos (os bairros, os tipos humanos, os costumes, o cotidiano, os dramas miúdos). As crônicas de sua cidade amada indicam a tentativa de restaurar os princípios de uma coesão perdida; são textos descritivos e narrativos que constituem um "atentado" de sarcasmo (daí, a crítica) e ternura (daí, o envolvimento) deliberado contra o caos e a fúria urbanística. Para além do planejamento e do cálculo das intervenções urbanas, move-o o sentido ativo de reapropriação dos lugares afetivos. Move-o o desejo de um lugar mais harmonioso.

Numa entrevista a Clarice Lispector, falando sobre o bairro em que nasceu e outros onde morou, Marques Rebelo diz que "cada bairro tem uma personalidade própria: o Rio é uma cidade com muitas cidades dentro" (*Jornal do Brasil*, 30 jun. 1976). Parece que a declaração vem confirmar a geografia física e humana, bem como a cartografia afetiva de sua obra. A afirmativa aponta também para a superfície múltipla e fragmentada da cidade, para um todo heterogêneo, que resiste à homogeneização do processo moderno. Não é apenas a divisão geográfica que leva Marques Rebelo a fragmentar a leitura da cidade que os textos encenam, embora apareçam, aqui e ali, os contrastes entre Zona Norte e Zona Sul, que o tempo vem acentuando e, contraditoriamente, igualando (disse Rebelo: "O cerne da vida carioca está na Zona Norte. A Zona Norte do Rio vai se ligar à Zona Sul, já se percebe essa aproximação, e não tenho a menor dúvida de que a influência vai ser ao revés. A Zona Sul, que exercia um certo fascínio sobre a Zona Norte, vai ser arrasada por esta. A Zona Norte vai ser a massa que vai funcionar").

Em Marques Rebelo, há a permanência de um Rio tradicional, conservador, mesmo com o progresso urbano; há uma cidade que se quer moderna mas superposta à outra. Para dar a ver essas cidades dentro do Rio de Janeiro, em séries que se fragmentam, Marques Rebelo constrói suas suítes cariocas.

A idéia de suíte parece ter surgido na sua colaboração para a *Revista Cultura Política*, do DIP, que, com propósitos ideológicos nacionalistas, pretendia revelar coisas e gentes da totalidade do Brasil, um país feito de diversidades. A produção de Rebelo aí publicada são crônicas escritas em forma de blocos narrativos e descritivos de extensão diversa, que funcionam como módulos e, fragmentariamente, buscam dar conta da cidade retratada. Quase sempre são blocos independentes entre si, mas unidos pela temática. As crônicas aparecem sob o título genérico de "Quadros e costumes do Centro e do Sul", entre abril de 1941 e agosto de 1943. Informa Raúl Antelo, em *Literatura em revista* (1984), quando estuda essa colaboração sob o prisma ideológico, que os últimos textos da série, publicados sob a nova rubrica "Quadros e costumes regionais", denominavam-se "Trechos da suíte barbacenense", "Novos trechos da suíte barbacenense" e "Fim da suíte" – "nas quais o cronista busca definir o sentido global para esses fragmentos evocativos da cidade [Barbacena, MG] onde viveu quando criança. Surge, em conseqüência, a idéia de suíte, ou seja, reunião de partes coreográficas, ao modo dos fandangos e cateretês". A denominação estende-se a toda a série (é relevante a idéia de série, a indicar continuidade, fragmentação e repetição, em suas relações com a comunicação de massa), que será editada em livro, com significativas modificações, em 1944, com o título *Cenas da vida brasileira:* Suíte nº 1, pensada originalmente como *Viagem sentimental a Minas Gerais* (adotamos esse título para a série de crônicas selecionadas para esta antologia da Editora Global). Em 1951, Marques Rebelo acrescenta uma segunda suíte, quando republica o volume pelas Edições O Cruzeiro.

A classificação que se ajusta à maneira de estruturar a série, indica o caráter fragmentário de um material variado, que forma uma espécie de painel, em que as crônicas encenam impressões de viagem pelas cidades de Minas Gerais (suíte nº 1) a que se somam outras cidades (suíte nº 2). Essas séries juntam peças afins, sem no entanto formar um todo dramático, sem trabalhar um conflito. As crônicas desligadas umas das outras dão a aparência de "verdadeira colcha de retalhos" ou "verdadeira revista de números vários" – para usar expressões de Mário de Andrade. Denominada, em *O trapicheiro*, "literatura deambulatória para apressados leitores", as suítes prendem-se ao pitoresco regional, atado à afirmação do local e do tradicional, atitude do autor que marca, em graus diversos, mesmo sua obra de caráter mais urbano ligada ao Rio de Janeiro.

Parece que o procedimento adotado por Marques Rebelo nessas séries dos anos 40 comanda também a estruturação de outras séries escritas mais tarde que podemos chamar de "suítes cariocas", como a que apareceu na *Revista Manchete*, de 4 de junho de 1964. O assunto, como é óbvio, é mais restrito: limita-se ao Rio de Janeiro lido fragmentariamente através de seus bairros e aspectos típicos, repondo ainda o local e o tradicional, ou denunciando a marcha do progresso que descaracteriza a fisionomia da cidade. Os textos podem ser lidos como cacos de um espelho partido, estilhaços que refletem "cenas da vida carioca" (este é o título das crônicas sobre o Rio publicadas na *Revista Cultura Política*, do DIP, depois incorporadas como contos ao livro *Stela me abriu a porta*, de 1942, o que indica como flutua a atribuição do gênero do texto. Aqui, nesta antologia, tais textos retomam o sentido de crônica dado originalmente). Essas novas suítes estampam claramente a partição do Rio por seus bairros. Pretende o cronista, pelo viés da memória afetiva e cultural, depreender-lhes a personalidade própria ameaçada pela "fúria urbanística" modernizadora. Sintomática, neste sentido, é a crônica assim intitulada por Carlos Drummond e Manuel Bandeira, quando publicada na antologia *Rio de Janeiro em prosa & verso*, que organizaram para comemorar o IV Centenário da cidade em 1965. A crônica é, na verdade, um fragmento publicado naquele número de *Manchete*, na série "Suíte carioca", aproveitado de *A guerra está em nós*, o terceiro tomo de *O espelho partido*.

O fragmento "Fúria urbanística" que anota o cotidiano ganha traços de crônica e constata o apagamento da memória urbana inscrita nas pedras dos monumentos. O cronista denuncia a "transfiguração grosseira e desnecessária da fisionomia da cidade", aqui em referência à demolição de igrejas seculares para dar passagem à avenida Presidente Vargas, na década de 1940, sob o autoritarismo do Estado Novo. O texto resgata do esquecimento o que vai se tornando ruína. O gesto do cronista é ato de resistência em relação à demolição que apaga a dimensão cênica da cidade.

Essa tomada de posição orienta também a estruturação de uma série de crônicas da década de 1970, ainda inéditas em livro e que, afinal, poderão ser lidas nesta coletânea. Essa suíte carioca inaugura-se com o sintomático texto "A expansão não pára" e desenvolve-se em mais crônicas, cada uma dedicada a um bairro carioca selecionado como tema. O ponto de vista reveste-se de ironia que se mescla de tom sentimental. Esse aparente paradoxo imprime um traço característico de

Marques Rebelo – sarcasmo e ternura (lembremos o título da crônica de Drummond em homenagem ao autor) – que o leva a buscar o que ainda resta de idílio, da cidade compartilhada, maneiras de viver a cidade que resiste à fúria expansionista.

Rebelo fragmenta a cidade pelos bairros e, recolhendo traços de sua história, seus costumes, seus tipos humanos, encena-os através do que resiste às exigências que estão nas decisões do poder, desde a origem do Rio de Janeiro. A visão no mínimo desconfiada do progresso, traço permanente na obra do autor, fornece o tom que se espraia pelas crônicas dessa nova suíte carioca: ironia e afetividade em tensão. Os traços do cosmopolitismo são borrados pela mão nostálgica do cronista.

"A expansão não pára", crônica que abre a série, estampa o mote que será glosado e gozado (pela ironia), ou abolido, por contraste, nos outros textos. Revela que o expansionismo é signo já presente na origem, no ano zero da cidade, como estratégia perversa de Mem de Sá, um dos seus fundadores.

O cronista assume em princípio uma posição objetiva que narra em traços largos e linearmente a história da cidade desde sua fundação, centralizando-se no ponto de referência escolhido, que é o morro do Castelo, para onde se transferiu a cidade, depois de vencidos os indígenas rebeldes, no século XVI. O mesmo morro que foi referencial na história do Rio será arrasado a partir das reformas modernizadoras do prefeito Pereira Passos, na primeira década do século XX; a demolição, entretanto, só será completada pelo prefeito Carlos Sampaio, no início dos anos 20.

Através das parcelas selecionadas das referências históricas de épocas diversas, o narrador generaliza, confronta visões diversificadas. Produz um discurso híbrido de história e ficção. O traço ficcional marcado pela ironia permite que a interpretação do cronista vá substituindo indefinidamente a figura de Mem de Sá, cuja artimanha vai sendo encarnada, tal qual plágio ou cópia, numa cadeia sucessiva, pelos governantes, que, no relato, estão relacionados ao Morro do Castelo. O famoso português do século XVI, os desbravadores dos séculos seguintes e os prefeitos equivalem ao morro em sua fúria expansionista. Todos substituídos enfim pela estátua do barão do Rio Branco, "luminosa idéia que nasceu na cabeça do carioca Henriquinho [Henrique Dodsworth], que foi prefeito na década de 40": artimanha de Mem de Sá.

Assim, "do alto do seu obelisco, [o barão] tem olho expansionista esguelhando" por todos os lados tudo o que poderia ser demolido, a começar pelas construções vetustas e pelo que ainda restava do Rio antigo. O olhar vigilante do barão, fixado para sempre em estátua, é ameaça à preservação das marcas do passado. Diante da ameaça simbolicamente representada pelo barão, o cronista dilui o discurso da narração supostamente fria e distanciada da história, pelo viés da ironia, para desmascarar a "fúria expansionista do Castelo". Alerta para o avanço da especulação sobre o território do então Estado da Guanabara. "Ninguém segura o barão!" – exclama no fecho da crônica, parodiando o famoso dito ufanista (ninguém segura este Brasil) que circulou na década de 1970, durante a ditadura militar.

Marques Rebelo "aciona os controles de imaginária máquina do tempo para uma incursão no passado" (ver a crônica "Copacabana") e, ancorado no presente, traça pequenas sínteses da história dos bairros cariocas a que está afetivamente envolvido. As crônicas então enfatizam a vida miúda, as tradições, a memória coletiva, em detrimento da história dos poderosos.

Narrando os bairros de Vila Isabel (articula aí um traço autobiográfico do autor, que aí nasceu, com o samba de Noel Rosa), Copacabana, Lapa, Méier, São Cristóvão, Jacarepaguá, Santa Teresa ("Paraíso carioca") e Mangueira ("Céu no chão"), cada um deles com seu caráter próprio, o cronista elege-os como lugares afetivos. Revela-os pelo lirismo sentimental do seu discurso, apreendendo a "alma encantadora" (para usar a expressão de João do Rio) dos lugares que ainda não se perdera, mas que vai se descaracterizando com as exigências da vida moderna. Contra a ameaça da "picareta da urbanização", o cronista deseja preservar o paraíso de Santa Teresa, a integração com a natureza em Jacarepaguá, o passado boêmio da Lapa, a memória fidalga de São Cristóvão.

A exceção fica com Copacabana, bairro tomado como sinônimo da modernidade perversa e desastrosa, que transformou o paraíso que fora no início do século XX. Copacabana é o único bairro para que o cronista reivindica a ação objetiva e racional dos urbanistas, arquitetos e construtores, para ainda salvar o esplendor da natureza contra a ação predatória do homem (disse ele num depoimento: "Copacabana deveria ser bombardeada todos os sábados"). Essa ação já pairava também sobre Jacarepaguá, bairro que o cronista, premonitoriamente, vê ameaçado com os planos de expansão relacionados à urbanização da Barra da Tijuca.

Para além das suítes cariocas ligadas aos bairros, a crônica de Marques Rebelo, explorando ainda um estilo econômico em que, com um mínimo de palavras, obtém o máximo de rendimento descritivo, narrativo e emocional, não perde o tom de conversa. Cria com esse recurso discursivo uma proximidade com o leitor com quem quer compartilhar não só a cidade, mas também histórias e assuntos que povoam o cotidiano urbano. Não é sem motivação que intitula as colunas que manteve de 1953 a 1955 no jornal *Última Hora* e no tablóide *Flan*: respectivamente, "Conversa do dia" e "Conversa da semana". Na verdade, são vinhetas que discorrem sobre assuntos mais variados, a exemplo do futebol, do Natal, do Ano Novo, anotações de viagem, (que o cronista chama de "cartões-postais"), o fim de semana, os loucos, anotações memorialísticas. Esse tom de conversa estava perfeitamente adequado a um outro veículo de comunicação, como o rádio. "Conversa do dia" era também lida diariamente, no horário de meio-dia, na Rádio Clube do Brasil, como era anunciado no final da coluna na versão impressa. Essas crônicas – quase sempre breves, antes de tudo, vinhetas – ainda não foram recolhidas em livro, como Rebelo planejara. Algumas delas poderão ser lidas neste volume da Editora Global, nas seções que levam justamente os títulos daquelas colunas que o autor assina na imprensa carioca: "Conversa do dia" e "Conversa da semana".

Ao lado das crônicas que apresentam cenas da vida brasileira, Marques Rebelo é, antes de tudo, um cronista do Rio de Janeiro, a cidade que ele dizia conhecer "melhor que seu coração". Deixa-se magnetizar por sua cidade, reapropriando-se dela. Reapossa-se dos bairros que visita, da cidade da qual procede e com a qual se confundem seu olhar e sua existência, sem escamotear, contudo, os conflitos que a expansão urbanística provoca. Sinaliza que a busca da cidade compartilhada, em comunhão, religada ao sujeito, não pode ignorar as situações desfavoráveis e ameaçadoras. Marques Rebelo faz-se intérprete, porta-voz e testemunha da cidade que resiste, apesar de tudo. Faz-se seu devoto, seu cúmplice, seu leitor. Ligado ao tempo, o cronista toma partido como militante da escrita, moeda do comércio com o leitor, a quem ele oferece toda uma cidade feita de letras e costurada com sarcasmo e ternura.

Renato Cordeiro Gomes
Rio de Janeiro, outubro de 2003

CRÔNICAS

SUÍTE CARIOCA

FÚRIA URBANÍSTICA

Para que passasse – é um exemplo – a grandiosa Avenida Presidente Vargas, primeiramente derrubaram a igreja da Imaculada Conceição e a de São Domingos; nem os católicos reclamaram muito, nem a Cúria, eles crentes de que se tratava de progresso – e o progresso é natural, como canta o sambista –, ela satisfeita com os bagarotes das desapropriações, no fundo, um dez-réis de mel coado. Depois, pouco adiante, outras duas velhas igrejas desapareceram, vítimas dum vandalismo que poderia ser evitado: a de São Pedro Apóstolo, redondinha, com paredes largas de dois metros, argamassadas a óleo de baleia, e a do Bom Jesus do Calvário, duas vezes secular e que muito aparece nas *Memórias de um sargento de milícias*.

Não adianta reclamar contra a transformação grosseira e desnecessária da fisionomia da cidade – da nossa cidade –, os poderes são surdos pensando que são sábios. Fomos de passo triste para as ruínas como quem visita um morto. Fomos sozinhos. Os operários arfavam no meio da caliça. O montículo de tijolos parece um túmulo. Bom Jesus do Calvário, perdoai! A escada de pedra que conduzia à torre do sino, curiosa obra de alvenaria, escada livre, ousadamente sobre o vácuo, guardava ainda a marca dos pés dos sineiros, que através dos anos, por ela subiram. Sólida, granítica, destemerosa, resistia ainda como um protesto! Mas os operários não paravam.

>
> (In: ANDRADE, Carlos Drummond de; BANDEIRA, Manuel (Orgs.). *Rio de Janeiro em prosa* e *verso*. Rio de Janeiro: José Olympio, 1964. p. 414)

A EXPANSÃO NÃO PÁRA

*E*ntre o Morro Cara de Cão e o Pão de Açúcar, o que apareceu a 1º de março de 1565 foi mais um sinal de posse do que propriamente uma cidade, embora viesse como foros de tal. Seja como for, a fundação do Rio de Janeiro é o corolário vitorioso da luta de Estácio de Sá contra franceses e tamoios e marco irrecorrível do domínio português neste trecho do litoral brasileiro, antes tão vulnerável à sortida dos corsários. Burgo, mesmo, somente dois anos mais tarde viria a ser, e com incipientes traços urbanísticos, no morro do Castelo, então chamado do Descanso ou de São Januário, graças à tenacidade de Mem de Sá e aos seus cuidados de estratego prudente: mais fácil enfrentar com vantagem o assédio inimigo fincando-se a cidade no topo do morro. O Castelo era a cidade, que fortes muros encercavam.

Conjurado o perigo com a expulsão do invasor e a sujeição do último tamoio, o Castelo inicia a conquista das áreas planas. E escorrega lá do alto, primeiro pela Ladeira da Misericórdia que, entre outros tipos de pioneirismo, conserva o de ter sido o primeiro logradouro público carioca com calçamento de pedra, e cujo trecho inicial ainda se vê hoje a alguns passos da Igreja do Bom Sucesso. Depois, pela Ladeira da Calçada da Sé, que atingia a Rua da Misericórdia, bem perto do mar. E mais ladeiras surgem, que o Castelo tem fome de espaço e pressa de ocupar a várzea: a Ladeira do Poço do Porteiro, que tantos nomes teve ainda – Ladeira do Seminário, Ladeira da Mãe do Bispo e Ladeira da Ajuda –, era a mais importante, pois, descendo pelo lado meridional do morro, assegurava a ligação entre o Castelo e o governo da cidade, já instalado no morro de São Bento, gozando da vizinhança do nobre mosteiro, e abria uma linha de comunicação com a Lapa, Catete, Botafogo e por aí adiante até a Lagoa Rodrigo de Freitas.

As gentes do Castelo conquistam a várzea, vencendo brejos, pântanos, mangues e lagoas – desdobramento muito bem calculado dos seus projetos expansionistas, que não parariam nem mesmo quando, três séculos mais tarde, o crescimento da cidade exigiria o arrasamento do próprio morro: as rochas e pedras, areia, saibro e cascalho que o formavam serviriam para o aterro de extensa região entre a Glória e a Praia de Santa Luzia e entre a Ponta do Calabouço e a Ilha de Villegaignon. Pode-se dizer, assim, que a exposição do Centenário, aberta em 1922 em espaço ganho ao mar, foi edificada sobre terra que o velho Mem de Sá pisou e talvez tenha ele aparecido em sonho ao prefeito Carlos Sampaio para induzi-lo ao sacrifício do morro como um grande negócio territorial para a paróquia. Ia-se o morro, mas a área de sua base abria-se numa esplanada de 200 mil metros quadrados e a superfície que o aterro roubou ao mar andou por perto dos 600 mil metros quadrados.

Desconfio que ainda foi artimanha de Mem de Sá a luminosa idéia que nasceu na cabeça do carioca Henriquinho, que foi prefeito na década de 1940. O fato é que o barão do Rio Branco, feito monumento, assumiu o comando do novo Castelo. Do alto do seu obelisco, tem o olho expansionista esguelhando à direita no rumo do que resta da Rua São José e do que já não resta da Rua da Misericórdia, e aí já plantou gigantesco mastodonte de concreto para apascentar automóveis e significativamente instalou ao lado a Justiça, como para garantir a proteção da toga aos seus planos futuros. Para esquerda, o barão soslaia na direção da vetusta Santa Casa da Misericórdia – e porque conheço aquele implacável dilatador de limites, temo pela sorte da secular estrutura: nem a força do Patrimônio Histórico, que durante largos anos foi comandado pelo caro Rodrigo M. F. de Andrade, ou a vigilância desconfiada do meu tataravô, cujo retrato severo de antigo provedor está pendurado num corredor do hospital, serão suficientemente fortes para conter a fúria expansionista do Castelo, sob a inspiração do terrível Paranhos. Mestre Lúcio Costa mesmo que se cuide: se não abrir os olhos, seu plano de urbanização da Barra e de Jacarepaguá, ainda que escudado em não sei quantos Conselhos, Secretarias e Departamentos, pode vir a se transformar em mais uma etapa do avanço do Castelo sobre o território da Guanabara. Ninguém segura o barão.

(inédito)

VILA ISABEL
(A FUNDAÇÃO)

Por iniciativa do famoso barão de Drumond – João Batista Viana Drummond –, data de 1873 a fundação de Vila Isabel que, antes de mais nada, ostenta um galardão histórico que não lhe podem tirar jamais – o de ter sido o primeiro bairro carioca surgido, não ao bel-prazer dos proprietários como era costume, costume que durante muito tempo imperou e que tantas complicações trouxe à cidade para metodizar a sua existência e colocá-la em bons termos com a congestionada vida contemporânea, mas sob um risco urbanístico especialmente elaborado, plano aliás de apreciável qualidade técnica tendo em vista a época em que foi feito, e da autoria da Companhia Arquitetônica, empresa de nome assaz engraçado e que se organizara, a 22 de outubro daquele ano, para explorar tal negócio imobiliário, o pioneiro deles na Metrópole, por sinal. E o nome de Vila Isabel lhe foi dado em memória da Lei de 28 de setembro de 1871, que libertou os nascituros de mulher escrava – a chamada Lei do Ventre Livre – e como honrosa homenagem à princesa Isabel que a sancionou, como depois viria a sancionar, com pena de ouro, a Lei Áurea.

Assentava-se o bairro numa considerável gleba, desmembrada da antiga e dilatada Fazenda do Macaco, que certamente havia de ter mais de um, fazenda que pertencera e onde morara a segunda imperatriz Da. Amélia – Amélia Augusta Eugênia Napoleão de Beauharnais, duquesa de

Leuchtenberg e de Bragança – em casa principal que ficava em elevada situação nas proximidades da Rua São Francisco Xavier de hoje. Vendida foi a gleba ao barão de Drummond, ao preço de 120 contos de réis, por escritura de 3 de janeiro de 1872, cerca de um ano antes da morte de Da. Amélia, em notas do tabelião Pires Ferrão, tendo funcionado como procurador da ex-imperatriz o barão de Carapebus, um leal servidor. A 25 de setembro do mesmo ano realizavam-se as primeiras vendas de terrenos a Zeferino de Oliveira e Silva e 150 braças à Companhia Vila Isabel, iniciativa ainda do barão, empresa que explorava o serviço de bondes para aquelas bandas então longínquas, veículos a tração animal, paulatinamente substituídos pela tração elétrica, o que somente em 1906 se concluiu, quando o bairro já gozava de ponderável população e franca prosperidade, e já o barão de Drummond era falecido, o que aconteceu a 7 de agosto de 1897.

A Companhia Arquitetônica tinha na diretoria, além do barão de Drummond, os médicos, todos de nomeada, José Araújo Aragão Bulcão, que era barão de São Francisco, Temístocles Petrocochino, Adolfo Bezerra de Menezes e Joaquim de Araújo e Silva, que era barão do Catete pelo Brasil e visconde de Silva por Portugal... Gente importante, pois, e toda ela fervorosa abolicionista, tanto assim que João Batista Viana Drummond recebeu o baronato, da imperial vontade, por ter liberado os seus escravos antes de 13 de maio.

A planta levantada pela companhia imobiliária notabilizava-se por ter, como espinha-mestra no novo bairro, um ousado bulevar – o Bulevar 28 de Setembro – à moda dos que Hausmann celebrizou ao renovar Paris, reto e comprido de 1.625 metros, o primeiro logradouro público rasgado na cidade com tais proporções, façanha que somente se repetiria ao ser aberta, trinta anos mais tarde, pelo grande prefeito Francisco Pereira Passos, a Avenida Central, hoje Rio Branco, e o próprio Pereira Passos, quando com os ilustres engenheiros Morais Jardim e Marcelino Silva, esboçou em 1874 um plano de melhoramentos da capital, não levado a efeito, aproveitou o bulevar, que com os seus 26 metros de largura seria prolongado até a Rua São Cristóvão.

Os serviços de construção do bairro ficaram a cargo do competente engenheiro e arquiteto Francisco Bethencourt da Silva – dileto aluno de Grandjean de Montigny – a quem tanto devem os cariocas, autor que foi de tantas obras públicas e particulares, encarregado do risco e da construção das primeiras escolas públicas mandadas levantar pelo imperador D. Pedro II e que ainda plena e satisfatoriamente funcionam, idealizador da Sociedade Propagadora das Belas Artes do Rio de Janeiro, da qual resultaria o Liceu de Artes e Ofícios, benemérita instituição que já atendeu a tanta juventude pobre. O bulevar foi feito em duas etapas: a inicial do Campo de Vila Isabel, que era uma praça, a Praça 7, hoje barão de Drummond, até a rua que depois se chamou Rua Rufino de Almeida; e preparadas foram as Ruas Francisco Xavier e Teixeira Júnior, depois Rua Dr. Silva Pinto; Afonso Celso, depois Rua Luís Barbosa – médico na zona; Bezerra de Menezes, depois Rua José Vicente; Conselheiro Zacarias, depois Rua Barão de Cotegipe; Duque de Caxias e várias outras, algumas das quais desaparecidas com a venda de terrenos para o Jardim Zoológico e o Prado Vila Isabel, sempre empreendimentos do arrojado barão de Drummond.

A 2 de fevereiro de 1874 a Companhia Arquitetônica vendeu 27 lotes de terrenos, apurando 24 549$000, o que era um êxito empresarial e muito dinheiro naquela época. Nesse mesmo ano começaram as edificações e apareceram as primeiras casas de comércio no bairro votivo de Vila Isabel. Dois hotéis foram estabelecidos, de proprietários franceses, e que desfrutaram de grande freguesia, pois o campestre arrabalde passara a ser ponto de férias e passeio – o Condeau e o Daury, e este último, em 1884, se transferiu para uma vasta chácara que ia ter à Rua São Cristóvão, em local próximo ao atual viaduto da Estrada de Ferro Central do Brasil.

Mas falar de Vila Isabel é falar do barão de Drummond. Homem dinâmico, cheio de idéias, além de fundar o bairro, a companhia de transportes que o servia e o Prado Vila Isabel, que teve pouca duração, fundou o Jardim Zoológico, em contrato lavrado com a Câmara Municipal a 5 de setembro de 1884, localizando-o na Rua Visconde de Santa Isabel – dr. Luís Cunha Feijó, que era médico do Paço. E foi aí que nasceu o jogo do bicho. O caso é que o jardim recebia uma subvenção imperial de 10 contos de réis anuais, visto que era franqueado ao público, mas a República cortou o auxílio e o barão viu-se em crise financeira para manter a sua vasta bicharada. E na tentativa de consegui-lo, em 1893, iniciou a novidade de vender entradas e colocar nos bilhetes a indicação de um bicho, que eram 25 no total. Cada bilhete custava 1 mil réis e podia ser premiado com vinte. Para isso havia um quadro enorme içado pessoalmente pelo barão a um mastro fincado logo na entrada do portão principal. Tal quadro, devidamente tapado, representava, colorido, um dos bichos do jogo. De tarde era tirada a cobertura, diante de sempre e cada vez mais numerosa assistência, revelando-se o segredo e o felizardo.

O expediente deu resultado, concorrendo para salvar, na oportunidade, o barão das aperturas com o seu Zoológico, mas imediatamente se transformou em jogatina pública, que era bancada clandestinamente em vários pontos da cidade, à revelia do barão, e acabou vício nacional.

E o bairro crescia, industrializando-se, proletarizando-se. Em 1904 já a América Fabril lá se instalava com 700 teares e 800 operários, e a Confiança Industrial abrira duas fábricas com mil teares. Numa delas havia no pórtico, esculpido por Rodolfo Bernardelli, as palavars cristãs: "Amai-vos uns aos outros", e nela se abriu uma escola para filhos de operários de modo que, no futuro, todos os trabalhadores do bairro fossem alfabetizados, prognóstico que infelizmente não se realizou. E escola também, por ato monárquico, foi o Instituto Profissional João Alfredo, para meninos desamparados, que recuperou e encaminhou tantos jovens, alguns dos quais vieram a ser famosos, tais como o maestro Francisco Braga e o pintor Batista da Costa.

Em 1918 uma nova Igreja de Nossa Senhora de Lourdes foi erigida para substituir a antiga, levantada pelo barão, e incorporada ao Convento das Freiras da Ajuda, que se transferiram para a então Praça 7, quando o pesado edifício em que durante tantos anos habitaram, no local onde se ergue atualmente a Cinelândia, foi derrubado. E, superando Estácio, Salgueiro e Mangueira, capital do samba, Vila Isabel foi por duas décadas – de 1920 a 1940 –, décadas extremamente felizes da nossa música popular, império que cedeu pouco depois do desaparecimento prematuro de Noel Rosa, poeta e cantor da Vila, que nasceu, viveu e morreu, tudo numa modesta casa da Rua Teodoro da Silva, que é homenagem também a um médico de renome.

(Jornal do Brasil, 27 ago. 1965, Cadernos J.B. do IV Centenário, n. 12)

VILA ISABEL
(EU TAMBÉM SOU DA VILA)

*A*inda bem que a Vila Isabel não esqueceu de todo o barão de Drummond, seu nome tutelar, fundador que foi do bairro, nas terras da velha Fazenda do Macaco, da primera linha de bondes para lá, fundador do Jardim Zoológico e imortal inventor do jogo do bicho, inventor inocente, pois a bolação do jogo tinha em vista exclusivamente o aumento da freqüência do seu parque zoológico. E se não lhe deu monumento, sequer uma simples herma, conferiu-lhe entretanto o nome a sua maior praça e pospegou-lhe a coroa baronal em seu bairrístico brasão de armas. Lá está ela, com as duas estrelas votivas do bairro em disposição heráldica: a princesa Isabel, em honra de quem o arruamento foi batizado, e o engenheiro e arquiteto Francisco Joaquim Bethencourt da Silva, responsável por sua inteligente urbanização. No escudo português, o campo azul emoldurado por dois golfinhos, símbolos da cidade marítima, e em que se destacam o ouro, o vermelho e o verde, vê-se ainda o ondeado de prata que simboliza o Rio Joana que, vez por outra, quando a chuvarada mais violenta se abate sobre a cidade, acorda da sua aparente e cobreante modorra e sai do leito para devorar kombis, fuscas e fuscões inadvertidamente estacionados em suas adjacências.

Pensando bem, ser da Vila é qualificação meritória. Talvez porque tenha sido o primeiro bairro carioca a nascer antes no papel dos urbanistas que na construção estimulada pela improvisação ou pelo açodamento, o fato é que a Vila conserva até hoje um aspecto de tranqüila arrumação, circunstância que envolve e inspira sua gente.

"Amai-vos uns aos outros", aconselha o dístico (esculpido por Bernardelli) que encima o pórtico da antiga Fábrica Confiança – e tudo indica que a recomendação em bronze subsiste para os da Vila como preceito legal e obrigatório acatamento. É a mesma fábrica de tecidos, cujo apito feria os ouvidos do compositor lírico e lhe evocava a mulher amada assediada pelas impertinentes ordens do gerente. É a mesma fábrica de tecidos que, ao primeiro acionamento dos teares, também abria as portas da escola para os filhos dos seus operários e futuros manipuladores das suas máquinas – assim como a querer significar que o trabalho rende melhor na medida em que é executado por mãos obedientes ao comando de cabeças mais bem dotadas.

Os anos se passam e a Vila não perde o sentimento e o culto da ordem, da harmonia e da serenidade. Querem recantos mais amenos que a Rua dos Artistas, a Rua Dona Zulmira e a Rua Santa Luíza? Mesmo nos tempos áureos das batalhas de confetes, quando a refrega carnavalesca passava, a paz voltava em poucas horas para lhes devolver o tranqüilo ritmo dos dias comuns, tranqüilidade tanta que nos primeiros dias arrabaldinos lá se instalaram dois hotéis, de gerência francesa, para as delícias de um fim de semana algo pastoril. Atentem para a Basílica de Nossa Senhora de Lourdes, transponham seus umbrais e não se deixem abater pelo discutível bom gosto da sua arquitetura: sintam como o interior é mais silencioso e repousante que o de outras igrejas. Sim, é um templo pobre, quase humilde, mas, afinal, que é um templo senão local de recolhimento onde se torna mais fácil e íntimo o diálogo com os santos? É isso aí – e quem duvidar do que digo vá até lá e invoque a padroeira. Evidente que ela não aparecerá de corpo presente e de auréola para atender ao chamamento. Mas é certo que ouvirá preces e súplicas e as entenderá, o que é meio caminho andado para a obtenção da graça.

Meninos, eu não vi mas aceito como absoluta verdade o que está nos versos do seresteiro: a Vila vestiu luto quando morreu seu cantor maior e pelas esquinas violões em funeral choraram em bordões e primas. Os oitizeiros do bulevar, que no passado tanto enterneciam o pintor Batista da Costa e o maestro Francisco Braga – antigos internos da Escola Profissional João Alfredo, na depois avenida 28 de setembro, data que homenageia a Lei do Ventre Livre, pois era gente abolicionista os diretores da companhia urbanizadora – teriam por igual chorado: foi à sombra deles que o compositor, tão cedo desaparecido e sempre pranteado, criou seu hinário de exaltação à Vila e ao seu povo, de que sou parte em espírito e carne, orgulho e coração. Pois, modéstia de lado, eu também sou da Vila.

(inédito)

LAPA

O ilustre sambista que me desculpe, mas a Lapa não estava voltando a ser Lapa – puro erro sentimental. Pelo menos voltando a ser o que era, ponto maior do mapa da cidade, nos tempos em que o grande poeta, atormentado por suas angústias, punha a cabeça para fora do quarto/sala em que morava e, sem horizontes, só via o beco. Sentado à mesa do café, de monóculo, Jaime Ovale falava com seus anjos e fantasmas e Di Cavalcanti passeava pelas ruas, o passo sempre apressado, com o olho clínico à caça de mulatas para sessões de pose remuneradas com outras pagas que não dinheiro, de resto escasso na bolsa do artista ainda não consagrado pelas galerias de arte. Outro ás do pincel, Candinho Portinari, lançava do modesto apartamento na Rua Teotônio Regadas, o seu grito plástico que sacudiu o Brasil. Lélio Landucci, seu vizinho, batia palmas e com sua sabedoria florentina idealizava esculturas. Vila-Lobos preludiava, estudava e chorava ao violão, o grosso charuto preso nos dentes e a inspiração voando por alturas inacessíveis ao mortal comum, enquanto nos altos da Rua Taylor Valdemar Henrique tirava acordes e arpejos do seu piano para acompanhar a voz de sua irmã Mara que cantava histórias e lendas de Tamba Tajá, da Cobra Grande e da Senhora Dona Sancha. Santa Rosa, um santo pecador, e Luís Martins eram figuras encontradiças nas dobras da noite. No Capela, ruidosamente os vascaínos comemoravam vitórias ou surdamente amargavam derrotas. Sob a proteção do conde de Lage, as damas noturnas em vestido *soirée* de discutível bom gosto atraíam boêmios e embarcadiços tresmalhados para as festas galantes da Pensão Imperial, e Bueno Machado e Duque, em piruetas pelos salões encerados dos cabarés montados sobre padarias e açougues, ensaiavam passos novos para levar o maxixe às platéias européias. No Café Bahia, voltado para os Arcos, reuniam-se Noel Rosa, Francisco Alves, Kid Pepe, Germano Augusto, Nássara, Assis Valente e outros tantos maiorais – e muito samba hoje incorporado ao patrimônio da melhor música popular carioca nasceu ali, entre um cafezinho e um gole de cachaça. De vez em quando, gritos e risos de mulheres e malandros informavam que Madame Satã, em sua fúria tradicional, dava outra corrida na Polícia, pondo a zona em polvorosa.

A Lapa era tudo isso e mais ainda: entrincheiradas nas fraldas de Santa Teresa e protegidas pelas grossas muralhas que defendiam sua clausura do contato pegajoso e contagioso do pecado, as Carmelitas Descalças lançavam olhares de repressão à fauna que, lá embaixo, se deixava dominar pelos atrativos do gozo patético – os joelhos em calo ou carne viva eram o testemunho das muitas horas de preces gastas na vã tentativa de salvar pobres almas desgraçadas. E entre a prisão em flagrante de um bicheiro e a autuação "em nome da Lei" de um rufião que anavalhara a amante, o delegado Cândido Gouveia consumia o tempo, no 5º Distrito da Rua das Marrecas, tentando no tabuleiro de xadrez jogadas intrincadas para o clímax de um xeque-mate jamais alcançado. O comissário Henriquinho de Melo Morais tinha, a contragosto, de deixar de lado o violão – quantas vezes! – para cumprir o dever de enquadrar nas Contravenções Penais o não-autorizado portador de armas.

O jornalista Osório Borba já não se exibe, como emérito campeão de sinuca, nos bilhares em cima do Café Indígena ou nos fundos do Salão Azul. Foram-se também Pancetti e o Restaurante São Francisco, onde o pintor esquecia telas, tintas e pincéis para devotar-se, de corpo e alma, às cores da macarronada *al sugo*, regada a generosos copos de *chianti* – amarelo, vermelho e vinho. E quem quiser que pergunte ao Diabo por onde andarão os seus Tenentes, desde que o Inferno foi desalojado da Rua Visconde de Maranguape.

Numes da Lapa, velai por ela! Não para que volte a ser a Lapa, simplesmente para que não desapareça de todo sob a picareta da urbanização. Crispim da Costa, em cuja sesmaria nasceu o bairro e erigiu-se a pequena igreja, a mesma de agora e com uma das torres inacabada; Gomes Freire de Andrade, que construiu os Arcos da Carioca, orgulho primeiro da Cidade de São Sebastião; e o vice-rei Luís de Vasconcelos, que arrasou o Morro das Mangueiras mas ganhou o crédito de ter criado o Passeio Público, aterrando o fétido e miasmático Charco do Boqueirão, sob o comando de mestre Valentim – onde quer que se encontrem, os numes da Lapa por certo vigiam e protegem a sua obra. E sejam suficientemente poderosos para impedir que a larga avenida projetada e que já sacrificou tantas ruas, becos e vielas desrespeite a pedra e a dignidade da Lapa, onde o Rio de Janeiro cresceu e viveu tão intensamente.

(*inédito*)

PARAÍSO CARIOCA

Antigamente as pessoas tinham remorso de não morar em Santa Teresa e até, certamente com inveja dos seus privilegiados residentes, o cronista Rubem Braga revelou de público a sua infelicidade. É que, no alto da colina, longe do barulho e da poluição que reinam cá em baixo, a vida corre serena e, mesmo nos dias em que o calor se abate sobre a cidade, envolvendo-a em pesado mormaço e a uma taxa de umidade além do suportável, as velhas árvores de Santa Teresa espalham sombras amigas e se constituem em escudo imbatível à indesejável ascenção da coluna termométrica. E como o transporte é fácil, pode-se muito bem passar um dia suarento nos desvãos da cidade plana e, em questão de minutos, reencontrar o refrigério e a paz lá em cima.

Eis que agora, porém, temo pelos moradores do bairro: já não são os eleitos, dentre quantos habitam esta leal e heróica cidade. E chego a pensar que existe como que uma conspiração para fazer de suas vidas uma angústia intermitente. Vejam se tenho ou não o direito de desconfiar da trama: dois grupos de cidadãos beneméritos, animados de não sei precisamente que propósitos, lutam de unhas e dentes para alcançar sinistros objetivos. Um deles quer retirar do tráfego do bairro os ônibus que ainda por lá circulam, enquanto que o outro joga os trunfos de que dispõe, junto às autoridades administrativas da Região e do Estado, para decretar o fim dos bondinhos elétricos que, desde 1896, e utilizando-se dos velhos Arcos que Gomes Freire de Andrade mandou construir, asseguram a ligação entre a colina e o centro urbano. E se os dois grupos vencerem a batalha – e é possível que isso ocorra pois ambos são fortes e decididos – em breve a gente de Santa Teresa, sem ônibus e sem bondes, estará condenada, inexoravelmente, a essas soluções: os remediados terão que entrar (se é que já não o fizeram) para a aristocrática classe dos ricos donos de automóveis, e os pobres, da classe média para baixo, deverão enfrentar a dura e cansativa realidade das subidas e descidas pelos acessos íngremes – espécie de "teste de Cooper" cotidiano que eu não aconselharia nem mesmo aos atletas mais bem dotados de vigor e resistência.

E imerso me deixava ficar em tão sombrias reflexões, se não fosse providencial raio de luz que bateu em cheio no canto de página do jornal. E li: "Deslocar-se entre as ilhas do Governador e do Fundão e o Centro ou Zona Sul, sem enfrentar os congestionamentos de trânsito nas vias mais saturadas da cidade, não é um sonho com aerotrem ou monotrilho: é uma alternativa que está sendo estudada pelo governo do Estado para exploração marítima do transporte de massas urbanas."

Claro que a solução não resolve o problema de Santa Teresa. Mas o gênio da administração pública que descobriu a pólvora poderá muito bem ver acesa outra lâmpada em sua cachola. E já estou, até, antegozando o dia em que, de jornal em punho, verei o mesmo e providencial raio de luz focalizar a notícia para os meus olhos egressos de duas cataratas. Saber então, e saberemos todos nós, que em muito pouco tempo moderna linha de helicópteros, dotada dos mais rápidos, confortáveis e seguros aparelhos já construídos pelo homem, manterá a ligação entre Santa Teresa e o resto da cidade. Helicópteros! E voltaremos a sentir remorso de não morar em tão paradisíacas alturas.

(*inédito*)

SÃO CRISTÓVÃO

Dom Pedro voltou ao Rio de Janeiro, a garganta ainda ressentida do esforço que o Grito exigiu, o pulso batendo em ritmo taquicárdico, cansado da longa cavalgada. Assim atingiu a Quinta da Boa Vista pela Cancela de São Cristóvão, ponto inicial da Estrada de Santa Cruz que, vencendo a Serra do Tinguá, ligava a capital do Reino à Província de São Paulo. Se o novo imperador permaneceu no palácio comemorando o ousado feito na amena e legítima companhia de Dona Leopoldina, ou se preferiu andar um pouco mais para o encontro galante e pecaminoso com a Marquesa de Santos, no belo solar que Dona Domitila habitava, quase às portas da residência imperial, é dúvida que ainda não foi esclarecida pelos cronistas e historiadores da Independência. De resto, a questão é irrelevante, coisa para os catadores de piolhos históricos e tudo aconteceu em São Cristóvão – bairro fidalgo a partir do momento em que o próspero comerciante português Elias Antônio Lopes ofereceu ao Príncipe Regente, como presente, a Quinta da Boa Vista, na qual se instalou o recém-vindo com família, fâmulos e cortesãos. Logo foi ela enriquecida com um grandioso portão, que ainda lá está, outro presente, este porém de outra majestade – o rei da Inglaterra. Ao beija-mão de todas as noites, entre oito e nove horas, compareciam ao palácio nobres e vassalos, citadinos e provincianos, muitos deslocando-se de paragens tão distantes que, por comodidade e interesse em morar perto do príncipe, cedo povoariam o bairro para gozar o mais possível da benemerência e da vizinhança reais.

As carruagens trazidas de Lisboa para uso do Príncipe Regente e do seu numeroso séquito conferiam dignidade às ruas e vielas do bairro, que viria a conhecer, durante a permanência no Rio de Janeiro de Dom João VI e pelo breve reinado de Dom Pedro I, um surto de tão intenso progresso que logo o transformaria no recanto mais populoso e nobre da cidade – crescendo desordenadamente por todos os lados e incorporando ao seu perímetro sítios, chácaras e grandes aterrados, que iriam propiciar o aparecimento de novas moradias que a Corte em expansão exigia.

São Cristóvão não resistiu ao impacto da prosaica República. Mas se perdeu, com ela, a condição de centro político, social e cultural da metrópole, algumas de suas vias souberam guardar uma certa majestade e um ar de aristocrática grandeza, ainda que ameaçados pela progressística invasão de pequenas e grandes indústrias, sedes empresariais, bancos, supermercados e restaurantes. Particularmente, churrascarias, que lá são muitas e amplas e onde, entre um chope e uma costela assada, executivos e gerentes discutem os bons ou maus negócios que acabam de fechar.

Desço a Avenida do Exército, vindo da Quinta e em busca do Campo de São Cristóvão, e me detenho diante do gigantesco tamarindeiro plantado bem no meio dela e que sobe, com seus fortes galhos, a mais de vinte metros de altura. Ninguém sabe sua idade precisa, mas é certo que foi plantado pelo próprio imperador Pedro II, na época em que a administração da cidade procedeu à sua arborização e mudas da família das Cesalpináceas, importadas da África tropical, foram empregadas nesse saudável empenho.

Não sei por quanto tempo a formosa e frondosa árvore resistirá ao ataque de ônibus e automóveis que, como bólidos envenenados, despencam do Largo da Cancela em sucessivos escalões, a grossa maioria de orgulhosa fabricação nacional. É verdade que, para protegê-la, o diligente diretor de parques e jardins fez incrustar em seu tronco dois rubis luminosos que, pisca-piscando dia e noite, pedem aos motoristas que tratem com respeito e cuidado aquela silenciosa e verde testemunha do nosso passado. Contudo, mais que os sinais vermelhos, seja Deus quem a proteja e a preserve pelo correr dos tempos – monumento vegetal que conta aos habitantes mais moços ou aos menos curiosos um pouco da história e da tradição do imperial e venerável bairro de São Cristóvão.

(inédito)

CÉU NO CHÃO

"Aquele mundo de zinco que é Mangueira, acorda com o apito do trem"... Peço vênia ao consagrado sambista e amigo do meu particular culto, Antônio Gabriel Nássara, para acrescentar algo mais à letra do seu canto antológico. Mangueira, na verdade, não acorda somente com o apito do trem. Acorda também com o som estridente das sirenas e dos chamados das fábricas ou do alarma imperativo dos despertadores – que a gente de Mangueira é de cedo despertar para dar duro, diligente e responsável, nas exigências do trabalho.

Temos, pois, que o morro não dá somente samba, ainda que os que vêm lá de cima, tecidos por compositores de mais pureza que os seus colegas urbanos, sejam dos melhores e mais afirmativos do ritmo carioca. É que mora em Mangueira a força maior do braço operário – combustível que mantém acesos os fornos e em ação as turbinas do parque industrial de São Cristóvão, bairro que passou de imperial a fabril.

Pelas madrugadas quentes ou frias – sempre úmidas! – o mundo de zinco é só uma colméia em polvorosa: colunas de trabalhadores descem escarpas e ladeiras, muitos ainda no embalo das notas de um samba novo ou feridos pelo ciúme da mulata requestada, só que agora com a atenção e os cuidados mais firmemente voltados para o dia-a-dia afanoso que têm pela frente. Soldadores e eletricistas, torneiros e mecânicos, fundidores e pintores, carpinteiros e moldadores, serralheiros e ferramenteiros – orgulhosos reis, condes, príncipes, barões, fidalgos e nobres do domingo gordo, quando no desfile da Avenida Presidente Vargas a gloriosa Estação Primeira "levanta a poeira do chão" – são humildes mas fortes homens que ajudam a fazer desta cidade alguma coisa mais que um cromo no mapa das coisas bonitas que Deus criou.

Falo porque sei. E sei porque vi: outro dia, sem ser preciso venci temores, sobrevoei de helicóptero – gentileza de alguns amigos que tenho no Departamento de Estradas de Rodagem – uma boa dúzia de morros da cidade. E quando passei sobre Mangueira me dei conta de como andaram perto da verdade o Belo de Carvalho e o Paulinho da Viola, aquele grande poeta, este ilustre e respeitado sambista do Rio de Janeiro: "vista assim do alto mais parece o céu no chão". Só que um céu pobre e abandonado, que teria se transformado em inferno não fora a fauna admirável que lá teima em existir. São formigas ou castores ou abelhas que abrem valas para canalizar as águas da chuva, que disciplinam os arruamentos e fiscalizam o respeito ao direito alheio, que dirimem conflitos familiares e impõem a ordem de onde brota a segurança coletiva – enquanto pacientemente esperam o dia em que serão descobertos pela sonolenta VII Região Administrativa.

Pois o importante é preservar o cenário para que as pessoas de fora que um dia forem até lá e beberem a generosa água da sua bica possam, ao voltar, num ímpeto irreprimível, dizer como Enéas B. Silva e Aloísio Augusto Costa, imitando a voz famosa de Jamelão:

> *"Mangueira teu cenário é uma beleza*
> *que a natureza criou, ô ô..."*

(inédito)

CIDADE DO MÉIER

Outro dia passei – nas minhas sentimentais andanças pelos cenários em que vivi a mocidade – em certo trecho da Rua Arquias Cordeiro, precisamente onde ficava o Bar Sul-Americano, e me lembrei do romancista Lima Barreto. Ali, modesta mas sincera réplica das elegantes confeitarias do centro da cidade, muitas horas da sua agoniada vida passou o grande escritor brasileiro, bebericando a sua cana e desancando a mediocridade em rodas amigas ou indiferentes. Como o Sul-Americano foi abaixo – tais são as exigências do progresso – teve o Méier que cultuar a memória do escriba apenas com o nome dele pespegado em placa de rua do Encantado. É certo que ele morreu em Inhaúma. Mas, de resto, Encantado ou Inhaúma, Cachambi, Engenho Novo, Rocha ou Sampaio – tudo é Méier, no império "rainha" e na República "capital" do subúrbio carioca, e hoje em marcha batida para conquistar o foro da cidade.

Cidade do Méier, meus senhores! Pelo menos é o que pretende o ilustre deputado, através de indicação apresentada à Assembléia Legislativa e que, se aprovada, permitirá ao Governador do Estado conferir tão imponente título ao velho bairro suburbano. Seria, digamos logo e para evitar conclusões precipitadas, lei ou decreto de pura e simples conotação simbólica, que ninguém é suficientemente maluco para, nesses tempos de incertos prognósticos políticos, propor a alteração do *status* administrativo da Guanabara:

bem ou mal, na alegria ou na tristeza, enfrentando sol e enchentes, com magros ou gordos orçamentos plurianuais, temos vivido bem direitinho, até hoje, sem a preocupação de incrustar desnecessários adereços municipalistas ao nosso mapa.

Venha a distinção, tanto mais válida porque é justiça feita pelo tempo, quer dizer, justiça sempre mais prudente e isenta do que esta que se pratica no dia-a-dia forense, entre togas, borlas e capelos. Pois desde o século XVIII, quando o Rio de Janeiro mal ensaiava os primeiros passos para descer o Morro do Castelo e caminhar por pântanos alagadiços no esforço de construir um futuro sólido, já a região que hoje é o Méier mostrava sinais de vida e intensa atividade construtiva. Foi ali, naquele pedaço de chão carioca, que os jesuítas se estabeleceram e se empenharam no fabrico de melaço e de açúcar – êta, Engenho Novo! – base da incipiente economia que assegurava a prosperidade da Ordem nos remotos e difíceis começos da cidade. E no Morro dos Pretos Forros os escravos libertos não se refugiaram para erguer quilombos revanchistas, sob a inspiração de uma violência até certo ponto compreensível: antes juntaram forças e decisão para as tentativas pioneiras de colonização e urbanização da área em torno.

Temos, assim, que o Méier bem merece ser chamado de cidade, em honra sobretudo de Antônio Duque Estrada Méier, camarista que foi do Imperador Pedro II e de quem recebeu em doação, certamente pelos bons serviços prestados a sua Majestade, a sesmaria em que se plantava a Fazenda São Francisco. De minha parte, vejo a homenagem como particularmente dirigida a um velho amigo de mais de trinta anos e para quem o mundo só tinha mesmo dois pólos de interesse: Paris e o Méier, de preferência o último, para ele mais humano, mais belo e menos complicado do que o primeiro. E quando alguém perguntava ao meu camarada em que ponto do Méier, exatamente, ele residia, a resposta vinha cheia de orgulho: "Ora, meu caro, dou-me ao luxo de morar *à la Bouche de La Forêt*". Na verdade, sua pequena casa ficava na Boca do Mato.

(*inédito*)

JACAREPAGUÁ

Perseguem-me há muito tempo certas passagens da letra da marchinha carnavalesca de Marino Pinto, Paquito e Romeu Gentil: "...o lugar deste mundo maior é para mim Jacarepaguá... Eu vou, eu vou para Jacarepaguá... É hoje que eu vou me acabar..."

Hoje, não, Mas é lá! Quem souber, portanto, de alguma chácara à venda, em Jacarepaguá, por sempre agradecido favor me avise: sou candidato à compra. Terá que ser ampla, fértil, com água jorrando de fonte natural, plantada de jequitibás, cedros, ipês, caneleiras, angelins, mangueiras, saputizeiros e jacarandás, enfeitada de brasavolas, catléias e gloxínias – flores da minha muito especial devoção – e protegida por um céu de azul contínuo, vez por outra marcado de nuvens brancas que passam depressa como mansos carneiros para não impedir a descida luminosa dos raios do sol, nosso irmão.

Farei um completo inventário dos meus minguados bens terrenos – velhos trastes que a indomável mania de colecionador me fez juntar pela já longa vida afora – móveis antigos, que recendem saudades, moedas centenárias e selos raros, umas escassas jóias de família, e venderei telas e livros, umas poucas ações e letras imobiliárias, depois de raspar até o fundo os saldos das cadernetas de poupança (com correção monetária) e, se necessário ainda, acrescentarei ao total apurado o que for possível retirar dos bancos em empréstimos garantidos por papagaios honrados de bons e fiéis avalistas. Serei afinal o dono da chácara dos meus sonhos, quem sabe até de um sítio, ònde me instalarei para viver os últimos instantes de tranqüilidade, ar puro e boa convivência, dons de que ainda desfrutam os privilegiados moradores de Jacarepaguá, que em língua tupi, segundo meu amigo Romão da Silva, quer dizer "a baixa lagoa dos jacarés".

A operação exige extrema e compreensível rapidez, que o tempo conspira contra os meus planos. Em breve, a extensa zona da minha querida terra carioca, que se espalha entre os maciços da Pedra Branca e da Tijuca para formar a planície de Jacarepaguá, será mais um prolongamento da densa floresta de cimento e concreto protendido, túneis, viadutos, elevados e passarelas, conjuntos habitacionais, torres altas e cilíndricas – gigantescos pombais nos quais terão que viver e trabalhar não sei quantos milhares de famílias um tanto escravizadas aos maquinismos domésticos concebidos para tornar a existência humana mais fácil... E da Barra da Tijuca chegará o rumor de discursos e arengas em que se empenharão deputados, políticos, secretários de Estado e administradores – fauna estranha que povoará as estruturas dos centros Metropolitano e Cívico que mestre Lúcio Costa vai erguer naquelas paragens, para fazer da baixada o futuro pólo de gravitação das atividades culturais e burocráticas do Estado da Guanabara.

Compreendo e aceito as intenções e os projetos do competente urbanista que, com tremenda persistência, tanto tem feito para dar ao Rio de Janeiro as dimensões duma verdadeira e atualizada metrópole. E como ninguém pode deter a marcha do progresso, embora às vezes seja ele angustiante, chegou a vez de Jacarepaguá – novo laboratório para as experiências do feliz alquimista. Só lhe peço, porém, que subordine o avanço dos cimentos à preservação dos verdes que, nesses tempos que correm, de ares e espíritos tão poluídos, são a trincheira última do homem em sua luta desesperada para resistir aos terríveis impactos do cotidiano. Venham as torres residenciais ou hoteleiras e que sejam belas e altas e coloridas, levantadas com os mais sensacionais e variados materiais que a indústria inventa no seu incansável evoluir. Mas que não lembrem, nem de longe, aquela outra tão citada, a de Babel – para que possamos, os cidadãos de Jacarepaguá (entre os quais orgulhosamente já me incluo) continuar a falar a mesma linguagem de entendimento e solidariedade que é o melhor alicerce para a edificação de uma vida comunitária ideal.

(inédito)

COSME VELHO

Cem metros além do edifício de agressivos pilotis termina a rua, sem saída, em ângulo quase reto com a montanha que grimpa em súbito aclive, o Mirante de Dona Marta lá em cima e, na outra vertente, a dolorosa favela que cresce cada dia. As edificações são poucas nesse trecho, poucas e boas, ricas até, com cuidados jardins ou invejáveis parques que se somam à floresta espessa de lianas, fetos, trepadeiras, sarmentos e corimbos. Nos terrenos sem muro a mataria é um prolongamento da floresta – ipês, quaresmeiras, paineiras, umburanas, embaúbas, sapucaias, palmeiras, mangueiras onde os caburés gargalham noite feita, jaqueiras, jequitibás, socadas de bananeiras cujos cachos o porteiro vai colher antes que os moleques os encontrem nas vadias incursões com atiradeiras e vara-paus. Há micos aos bandos, inserindo no bucolismo encantado das manhãs o alvoroço dos guinchos e estripulias, há gambás solitários responsáveis por muito galináceo sangrado nos quintais lindantes. Há beija-flores, que são jóias volantes, rolinhas com seu ciscar de pluma, sanhaços, cambaxirras, pardais, inconvenientes bem-te-vis. Há vaga-lumes com a lanterninha azulada, guaxupés que em algum oco de pau fabricam o seu mel, içás de gorda bundinha para se fazer pipoca, manjar que não entra na cabeça dos filhos da vizinha, mas que a empregada da roça defende como saborosíssimo, uma multitude de insetos, certos deles de tão estranha carapaça e coloração, e que enche a noite com desconcertante música de amor e predação. E há as grandes borboletas de purpurino azul e lento e vigoroso adejar com que se fazem bandejas e cinzeiros para o escasso turismo citadino. A cem metros do edifício havia, em janeiro, um barraco escondido na clareira. Agora são três.

("Suíte carioca", *Manchete*, Rio de Janeiro, 04 jul. 1964)

COPACABANA

Aciono os controles da imaginária máquina do tempo para uma incursão ao passado. E encontro Sacopenapã, nas alturas de 1600, como extensos pastos de gado, propriedade de um certo e abastado Sebastião Fagundes Varela. Claro que o nome Copacabana era então desconhecido – não haviam chegado ainda àquelas paragens as lendas e milagres que Nossa Senhora de Copacabana inspirava e distribuía entre os quíchuas da península que avança pelo Lago Titicaca, no Peru. Comerciantes que atravessavam as terras virgens, vindos do lado do Pacífico para as aventuras atlânticas, trouxeram-nos o nome, a imagem e o culto da santa. E a tal ponto foram bem sucedidos na empreitada que, por volta de 1764, outro abastado senhor, Francisco Gomes de Pina, doaria 100 braças de chãos de largo por 200 de comprido, em Sacopenapã, para que se erguesse a primeira capela na praia.

A apertada faixa de areia era domínio absoluto de pescadores – e ninguém se atrevia a buscá-la fosse por temê-la ou por ignorar os seus encantos, de resto ainda não revelados. Até que aconteceu o episódio das baleias, melhor dizendo, o boato das baleias, em 1858. Os cetáceos, em dois, teriam dado à praia e, atraídas pela curiosidade, levas de gente (inclusive o próprio imperador) se deslocaram do centro e dos bairros para vê-los. Como as baleias não existiam, os cariocas não as viram, mas, em compensação, descobriram o paraíso. Os fins de semana passaram a ser de obrigatória peregrinação ao areal – longa e difícil caminhada que transpunha morros e vencia picadas, no lombo de muares ou cumprida por pés cansados, para o encontro com o mar aberto e o sol. Em 1904, construiu-se o túnel, furando o Morro da Babilônia, já por imposição do desenvolvimento da cidade que tentava suplantar a exigüidade do espaço com a incorporação à área urbanizada de quanto terreno fosse possível. Assim é que Copacabana começou a perder o aspecto de vastidão arenosa e reino de pescadores: contingentes diversificados de população a pouco e pouco se fixaram no local e não foram necessários muitos anos para que surgisse o bairro e se transformasse depressa na maior concentração humana, em termos de ocupação por metro quadrado, de toda a cidade do Rio de Janeiro.

Penso nos 237.559 moradores de Copacabana – quantas crianças entre eles? – confinados em pequenos apartamentos, escuros ou sem ar, floresta de cimento cobrindo os escassos sete quilômetros quadrados do bairro. As áreas de recreação são quase inexistentes, pois o que era chão, enquanto foi possível, fez-se base para o plantio de alicerces de novos edifícios. As casas são coisa do passado: a população comprime-se em apartamentos, 98,8% de toda a área edificada. E em cada apartamento moram em média seis pessoas, ou seria melhor dizer seis condenados submetidos a um tipo de regime penitenciário tão desumano quanto o adotado nas prisões?

Ainda bem que, vencida a fase da construção frenética, abrem-se para o bairro, agora, algumas perspectivas melhores. A começar pelas normas que presidem a atividade imobiliária: nada mais de edifício colado a edifício, nada mais de quarto/sala/banheiro liliputianos, nada mais de monstros de tantos andares erguidos sem a prudente previsão de garagens – e os carros expulsam os pedestres das calçadas, depois de ameaçá-los nas ruas. A praia já está mais larga, mais bela, as pequenas praças estão sendo remodeladas, Copacabana volta enfim a mostrar uma face humana sem ríctus de angústia ou de preocupação. Afinal, tudo deve ser feito para que se preserve a beleza natural de um bairro que, até certo ponto, é o cartão de visita com que a cidade se fez conhecida e invejada no resto do mundo.

Entre o fanatismo derrotista do cronista Rubem Braga ("e os escuros peixes nadarão nas tuas ruas e a vasa fétida das marés cobrirá tua face") e o lirismo otimista do poeta Vinicius ("ampla laguna curva e horizonte, arco de amor vibrando suas flechas de luz contra o infinito"), decido-me pelo frio objetivismo dos urbanistas, arquitetos e construtores, que põem engenho e arte a serviço de Copacabana, para que ela sobreviva aos tempos no esplendor de obra feita por Deus, para sempre imunizada contra a presença predatória do homem.

CENAS DA VIDA CARIOCA

1933

Seu Martins, que, com uns cabelos brancos aqui e ali, navega na casa dos quarenta, já teve bons e maus mares, mas como é carioca da gema não há tristeza que lhe pegue.

Dona Alzira, que é um autêntico despertador, bota-o para fora dos lençóis:

– Levanta, homem, que já está na hora!

– Vai preparando o café, que eu já vou indo – responde de olhos fechados.

– Está pronto há mais de meia hora.

Não há outro remédio. Seu Martins abre os olhos, espreguiça-se, senta na cama (sonhou com pavão), torna a espreguiçar-se. Faz uma manhã magnífica, luminosa, transparente. Ainda bem. Tapa um bocejo: vamos para a luta. Vai para o banheiro arrastando os chinelos, fica remancheando – tem tempo.

A navalha está desgraçada de ruim, mas ele não liga. Vai arrancando barba e pele, deitando, pela janela, olhadelas para a gaiola pendurada numa sombra do quintal, conversando com o saltitante passarinho como se ele fosse gente:

– Perdeu o pio? Está com dor de dentes? Você precisa se casar, rapaz!

Banho é de chuveiro, com sabonagem demorada – tem tempo – e acompanhamento de assobio e canto. Há de tudo: valsas remotas, canções da mocidade – "Ó minha carabu,

dou-te meu coração", "Perdão, Emília, vou partir chorando"...
– mas o forte é o samba mesmo. Não há samba novo que ele não saiba. O ritmo do "Barraco abandonado" é do balaco!

Não quero mais saber da orgia,
Preciso ser trabalhador.

Dona Alzira bate na porta:
– Anda, Martins, está na hora.
Engole o resto do samba, faz voz grossa:
– Já vou.
Depois de procurar uma porção de objetos que estavam bem na ponta do nariz, depois de espalhar roupa por todos os cantos do quarto, senta-se à mesa, pronto e satisfeito, a xícara de café com leite fumegando na sua frente.
– Manteiguinha ordinária, livra!
– Pois é de Petrópolis.
– Quem não come, acredita.
Mas vai passando-a no pão como se a reclamação fosse para outra manteiga que não aquela. De repente, franze a testa:
– Por onde anda o Nélson, que eu não o vi? (Trata-se do caçula, mimadíssimo.)
– Está no jardim tomando sol – responde dona Alzira.
Fita inquieto a mulher:
– Olhe lá se ele foge para a rua!...
Ela acalma-o:
– Não tem perigo. A Anália está vigiando-o.
A testa volta ao natural. Anália, mulata trintona que veio da roça, e está há dez anos na casa, é considerada como pessoa da família. Sossegado, seu Martins bebe um gole e volta:
– E os pequenos já foram para o colégio?
– Há mais de uma hora.
Mas seu Martins gosta de saber tudo:
– Levaram boa merenda?

— Que haviam de levar? Pão com goiabada e bananas.

Seu Martins aproveita mentalmente a letra do samba, "banana tem vitamina, menina!", e alto:

— E a Marília tomou o remédio que o doutor Coelho mandou?

— Custou, mas foi.

— Essa pequena está me ficando muito cheia de chiquê.

— É, mas trate de voar senão você perde o bonde.

— Perde o quê! Tem tempo! – e corta calmamente mais uma fatia de pão. – Afinal – não é, Alzira? – seu Gonçalves tomou vergonha na cara e está fornecendo um pão mais decente.

A mulher concorda, ele bebe outro gole e pergunta:

— Quer que traga alguma coisa da cidade?

Dona Alzira, que está em pé na frente dele, esfregando as costas da cadeira com a mão, esperava pela pergunta.

— Já ia pedir. Olhe, você me traz uma fava de baunilha, bem gorda! Duas latas de salsichas do Rio Grande – paulistas não quero! – uma latinha de fermento em pó, do bom, e uma nova fôrma de alumínio, das grandes, que a nossa não dá mais nada. Me traz duzentas e cinqüenta gramas de ameixa preta também. Ouviu bem? Vê lá, se vai esquecer de alguma coisa.

— Se esquecer, logo se vê.

— Deixa de brincadeira. Quero fazer uns doces para amanhã, que é feriado, e talvez o doutor Medeiros venha cá.

— Daquele livro de receitas que você ganhou na Feira de Amostras?

— É.

— São boas?

— Você não gostou daquele pudim de creme e chocolate ontem?

— Formidável!

— Pois é dele.

— Melhor que uma mulher bem nua!

— Lá vem você com indecências!...
Seu Martins dá uma gargalhada um tanto patife:
— Você não compreende o Belo!
Agora é dona Alzira que ri:
— Você sempre safado.
O relógio bate sete e meia. Seu Martins dá um pulo, dona Alzira grita pela centésima vez no ano:
— Perdeu o bonde!
Seu Martins dá um beijo apressado na patroa, dá um beijo apressadíssimo no caçula – té logo, Anália! – e vai voando. Sai sempre atrasado de casa, mas nunca perdeu a hora de entrada no escritório, onde trabalha dobrado porque trabalha sorrindo.
Às quatro horas, a moça frisadíssima do telefone chamou-o:
— É para o senhor, seu Martins.
Ele pega o fone com energia:
— Alô! É o Martins – e, quando ia perguntar "quem fala", reconheceu a voz da mulher.
Dona Alzira está telefonando da padaria porque seu Martins não tem telefone em casa. Quarenta mil-réis por mês é loucura! Quarenta mil-réis dão para oito jogos de futebol (sozinho), quatro cinemas no bairro (com a mulher e filhos), dão para uma prestação qualquer – tal é o seu raciocínio. Só não dão para economizar. Economizar quarenta mil-réis é asneira. Economia só vale de um conto de réis para cima. E como nunca tem um conto de réis limpo, a caderneta da Caixa Econômica existe pró-forma.
— Que é que há, Alzira?
A mulher informa com voz macia que a Marina – coitada!... – trouxera a filhinha para ela ver na hora do almoço. (Seu Martins almoça na cidade, numa pensão da Rua General Câmara, segundo andar sem elevador, dois e quinhentos por refeição.) Marina é afilhada do casal. Afilhada de batismo. A mãe fora uma pobre costureira, vizinha do casal Martins, no

Méier. Morrera, a menina fora para a casa de uma tia no Engenho de Dentro, mas passava meses com os padrinhos. Agora estava casada, tinha uma filhinha que era um encanto, mas perdera cedo o leite, dera leite de vaca engrossado com aveia, a conselho de uma vizinha, e a menina teve uma diarréia dos diabos. Correu aflita para a casa da madrinha. Seu Martins levou-a ao doutor Coelho, um velho amigo, que tratava dos seus filhos.

— Isto não é nada. Sua netinha vai ficar boa logo — disse o médico brincando.

— Neta, uma ova!

Doutor Coelho riu muito e receitou uma farinha cujo preço não era para a bolsa do novel casal, modestíssimo comerciário. A menina sarou e seu Martins pagou tudo. Pagou de boa cara. Gostava da menina — uma tetéia! — como gostava de todas as crianças.

Agora, dona Alzira contava-lhe que o doutor Coelho mudara o regime para uma outra farinha, ainda mais cara. Marina viera pedir o favor de continuar a protegê-la. Seu Martins tentou uma advertência:

— Você não acha que nós já fizemos bastante, Alzira?

A mulher respondeu com um oh! de condenação. Seu Martins não discutiu:

— Está certo, mulher. Diga à Marina que pode contar com a gente.

— Então eu vou dar ordem ao seu Joaquim da farmácia para ela levar as latas que precisar, ouviu?

— Está bem, Alzira. Regule o assunto aí como você quiser. Té logo. Estou muito ocupado.

Enterra mais contra os olhos a pala quebra-luz e se engolfa novamente na soma meticulosa dos lucros dos patrões.

Abajur futurista para ajudar a leitura dos vespertinos de oposição, feita em pijama e chinelas na cadeira de balanço, dona Alzira cose. O rádio toca. Os pequenos fingem que estudam na ponta da mesa com cisne de louça no meio.

O caçula choraminga um pouco no quarto. Anália vai lá e ele torna a dormir.

O velho relógio dá dez horas. Seu Martins, que já leu todos os crimes, todos os acidentes de rua, todas as notícias esportivas, todos os impasses políticos, todas as descomposturas no governo, todos os anúncios, desperta do cochilo que coroou a prolongada leitura:

— Está na hora do meu leite com canela, Alzira.

O filho mais velho corrige o pronome:

— Do nosso, papai.

Seu Martins dá um balanço na cadeira:

— Mas vire esse rádio aí, menino. Ópera é música para boi dormir.

1934

O lixeiro já passou com o programa diário: bater de latas na calçada, pigarros tremendos, reclamações, berros entre ferozes e amorosos para a mula da carroça: "Pra frente, Simpatia! Tá te fazendo de engraçada hoje, peste!"
Agora as obras da vizinhança estão chamando os operários, num malhar sonoro de ferro – pem! pem! pem! São sete horas.
Dona Consuelo é a primeira a se levantar. Seu Alfredo vem muito depois. É funcionário público, só entra às onze na repartição, de maneira que tem tempo de sobra.
É ela quem tira os filhos da cama:
– Está na hora do colégio, crianças.
Luís Fernando e Maria Lúcia não gostam muito nem de acordar cedo nem de colégio, mas são coisas que a vida obriga e não há remédio senão acostumar. Enquanto estão no banho, dona Consuelo está na cozinha. Ela é quem faz tudo em casa. Empregada nos tempos que correm é esse desespero que se sabe: não há nenhuma que preste, todas umas lambuzonas, umas malcriadas muito grandes e um dinheirão para quem quiser!
A água está no fogo para o café. Dona Consuelo assobia, canta, mexe nisto, mexe naquilo, naquela atividade matinal de todos os dias.
– Onde está o abridor de latas? Quer ver que este pequeno andou mexendo nele...

Vai se informar com os garotos, que não sabem do objeto. Seu Alfredo já está acordado, mas, segundo o hábito de quatorze anos de funcionalismo, está deitado na cama, em posição relaxada, de olhos abertos, "gozando a manhã".
— Voce viu o abridor de latas, Alfredo?
Ele responde seco, com preguiça:
— Não.
Dona Consuelo dá uma batida em regra no armário. Procura que procura, afinal dá com o maldito ferro num cantinho, atrás da lata de mate.

A água já está fervendo, o bico da chaleira fumega. Prepara o café, abre a lata de leite condensado, carrega tudo para a sala de jantar, onde os príncipes — conforme a própria expressão de dona Consuelo — já estão aboletados, brincando com as colheres.
— Colher não é brinquedo, larga isso, menino!
Enche xícaras de meter medo e via de regra sujeitas a repetição.

Enquanto comem, temos conversas de vários tipos.
Higiênicas:
— Vocês lavaram os dentes, crianças?
— Lavamos, sim senhora.
Escolares:
— Vocês estudaram as lições direito?
— Estudamos, sim senhora.
Econômicas:
— Seu Gonçalves cada vez manda o pão menor. Uma vergonha! Acaba a gente só vendo ele com uma lente.

O coro fica mudo, mastigando.
— Bote mais um pouco de leite aqui, mamãe — pede Luís Fernando.
— Pra mim também, mamãe — emenda Maria Lúcia.
Dona Consuelo, que tem um certo orgulho do apetite dos filhos, reenche as xícaras. O relógio (meio carrilhão) previne que faltam quinze para as oito.

— Depressa, pequenos!

Há a debandada afobada. De casa para o colégio é um bom pedaço a pé e as aulas começam às oito na exata.

Nove horas. Dona Consuelo já atendeu o quitandeiro, brigou com o caixeiro, reclamou a carne do açougueiro – nervo só, não tem cabimento. Se continuar assim, mudo outra vez para o açougue de seu Caetano.

Seu Alfredo aparece, segurando a calça de andar em casa, reclamando:

— Onde é que está meu cinto velho?

Revista na casa. Foi encontrado debaixo do *étagère*. Dona Consuelo, que protege muito o Sultão, disse:

— Isto é arte de Luís Fernando.

Seu Alfredo, barbeado, e com um banho de chuveiro, que é uma tradição de família, senta-se à mesa (dá-se ao luxo de torradas) para tomar o seu mate, porque o mate é o chá brasileiro, muito melhor que o chá, mais fresco, mais diurético, mais barato, mais patriótico etc. E temos nova sessão de perguntas e respostas, com dona Consuelo em pé, encostada na mesa.

— Você já pagou o armazém?

— Já.

— Tudo?

— Tudo.

— E seu Alexandre?

— Também.

— Madalena telefonou?

— Não.

O telefone de que se utilizam é o da farmácia, pertinho, e Madalena é a filha mais velha, louca por cinema. Está na casa da madrinha, em Copacabana, sob o pretexto de tomar banhos de mar, porque está muito anêmica, precisando de sol, mas na verdade para ficar livre dos velhos, andar quase nua,

flertar à grande, tomar sorvetes, dançar, fumar, e fazer outras coisas chiques. Os dois pensam, mas não dizem – ingrata!
Às dez horas é que começa a lufa-lufa.
– Onde é que está a minha camisa? Não tenho camisa, Consuelo?
Bem que tinha. Dona Consuelo chega e mostra:
– Está cego?
Seu Alfredo também não tinha meias, nem lenços. Tinha tudo. Dona Consuelo ia ver – está aqui. E afinal vai para a mesa e engole o almoço com sobremesa de banana frita, açúcar e canela; chupa o cafezinho requentado, acende um Clássico ovalado (cheques, cheques e mais cheques!) e sai para apanhar o bonde do horário, onde cumprimenta uma boa quantidade de passageiros.
Dona Consuelo fica absoluta nos seus domínios.

Meio-dia e meia. Regresso da dupla escolar com uma fome monstruosa. Novo almoço, mais um prato de bananas fritas. Depois a dupla some pela vizinhança. Maria Lúcia metida na casa das amiguinhas, e Luís Fernando, segundo Dona Consuelo, "sempre no meio da molecada".

Três horas. Quem visse os dois na hora do lanche imaginaria que não comiam há uma semana. O prato de mingau dá para alimentar, folgadamente, um regimento. Raspados os pratos, novo sumiço.
Dona Consuelo já está com o jantar no fogo. Deu uma conversinha com dona Matilde, pelo muro do lado direito. Outra palestrinha com dona Filomena, pelo muro do lado esquerdo. Com dona Eulália, que fica no muro dos fundos, a palestra é mais difícil, pois tem o galinheiro e as goiabeiras para atrapalhar; a conversa fica mais por sinais do que por palavras. Depois vai se sentar no banquinho de costuras, porque o marido está com as camisas em petição de miséria, Maria Lúcia precisa de vestido novo para sair (matinê de

domingo no cinema Maracanã) e Luís Fernando anda num relaxamento com a roupa que não há ninguém que agüente.

Quatro e meia. Nova aparição da dupla, com um convite para banho e roupa limpa. É quando eles se dedicam um pouco às tarefas escolares, mas como a mesa fica perto da janela, é um minuto de olho no livro e dez na rua.

Cinco horas. Toalete de dona Consuelo. Banho com água-de-colônia, vestido de bolinhas, com avental por cima para defendê-lo, e sapatos tipo sandália, todo aberto, muito cômodo. Sem meias por calor e economia.

Seis e meia. Entrada triunfal de seu Alfredo, com vespertinos debaixo do braço, embrulhos (café, pão da Padaria Francesa, remédio para o nervoso), queixando-se do calor na cidade – horrível! – e do chefe da repartição – um bandido! Passa pelo banheiro, lava o rosto para desafogar, muda o pijama depressa e vai voando para ver as galinhas chocas.

O último que entra é o Sultão (trinta raças misturadas), rabo em pé, com uma fome danada. Passa os dias na rua. Inimigo de banhos, responsabilizado unanimemente pelas pulgas da casa.

O jantar é a única refeição que todos fazem juntos durante a semana e durante o qual os filhos são repreendidos de várias maneiras e por variadissímas causas. Mas, como a fome é conciliadora, tudo acaba muito bem às sete horas para seu Alfredo, que vai tirar a tora na varanda, na cadeira de balanço, e para os garotos, que voltam para o seu verdadeiro domicílio – a rua. Para dona Consuelo, não. Tem que tratar ainda da cozinha, lavar os pratos, guardar a louça, arear as panelas... O rádio está ligado para a Estação do Povo – sambas, marchinhas, coisa decente, piadas de matuto, português, turco e italiano. Dona Consuelo chega a parar os seus afazeres para apreciar e rir. De vez em quando dá um palpite:

— Boa, hem?

Seu Alfredo é mais refinado:

— Assim, assim.

Oito horas, mais ou menos. Dona Consuelo, depois de catar os filhos na vizinhança, dá uma prosa de portão com dona Isabel, dona Matilde, seu Albuquerque (marido de dona Matilde) e outras figuras da vizinhança. Nariz torcido para Dona Florzinha, que é a intrigante da rua, e que fez com ela uma de se tirar o chapéu!

Os garotos entregam-se aos livros por uma hora apenas, porque o cansaço chega depressa. Os olhos de Maria Lúcia começam a piscar e Luís Fernando abre a boca de minuto a minuto.

Às dez horas, depois de um copo de leite com biscoito de fubá, cuja receita é do tempo da vovó, recolhe-se ao berço a família feliz, para, no outro dia, com a graça de Deus, recomeçar a vida, com a mesma boa vontade de viver.

1943

O que o atrapalhava agora era aquele dente da frente (melhor seria dizer "a falta do dente da frente"). Mas o canino de ouro era infernal!
— Não, meu filho, não quero. Obrigado.
Tratava-se da fava perfumada, que eu recusara comprar – perfumada demais... E estávamos num café movimentado do Castelo, às cinco horas da tarde. Defronte da mesinha, o espelho.
Ele:
— Gostei da palavra! É isso mesmo: meu filho. (Os olhos vermelhos, o jeito mulato, os cabelos mulatos, e a atração do espelho, falando mais com o espelho do que comigo, falando mesmo só com o espelho, fazendo gestos, gostando dos seus gestos, admirando-os profundamente.) É a sentimentalidade que a gente tem profunda, compreende, não é? Como a morte, como o mar, como o vento. Não é a boca que diz, é a coisa lá dentro, o êxtase sensível da criatura. Corri mundo, meu filho – batia na peito. O mundo estava aqui – o espelho refletia a mão esquerda batendo firme contra o coração – e aqui – e o espelho refletia dedo grosso, de unha suja, repuxando a pálpebra do olho direito, matreiro, puxa! sangüíneo, sabido, que tinha visto coisas, tantas coisas como o olho esquerdo! Deus é quem viu, nem adianta não acreditar em Deus – deu a risada, me envolvendo num hálito de cachaça, mostrando as gengivas tão

congestionadas, e o canino de ouro brilhante como uma jóia. Deus é quem viu – ordenança do general Rondon, ficou perdido no meio do mato, floresta brava, ele e um índio. Falava o guarani (falava também inglês), furou pelo mato, cipó como pó, deu no pouso de aviões do Tocantins, sabe não? do Tocantins. De Hamburgo a Bremen foi pendurado se agarrando por baixo de um carro de carga, ele e Kolovoski, cabra bom, doido, o polaco! No bolso nem um tusta. Botou a vista – não havia sombra de navio brasileiro no porto. Tinha era navio grego – ia para a Índia. Faltavam dois moços de convés, sabe o que é? Pois é, comeu muita galinha com açafrão (com a mão), o calor derrubava o povo, até cobra na rua havia. Elefante é mato, e o inglês velho mandando. O polaco morreu – água de poço é aquela desgraça. Nada de voltar para Hamburgo. O *Brazilian Princess* era um navio conhecido. Navio bom. Engaja? Engaja. Faltava um moço de convés. Serve? Serve. Quem lhe dissera foi um caboclo da Paraíba, que estava no *Princess*. Ele o conhecia do Havre, numa casa de mulheres – mais de cinco mil francos! Foi para o comandante. "Are you an indian sailor?" "No, I'm brazilian. I'm from South America." "Oh, yes, brazilian!" Caprichava na pronúncia, o suor descia pelo rosto, passou o lenço imundo.

Front. O mesmo que frontão aqui. Diz-se *front* como se a gente dissesse: vou para o *front*. Pois é. Uma pule, meio dólar. (Dizia meia dólar.) Lepte! – deu uma lambada com os dedos – dois mil dólares! O primo estava dependurado no West Side. Vamos para o Brasil. Que Brasil, rapaz! Vamos é comprar tudo em cachaça no primeiro navio brasileiro que aparecer. Ganhou dezoito dólares. Em cada garrafa, explicou. Gringo bebe pra chuchu. Fez uma pausa: dinheiro no bolso é que é a história. Mais de doze contos no bolso. Se visse no chão uma nota de quinhentos, nem pegava.

– Baiano, meu filho! (Riso e espelho.)

Trinta e sete, estava bem, não é? Quem é que dizia que ele tinha trinta e sete anos? E tinha corrido o mundo. O que as autoridades, não as autoridades militares, porque o militarismo era no mundo um evangelho agora, o que as autoridades civis precisavam era isso – conhecer mundialmente o mundo, porque só o conhecimento das coisas é que dava para eles enxergarem, para poderem julgar, porque bofetada na cara, parei! não era assim que se julgava um homem (espelho). Bofetada na cara, aí sim, e esse negócio de cadeia é para isso.

Deu aquele suspiro fundo de virar os olhos – conhecia o mundo. Favas do Pará? Riu. O senhor não foi no golpe. Bom, ele também ali não estava mentindo. Não adianta mentir, o senhor viu logo. Poxa, mas no mundo há besta pra chuchu! Enfiava uma fava dentro d'água-de-cheiro, deixava a bicha secar, partia na cara do bicho, o bicho tomava o cheiro – Pará, meu filho – o bicho comprava.

O senhor é do Pará?

– Não, sou daqui.

– Bem, conhece as coisas. Favas... Agora eram favas, mas ele vendia o diabo! Risinho: abafava os troços – homem é isso, meu filho! Roubava, afanava, dava um jeito, vendia. Só na Bahia vendera noventa e cinco máquinas de fotografia moambadas em Nova Iorque. Daquelas pequenas de caixão, não sabe? Por quanto, diga lá? Faca preço bem baixo.

– Quarenta.

Muxoxo, espelho, três passos pra trás:

– Nove! O cabra de bordo dizia, você é doido, rapaz, custam aqui sessenta! Num gesto tranqüilo: foi tudo por nove!

Pôs na voz um tom de quem fazia uma declaração de amor:

– Ai, eu gostaria de contar minha vida. Sabe como? Debaixo duma gameleira, enorme, com uma boa vitrola, tocando ao lado uma ópera bem profunda. Ah, – suspirava – assim é que eu gostaria de contar a minha vida!... Em volta, um barril de chope, um barril de cachaça, meu Deus!...

Mas de repente ficou agitado: Roubar? – espalmou a mão enorme no peito – puxa! deu um solavanco. Compreende, não é? Foi o Lloyd que deu jeito na coisa, sabe, era brasileiro.

Sing-Sing... – e arrancou para sumir. Arrancou, mas voltou: Olhe, ladrão é rico! Homem sério não vale neste mundo. Ladrão, meu filho, ladrão! E sumiu para sempre com suas favas cheirosas. No fundo da rua, entre os homens, ainda o vi um instante – atracando um homem.

1952

A maior inimigazinha do homem era dessas que merecem confete dourado, mesmo depois do carnaval. Por um nadinha seria loura, é que a mão não fora muito precisa na dose da tintura capilar e, se o cabeleireiro tivesse cortado um milímetro a mais, teríamos a cabeça de um efebo como está na moda agora. Com mais dez gramas seria gorda, mas com as que tinha seu talhe poderia ser incluído vantajosamente entre os caules mais gracis da botânica citadina. E os dentes, ah! os dentes eram como pérolas esparsas, gotas sólidas de leite, pingos de alabastro, baguinhos de milho branco ou quantas mil outras comparações, poéticas ou triviais, de que seja capaz o ingente engenho humano, sempre presto a comparar.

Esperava o ônibus e o ponto de parada passou a ter a alegria e o perfume de um jardim. Porque puras eram as cores do vestido, do bolero, do cinto, da bolsa, da sandália aberta. Porque emanava perfume, não perfume francês de vidro caro, mas perfume verdadeiro, perfume de coisa nova e fresca, de broto, de aurora surgindo trêmula por trás dos montes.

Conquistador nato irresistível, executei três sedutores passos de tango para estacar junto dela à sombra da mesma desfolhada amendoeira. O sol tinia. O mar parecia mais mar de tão azul e os trabalhadores, entre nus e esfarrapados, afundavam na inocente calçada imensos canos de cimento que levarão água para Copacabana, no dia sempre esperado em que houver água.

E os ônibus passavam e, embora com lugares, ela não embarcava. E como não embarcava, eis-me que continuo mal protegido pelos braços da árvore, mas capitalizando tempo para entrar em intimidade.

— Esse diabo está custando, hoje! — comecei quando já capitalizara bastante.

O peixinho caiu na rede do pescador:

— São atrozes esses ônibus 9!...

— São de pôr a gente de cabelos brancos — reforcei como se não tivesse nenhum.

Automaticamente ela pousou os olhos de esperança nos meus cabelos, cujo corte militar camufla, da maneira mais decente e marcial possível, o avanço aliás nada prematuro das cãs e, ao dar com elas à altura das têmporas, como que se sentiu diante de um cavalheiro de respeito, de um cavalheiro direito, de um cavalheiro no qual podia confiar. E, levada pela confiança, perguntou:

— O senhor também está esperando o 9?

— Exatamente, senhorita — menti com a maior sinceridade.

E como os olhos dela se acendessem de repente num brilho de contentamento, senti que vinha o 9. E o 9 parou. Fora primorosamente azul e branco há uns seis meses passados, quando saíra dum armazém do cais do porto para a linha Mourisco-Praça da Harmonia. Mas seis meses é quase um século na vida de um ônibus carioca e os arranhões, as batidas, as mossas imensas, o sujo do pó do piche, da graxa, os vidros rachados e sujos, faziam dele uma bem triste carruagem. Mas que carruagem podemos nós ter o desplante de achar triste quando vamos tomá-la em companhia de uma moça bonita?

Tomamo-la. Eu e ela, que já me confessara que se chamava Eronilde e ia visitar a tia, que fora operada no Hospital dos Servidores. Os fados são sutis e imperscrutáveis — havia dois lugares, apenasmente dois, no mesmo banco.

Manda a distinção que se ofereça a janela às damas. Como princesa que sabe dos seus direitos, ela aceitou. Era um lugar de sol e os raios que vinham de trilhões e trilhões de léguas não morriam ao pousar nos seus cabelos; confundiam-se com eles e deles recebiam um calor que o sol nunca terá.

Não se pode dizer tudo de uma vez e cabe no momento, só neste momento, assinalar que o bolero de linho não tem mangas e, na nudez do braço que contemplo, desenham-se lustrosas marcas de vacinas.

– De que foi operada sua tia, senhorinha?
– Da vesícula, senhor. Tinha pedras. Sofria horrivelmente!
– É uma operação bastante melindrosa – disse com a mais hipócrita imbecilidade.

– Bem, atualmente parece que é uma coisa corriqueira, tão banal quanto uma apendicite – retrucou com o ar de quem está bastante informada das conquistas da cirurgia. – Dentro de oito dias já voltará para casa, foi o que disse o médico.

– Mas quando ela foi operada? – inquiri demonstrando o mais científico interesse.

– Há três dias. Mas correu tudo normalmente, embora a vesícula estivesse totalmente obstruída. Imagine o senhor que tinha cento e quatorze pedras.

– Quantas?! – e caprichei na fisionomia espantada, como se ela me desvendasse o segredo da pedra filosofal.

Houve um indisfarçável sentimento de orgulho:
– Cento e quatorze. – Mas como a modéstia, ou melhor, a veracidade era positivamente uma das prendas do seu caráter, apressou-se a ajuntar: – Também há algumas pedras que só são chamadas de pedras pelos médicos. São pequeninas como grãos de areia.

– Mesmo assim é extraordinário!

O edificante diálogo, porém, foi interrompido por uma freada brutal que atirou os passageiros uns contra os outros. E quando nos reanimamos do susto, que foi coletivo, com gritos de senhoras esparsas, a sua pequenina mão macia e bem cuidada estava presa na minha.

Mas, ao dar conta do seu gesto inconsciente de susto, foi vítima daquele descontrole sangüíneo que incandesce as faces e que os sujeitos graves chamam de pudor.

– Oh, perdoe! – apressou-se a dizer, escapando com a mão. – Foi um susto horrível.

– Felizmente foi só um susto, senhorinha, e já passou.

O ônibus continuava feliz, em precipitadas curvas, como se nada houvera acontecido – os transeuntes que saíssem da frente. Mas como não há mal que sempre dure, ei-lo que surge, nas suas linhas de mau gosto, no seu melancólico revestimento de pó de pedra, o Hospital dos Servidores.

Descemos. Ela para ver a tia, eu para acompanhá-la, pois já nos sentíamos íntimos. As flores do magro jardim – eram poucas – dobraram-se invisivelmente para saudá-la. Aventuramo-nos no movimentado e escorregadio saguão, dirigimo-nos para o guichê de informações. Eram quarenta ou cinqüenta pessoas que se informavam e somente dois funcionários, ora irritados, ora displicentes, estavam para atendê-las.

Quarenta minutos depois Eronilde estava atendida e a preciosa mãozinha apertava, como tesouro inestimável, o cartão cor-de-rosa que lhe dava direito, durante vinte minutos, a ver a tia que já não tinha mais vesícula.

Os elevadores não funcionavam, mas uma sobrinha amorosa e de dezoito anos não teme as escadas de um hospital, tanto mais que a sorte alojara a sua querida parenta no quarto andar. Disfarcei como pude o cansaço da escalada pelas escadas sujas, pelo tráfego intenso da enfermagem.

A secretária do andar foi gentil, embora não tão americanizada como todo o padrão do hospital. Recebeu o cartão e perguntou:

– Sabe o número do quarto?

Eronilde sabia, pois já lá estivera uma vez. Pediu-me que a esperasse, porquanto não se demoraria muito. E realmente demorou menos do que consentia o cartão cor-de-rosa.

Os elevadores continuavam enguiçados. Médicos, enfermeiras, serventes e visitantes esbofavam-se pelos degraus. Como para baixo todos os santos ajudam, portei-me dignamente, embora que entre o segundo e o primeiro andar fizesse uma estratégica parada.

– Sua tia está passando bem?

– Felizmente está, mas está um pouco rabugenta. Queixou-se muito da comida e o senhor sabe que é uma injustiça, pois a comida do hospital é maravilhosa. Quanto a pequenas faltas, como pão, manteiga e leite, são faltas que podem acontecer em qualquer hospital nos dias que correm. E só a rabugice mesmo de um doente pode mencioná-las com acrimônia. Não lhe parece?

– Você é um anjo, Eronilde! – limitei-me a dizer.

1953

*H*avia chovido, um repentino aguaceiro de verão, os beirais pingavam lentas, espaçadas gotas, as poças faziam os transeuntes dar saltos e soltar pragas, mas o calor persistia intenso, provocando mais pragas ainda.

Ela espiava para um lado e para o outro, esperando, impaciente, o pescoço moreno e fino saía triste de um decote redondo, sóbrio, quase puritano. Não lhe ficava bem aquela roupa, positivamente não ficava, era uma mulher que precisava de cores, de sol, de carne à mostra. Mas estava de preto e molhada. E isso deixava-a sem moldura e desamparada.

Quando ele chegou, porém, ela ficou subitamente nova e forte:

– Olá!
– Olá, meu bem!
– Que chuva, hem!
– Que chuva!

Houve um beijo rápido na face, tomou-lhe a mão, sorriu-lhe, ela respondeu com outro sorriso, e foram caminhando de braço dado com uma graça de namorados do passado, uma graça que parecia extinta. No ponto do bonde pararam, sempre muito juntos, calados. E aí a chuva voltou forte, bem mais forte, e nenhum dos dois tinha guarda-chuva, como se um guarda-chuva parecesse deslocado cobrindo aquela felicidade.

Ponto de parada de bonde, na cidade, às seis horas da tarde, constitui lugar de trancos, repelões, empurrões, pisadelas, safanões, numa completa e perfeita demonstração do nosso estranho mundo de competições. Quem vai lá, ou é naturalmente dado a disputas, ou terá que compreender e praticá-las para não ser passado para trás. Quem não empurra com deliberação e energia não conseguirá tomar o bonde, muito menos sentar-se nele.

O ditoso casal não se importava absolutamente com os circunstantes que se sucediam, como se em outro mundo vivesse. Continuava estático, sentindo a presença um do outro, mãos embrulhadas, corpos colados, poucas palavras, embevecidos.

Transcorrido algum tempo, e o jornaleiro oferecera-lhes inutilmente a sua mercadoria, fizeram uma tentativa de tomar a condução. Houve uma correria, ele conseguiu defendê-la, na refrega, sem nenhum esforço ostensivo, pelo simples fato de ser grande, ter braços fortes e ombros largos.

Depois, tentaram nova investida. Não havia, porém, lugar para ambos no mesmo banco. Entreolharam-se e desistiram, enquanto a mulher com tantos embrulhos, gorda, terrível, furiosa, ocupou o lugar, empurrando agressivamente a vizinha. Uns dez minutos após veio outro bonde da mesma linha e a cena repetiu-se com a vitória de um senhor de pasta e sem gravata. E repetiu-se ainda algumas vezes, enquanto nos intervalos eles se olhavam cada vez mais dentro dos olhos e ficavam cada vez mais perto um do outro, como se formassem uma única pessoa.

O vestido dela estava encharcado, pegado ao corpo, denunciando formas recônditas; do cabelo dele a água escorria, deslizava pelo pescoço, entrava pelo colarinho que mais mole se tornava. Ao fim de uma hora, apareceu um bonde vazio. Devia ser de uma linha estranha, nova, levando a um bairro onde ainda pouca gente morava. Ela disse qualquer coisa, ele respondeu:

— Mas, amor, esse não serve.

A moça apertou-lhe o braço, falou baixinho, e quem poderia ouvir? Tomaram o veículo, sentaram-se juntos num aconchego sereno e lá se foram, enquanto alguns circunstantes mais atentos ficaram seriamente meditando nas possíveis vantagens de se tomar um bonde errado.

(*Stela me abriu a porta*, 1942)

CONVERSA DO DIA

NOVAMENTE

É tão velha e manjada a história do pássaro que volta ao ninho antigo que não é possível utilizá-la ainda, tanto mais que não sou passarinho. Mas a verdade é que volto hoje ao ninho que queriam destruir. Só que não é ramo de árvore ou beiral de casa, mas neste alto de página, que também não é antigo, é interminente. De vez em quando me dá uma coisa na pena ou na cabeça e descanso uns dias, muitos dias, um mês até. Exatamente como aquele amigo do interior que mantinha um jornalzinho diário na sua pequena cidade. Dia que ele acordasse de veneta, chegava na oficina e dizia: Hoje não tem jornal. E não tinha mesmo. Os tipógrafos iam embora, ele largava a oficina e ia chupar laranjas no sítio de um compadre ou jogar bilhar no clube local.

Não fui a nenhum sítio, mas chupei algumas centenas de jabuticabas. Não joguei bilhar porque não sei e não gosto, mas assisti futebol pelo rádio que, tirando os locutores, é muito interessante. Compadre não tenho, não uso compadre, mas tenho amizades que agüentam tempo e com elas pode-se bem meter uma conversa de varar madrugada. Varei madrugadas, recordei mil casos, fiquei a par de outros tantos novos. O caso de Ritinha, por exemplo, que não é Filha de Maria — fugiu com doutor Nicácio, a mulher do doutor Nicácio deu uma bronca danada e depois viajou para a casa dos pais, dizem uns, para a casa do doutor Fulgêncio, dizem outros.

E depois de estar inteirado de tantas coisas importantes como esta, voltei feliz para o Rio e para a redação. Aí o famoso Malta me interpelou a respeito da coluna. Amanhã, respondi. Mas no outro dia estava um dia tão bonito que eu resolvi passá-lo jogando xadrez na varanda. No outro, menos belo, passei uma revista em regra na minha coleção de caixinhas de fósforos que, modéstia à parte, tem sua classe em tamanho e qualidade. Então o Malta não suportou mais a ausência do seu colunista e me espremeu contra a parede que, como é de domínio público, tem painéis de Di Cavalcanti altamente alegóricos. E da espremeção resultaram estas linhas de hoje e a promessa de outras mais.

(*Última Hora*, 25 nov. 1953)

NATAL

*E*m página de armar, o "Tico-Tico" trazia o presépio. Emprestada, a mesa da copa vinha para a sala de visitas, depois de uma ginástica difícil pelo corredor. Cobria-a de terra. Musgos, pedrinhas, conchas, vasos de begônias, tudo servia para enfeitar. Com serragem traçava caminhos por onde iam os Reis Magos, as ovelhas e os pastores. Uma lata de marmelada fazia de lago, com um peixe encarnado de celulóide dentro, quase maior que ele.

Aliás, a composição era assim um tanto bisonha. Carneiros maiores que as casinhas, um trem de ferro de corda, que achava indispensável, baianas de pano por imposição atendida de Doró. S. José e a Virgem Maria de papelão, ao passo que o Menino-Jesus, sobre um feixe de palhinha, puro biscuí, resto de um presépio de mamãe. Os Reis Magos somavam seis em adoração, três do "Tico-Tico", três de massa, do antigo presépio da fazenda.

Papai troçava da piedosa sarrabulhada. Eu ficava ressabiado, olhando a obra, sem ver defeitos, achando-a excelente. Entristecia-me. Ele percebia e vinha para mim.

– Comeu batata roxa no almoço, meu filho?

Prendia Doró entre as pernas:

– Caturrita!

Entre as meninas notava-se, em papai, certa preferência por ela, talvez por ser a menorzinha, talvez por ser a mais bonita, minúscula, preciosa.

Dorotéia era engraçada:

— Papai, anão faz anos?
— Faz, catita.
— Então, por que não cresce?

(*Última Hora*, 23 dez. 1953)

MEMÓRIA DO NATAL

É impossível rememorar os acontecimentos em ordem cronológica. A solicitação de um nome, perfume ou rótulo, de um armário que estala em quarto de hotel, duma chave que emperra, de céu chuvoso, porta entreaberta ou cheiro de bife, eles nos acodem com imensa versatilidade. Anotemos a corrente das lembranças e, quando menos esperamos, teremos formado o manto que veste a nossa vida. Esquisito manto de retalhos! Quanta cor enganosa, quanto som desafinado, quanta forma adversa. E nos é vedado, quanta vez absurdo, compreender os fatos imediatamente – seríamos vítimas da fantasmagoria universal que nos cerca e as nossas paixões como deformam tudo! Como é possível compreender Madalena, Laura, a tosca Aldina, a imagem do poeta que se crê claro e imortal, a esperança que teima em cruzar nosso caminho?

O presente mais lindo não é o mais caro, é o mais frágil – caixa de cubos com os quais as mãozinhas inexpertas poderão formar um prado florido, dois cachorrinhos brincando, a galinha branca orgulhosa dos pintainhos.

Há ainda a bola de sete cores como um arco-íris de borracha, a piorra cantadeira e o pelotão de chumbo pregado no papelão.

Paro um instante, comovido – ah, roda da vida, roda da vida rangente ou azeitada! Quando acordei, acordei general – trinta e seis soldadinhos me esperavam ao pé da cama, túnica azul, calça vermelha, baionetas em riste. As trincheiras foram abertas debaixo das begônias, as roseiras deixavam cair as pétalas sobre os heróis, todo o jardim sofreu com as batalhas delirantes, enquanto Madalena fazia comidinhas para a nova boneca e Emanuel folheava, no alpendre, o livro de gravuras de Rabier.

Deposito o último brinquedo com cuidado. Porejadas de suor, as crianças dormem. Na parede, como prego, dorme também o pernilongo, pesado de sangue que também é um pouco meu, apesar da incredulidade de Mariquinhas.

(Última Hora, 28 dez. 1953)

QUERIDA NANCI

Minha querida Nanci é gordinha, é até mais do que gordinha. Mas a verdade é que gosto das senhoras gordas. Muito mais que gorda, porém, ela é delicada, de dengoso andar, de lânguidos requebros e louca por água. Passa os dias mergulhada na sua piscina particular, espetando os ouvidos espertos para o mais inocente rumor. Gosta de ser vista, de ser cortejada e é absolutamente vegetariana. Infelizmente é extremamente glutona e outro dia, ao comer sua saladinha de alfafa, capim e verduras diversas, deixou ir no meio dela um chapéu de palha.

Seu estômago delicado, em lugar de repelir o estranho vegetal, empurrou-o mais para baixo e como a indústria dos nossos chapéus de palha emprega as substâncias mais imundas, minha querida Nanci ficou envenenada.

Os seus olhos, já por natureza de uma ternura imensa, ficaram ainda mais ternos, mais chorosos, nesse estado de bombardeamento só provocado por briga com namorado. E apesar dos esforços de todos os seus amigos, jururu num canto, inconsolável, não suportava em seu delicado estômago absolutamente nada. Tudo devolvia com imenso sofrimento.

A Medicina foi imediatamente convocada e depois de graves conferências, resolveram impingir-lhe seis litros de purgativo, equivalente a trezentas doses de purgativos normais.

Nanci não pôde suportar o gosto da terapêutica. Somente os homens são capazes de engolir coisas tão imundas.

Todavia a Medicina sabe se armar de uma vasta camuflagem. E assim como envolve de chocolate as suas drágeas peçonhentas, ou ajunta essência de hortelã às mais hediondas beberagens, preparou-lhe um coquetel de vitaminas composto de 10 litros de laranjas, bananas, tomates e ameixas pretas para esconder o repugnante gosto do purgativo.

Minha querida Nanci foi enganada tal como somos nós nos restaurantes da cidade. E, tal como nos restaurantes, o efeito foi retumbante e necessitou quarenta e sete baldes. Mas apesar das mais exaustivas pesquisas, não foi encontrado o fatal chapéu de palha.

Visitei-a ontem mais uma vez. Mais uma vez Nanci confessou-me a sua vergonha, a sua humilhação, mas prometeu-me que tão cedo fique livre do chapéu de palha vai dar umas voltas comigo.

(*Última Hora*, 18 maio 1953)

CARTA ACHADA NO BONDE

"Minha querida: você haveria de gostar desta solidão em que me afundei, solidão tão grande que até me esqueci da cor dos teus cabelos. Há uma tranqüilidade tão grande em tudo, que a alma da gente parece que se decanta, e ao cabo desta semana que nos separa sinto no fundo de mim uma grossa camada de lama que andava aí misturada com os meus pensamentos e os meus atos.

A tranqüilidade me coloca em situação de encarar com mais certeza a realidade do nosso amor. Ficar longe do objeto amado é ainda a melhor maneira de atiçar o amor, que embora imenso está caindo no cotidiano. Não sei se Stendhal tem alguma passagem sobre o assunto no seu livro. Mas a verdade é que deveria tê-la. E se não a pôs, é porque era filho de uma era de ciência teórica ou empírica e nos nossos tempos a fisiologia do amor é como todas as ciências, eminentemente experimental. Longe de ti é que eu compreendo a beleza das tuas palavras, mais do que o som amado das palavras. Na imensidão desses horizontes é que eu tenho uma medida-padrão para medir o teu carinho. É na luz dessas estrelas (não foi possível ler o que estava escrito a seguir, pois o papel estava rompido pela dobra).

Aliás não é a primeira vez que sinto que nós existimos melhor fora de nós. Quando P. fez o teu retrato é que eu senti verdadeiramente como você era. Ele pôs você imparcialmente, arrancou de ti o que era essencial. Ao passo que eu vejo em ti também o supérfluo, e o supérfluo quase sempre domina o essencial. Você mesma já dissera da emoção que sentira quando ouvira minha voz gravada em disco. A tua vontade era ouvi-lo dia e noite e talvez não suportasse me ouvir dia e noite.

Tudo isso que te digo é tão belo e tão romântico que poderá parecer pedantismo e literatura, ou melhor, literatura pedante. Mas não é. Frente a frente temos tanta coisa utilitária para encarar que esquecemos que somos poetas. Aconteceu hoje pela manhã, diante do humilde canteiro. Que emoção funda me sacudiu: há quantos anos não via um pé de miosótis!

E te conto também uma anedota: um menino que ia de mansinho na ponta dos pés, com a atiradeira pronta para um balázio seguro, mas pisou num galho seco e o passarinho voou assustado.

Com o imenso afeto do teu Oscar."

(*Última Hora*, 26 maio 1953)

A MESMA MÚSICA

*M*eu querido amigo Chico mora ali pertinho, onde Minas começa, mas para se chegar à sua casa só há dois meios para mim: o ônibus que leva oito horas, quando não oitenta por enguiçar na estrada, tão bem conservado é o material rodante brasileiro, ou o trem de ferro, que leva dezoito, quando não cento e oitenta por inapreciáveis razões ferroviárias. É verdade que existe um meio relativamente rápido de se chegar lá – o automóvel. Mas como ainda não sou deputado para conseguir cambiais fáceis e como tenho pânico de qualquer negócio de câmbio negro, ainda não me dei ao luxo de possuir um carro.

Não podia, portanto, mandar um portador nem ir eu próprio conversar sobre matéria urgente. Tive de apelar para um objeto de martírio, que no Brasil tem o nome de telefone.

O assunto começou às sete horas da noite de sexta-feira, hora aconselhada pela Companhia Telefônica por ter tarifas mais baixas e eu sou um cidadão econômico. Disquei inutilmente para 01, que no catálogo é indicado para chamadas interurbanas. Depois de uma hora de baldados esforços, com o dedinho doendo já de tanto mexer no disco, um lampejo de inteligência, que por vezes me acontece, fez com que eu ligasse para 00 e chamasse a telefonista-chefe. Com a voz mais delicada, informei-a da ineficiência dos meus esforços. Com voz igualmente delicada, embora antipaticamente padronizada, a senhorita me informou que por acúinulo de serviço 01 não atendia e aconselhou-me que discasse para 02-Informações.

Cheio de esperança, disquei para 02. Em pouco menos de meia hora ouvi outra voz amável, ainda que também padronizada. Expliquei as minhas urgentes necessidades e a voz prometeu providenciar.

Até agora, manhã desta bela segunda-feira, estaria aguardando a ligação, se a impaciência, que me é característica, não me impulsionasse, quatro horas após a aludida promessa, a numerosas tentativas, através dos cabalísticos números 00, 01 e 02, quando por muitas vezes foi confirmada a promessa de ligação.

Sentindo-me um pouco cansado da espera, e também um pouco humilhado por não ser tratado com a mesma cortesia com que trato a Companhia Telefônica Brasileira, a qual pago religiosamente no dia em que ela me obriga a pagar, sem o que corro o risco de ver cortado esse útil aparelho do corredor, decidi entregar-me aos azares de outra miséria pública e dirigi-me ao Telégrafo, mas no caminho pedi a Deus, que é muito meu amigo, que os diretores da Companhia Telefônica Brasileira jamais tenham em casa uma criança doente e precisem chamar um médico com urgência, utilizando os serviços que ela oferece aos seus assinantes.

O telegrama foi desesperadamente com taxa urgente. Talvez que dentro de seis anos ele possa chegar ao seu destino e convocar o amigo; temo, porém, que até lá eu e ele já estejamos enterrados, mas com um lugar garantido no céu, que é a bonificação que Deus dá aos assinantes da Companhia Telefônica Brasileira.

(*Última Hora*, 12 jan. 1953)

A VOLTA

O acontecimento não parecia extraordinário a um observador. Eram duas pessoas, sentadas numa mesa de um bar igual a tantos outros. Tomavam um sereno guaraná, perfeitamente indicado para a temperatura e para a hora. Tinham pedido ao garção uns sanduíches e ele, provavelmente, iria acabar por se lembrar disso. A conversa era calma, excepcionalmente calma, considerando-se que as duas senhoras – porque eram duas senhoras – não se encontravam há doze anos. Sim, ambas estavam casadas, é claro. Tinham filhos – como não? – robustos, endiabrados, já no colégio há muito tempo. Qualquer dia seria marcado um lanche, em casa de uma delas, para que os garotos se conhecessem. Vieram os sanduíches, a conversa se animou, pediram outro guaraná.

Afinal, uma delas tomou coragem, falou no assunto, no pivô do desentendimento que as separara durante todo aquele tempo, isto é, no bonito rapaz que tinha namorado as duas e que conseqüentemente, provocara a briga entre as duas, então inseparáveis amigas. Tinham sido precisos doze anos para que o ressentimento se atenuasse. O Carlos, afinal que fim havia levado? Nenhuma das duas tivera mais notícias precisas dele. A mais morena declarou que soubera apenas, pelo jornal, que ele se casara em São Paulo.

Ah, o imenso, o indescritível encanto das coisas apenas esboçadas!

Cada uma das mulheres foi para casa pensando no Carlos e odiando seus respectivos maridos. Ódio sem conseqüências, é lógico, ódio conjugal que não tem força alguma, acaba por se diluir na vulgaridade da vida. Os embrulhos atrapalhavam. O ônibus sem conforto, a pressa de chegar em casa para ver o jantar das crianças, uma pergunta flutuando o tempo todo – por que não me casei com o Carlos?

Enquanto isso, em São Paulo, num ônibus igualmente ruim, uma outra mulher olhava para fora, através do vidro embaçado pela chuva e perguntava ao seu coração com uma leve raiva – por que, meu Deus, por que eu me casei com o Carlos?

O inocente Carlos é que não pensava, que ele, felizmente, não é desses luxos.

(*Última Hora*, 17 mar. 1953)

FIM DE SEMANA

Sábado, que foi mais um dia de tristeza para a torcida vascaína que tem clarins triunfais de canudo de mamoeiro, foi um dia de folga cá para o agitado degas, que às quatro e meia pôde cruzar os seus instrumentos de trabalho e dizer de barriga cheia – chega! E, para aproveitar convenientemente a folga, resolveu fazer uma vistoria nas vísceras, ritual que cumpre semestralmente com a maior dignidade, embora com o mais digno ceticismo.

O esculápio que vem acompanhando as oscilações do meu metabolismo, da minha bronquite e as artimanhas do meu sistema neurovegetativo é um desses cavalheiros que não leva a sério em absoluto essa história de semana inglesa. E às cinco horas já estava eu esperando por suas perguntas e apalpações e matando a espera com a releitura de várias revistas do ano passado, que me proporcionaram o mesmo tédio da primeira vista d' olhos. Antes das sete horas não foi possível ser atendido, atenção aliás não gratuita mas não também muito generosamente paga, já que por amizade ou por toleima ele não me cobra o que de praxe o faz ao comum dos seus clientes. É que um bom lote de sofredores me antecipavam, mas sempre chegou o momento da inspeção.

A pressão estava dentro do normal. As reações pupilares continuaram a me incluir entre as almas dotadas de acentuado pendor artístico. A velha bronca apresentava-se discreta em virtude de científicas piteiras com científicos filtros, que retêm nas suas científicas substâncias a péssima manufatura do nosso tabaco. Quem não se mostrava nada discreto era este velho coração cansado de guerra. Mas meu nobre facultativo não desconhece que só os médicos e as mulheres sabem o que vale a mentira para os homens e assim sendo auscultou com simpática negligência as regiões cardíacas, perguntou como eu ia de trabalho, respondi que ia muito bem obrigado e ele me mandou continuar com certas pílulas de iodo, que como ninguém ignora é uma espécie de pó-de-arroz para veias e artérias.

Despedimo-nos satisfeitos. Ele da sua ciência e cautela, eu da minha prudência e compenetração. E dentro de seis meses, se ainda estiver vivo, lá voltarei burocraticamente para mais uma cena de comédia.

(*Última Hora*, 31 ago. 1953)

A RESPEITO DE LOUCOS

*U*m velho amigo, amigo de verdade, que há muito tempo não via, pois que se radicou no Sul do País em exercício de magistério, deu-me a alegria da sua visita, já que vinha tratar coisas neste velho Rio, campo discreto de nossas aventuras lítero-estudantis.

Trouxe o abraço ou as notícias dos amigos sulinos, falou do frio que opera horrores e de móveis de jacarandá, cujo preço deixou mais frio que geada, já que estando de casa nova e gostando de mobiliá-la com alguns móveis imperiais procurou assuntar o desejo.

E de conversa em conversa chegamos ao ponto em que se tratou de loucuras. Na sua abalizada opinião só há duas espécies de doidices: uma branda e provisória e outra furiosa e definitiva. A branda e provisória manifesta-se com a aquisição de automóvel, um dos objetos menos úteis do planeta e o que mais dá aborrecimentos mecânicos, físicos, de tráfego e financeiros. A outra forma, a furiosa e definitiva, é a compra de um sítio fora da cidade, que leva irremediavelmente à falência qualquer mortal, seja ele até um Rockefeller e que leva também à morte, quase sempre sob o aspecto de enfarto do miocárdio.

Um outro amigo presente, pessoa sensatíssima e algo melancólica, apoiou a classificação, mas ajuntou uma outra modalidade de loucura, que, embora caindo em progressivo desuso, ainda proporciona alguns casos de demência

– piquenique de modo geral e, de modo particular, em Paquetá.

E quando nos demos conta, verificamos que as formas de loucura são bem mais vastas do que poderíamos supor, pois no grupinho presente imediatamente surgiu a contribuição de várias espécies de perturbação mental, tais como requerer urgência numa repartição pública, acreditar em anúncio de liquidação, pensar que um técnico de futebol entende realmente de futebol, acreditar em corrida de cavalos, etc., etc.

Como não podia deixar de acontecer, tocou a minha vez. Não quis contrariar nenhum dos amigos: aceitei como verdadeiras e desvastadoras todas as formas de loucura por eles sugeridas. Mas loucura mesmo, loucura provada e comprovada, só reconheço uma – banho de mar aos domingos.

(*Última Hora*, 27 jul. 1953)

NOTAS PARAENSES

I

A luz de Belém é fraca, apesar do extraordinário esforço dos vaga-lumes. Mas prometem melhorar.

II

Aviso aos navegantes: se por acaso virem um zepelin solto na rua, não se assustem – é um ônibus.

III

Compro uma garrafa de água-de-cheiro para o meu banho de sexta-feira, filtro maravilhoso de prosperidade e amor, a felicidade por dois cruzeiros.

IV

O caboclo nunca tinha andado de avião e veio logo de Porto Velho por sobre aquele mundo de água e mato.
– Do que é que você gostou mais na viagem?
Pensou um pouco:
– Do lanche.

V

Certamente é por uma falha do meu caráter, mas não gostei do açaí – tem gostinho de bambu.
Fiquei escravo do cupuaçu.

VI

O vendedor de coisas típicas logo viu que tratava com um cavalheiro diferente e compreensivo. E ofereceu-me um guaraná em forma de macaco-prego, figurinha proibida pela moralidade local.

Comprei a oferta, cuja única imoralidade constituía no preço. E quero crer que a mesma vigilante moralidade esteja providenciando a extinção, na floresta amazônica, da indecorosa raça dos macacos-prego.

VII

E depois de quase um mês de planície amazônica, como sentisse a necessidade premente de ver jacarés e sucuris, fui fazer uma visita ao museu Goeldi.

VIII

Na noite morna, de transtornante luar, despeço-me das mangueiras sonolentas em pundonorosas camisas de dormir, que, colantes ao tronco palpitante, vêm em pregas cair até o chão.

(*Última Hora*, 14 maio 1953)

ANO NOVO

Com as suas árvores de Natal vergando ao peso de enfeites, velas e brinquedos, com seus presépios, suas rabanadas, suas castanhas, nozes e confeitos, com os seus sapatos pequeninos à espera do barbudo, Papai Noel, dezembro nos traz um encanto secreto de evocação, misturado com a certeza, entre amarga e melancólica, de que estamos ficando cada vez mais distantes da quadra, sempre e sempre lembrada, das travessuras.

Janeiro é diferente – nos traz, como um tônico vital e imprescindível, o gosto pela ilusão.

Sempre que chega um novo janeiro com as suas manhãs mornas, com o seu sol inclemente, com os seus grandes dias azuis, e as suas noites de estrelas, a alma da gente toma um jeito de botão inocente e se abre como uma flor às mais risonhas perspectivas.

Com tranqüila e segura confiança passa-se uma esponja no passado e diz-se – vamos a uma nova vida. Sim, em janeiro a vida tem uma graça de coisa nova! Parece perfeita, fácil aos nossos desejos, deslumbrante, e está aberta à nossa frente.

Vamos a uma vida nova! E assim dizendo fortalecendo-nos, além de tudo, a convicção de que a experiência dos anos já vencidos nos tornará mais lúcidos e mais hábeis, não nos deixará errar tanto...

Vamos a uma nova vida! Que de glória, fortuna, fama e amor vemos cheios os meses que virão. Fadas boas estão à nossa espera com as varinhas prontas para os toques mágicos. E toca-se a roda da imaginação acelerada, em planos e mais planos. Modestos são os de uns, grandiosos os de outros, prosaicos os da maioria, mas todos impregnados da mesma cor otimista.

Vamos ser isto! Vamos fazer aquilo! Vamos vencer, gozar, amar – tais são as malhas do frágil tecido. Frágil demais!

Nada ou quase nada, acontece de tudo o que se sonhou. Mas que importa! Que importa! Poderia acontecer. Acontecerá, talvez, um dia. Por que não? A imaginação é a eterna, incansável, paciente fiandeira – espera por um outro janeiro em que novamente tecerá seu filó de esperança. Fiandeira só, não. Elixir também. Elixir da nossa vida de tão poucos janeiros.

(*Última Hora*, 02 jan. 1953)

CONVERSA DA SEMANA

NOVO ANO

*E*mbora alguns espíritos recalcitrantes se neguem a admiti-lo, o ano termina mesmo é no dia 25 de dezembro. E até 31 o que existe são dias de ninguém, sem razão e sem sentido, com aquele ar de chateação festiva de dar e receber abraços, mandar e receber cartõezinhos horrorosos e telegramas com aquelas frases feitas pela poesia cristã do nosso Departamento de Correios e Telégrafos, aliás sempre superior à poesia acadêmica.

Os bancos cerram suas portas, por muito favor fazem meio dia, só para receber, pagar não. Os brinquedos, que custaram os olhos da cara, e que a vinte e quatro foram altruisticamente colocados nos sapatinhos das crianças, já estão reduzidos a semibrinquedos e as crianças interessadas mesmo é no Flamengo, no Fluminense e no Vasco, brinquedos que os donos do futebol usam para engambelar o "Zé Povinho" e tirar dele os dinheirinhos para meter no seu bolsinho.

Há também calor, porque parece que todo o calor do mundo faz força para nos deslumbrar de vinte e cinco a trinta e um de dezembro. Às vezes também há uma bonita trovoada. E afinal há o primeiro de janeiro, que é o dia da aproximação dos povos, na folhinha está visto.

Meus amigos, o que o homem não tem é vergonha na cara. Tanto assim que é com o maior calhordismo que traça planos para o ano novo, como se os trezentos e sessenta e cinco dias que ele tem pela frente não fossem feitos da mesma putrefata matéria dos trezentos e sessenta e cinco dias passados.

A fórmula para essa sem-vergonhice é desejar aos outros um Feliz Ano Novo, quando não há nada nem feliz nem novo, muito menos anos. O que há é uma eterna sucessão das mesmas misérias, das mesmas ambições, das mesmas mercancias, da mesma demagogia subvencionada, aos mesmos moralistas do chifre furado, dos mesmos calões para os quais a penicilina foi um alívio, os mesmos exploradores do bolso do povo, da ignorância do povo e da estupidez da classe média.

Mas podemos admitir a ilusão, como as senhoras admitem a juventude entrando num instituto de beleza.

(*Última Hora*, ano II, n. 40,
de 10 a 16 jan. 1954, Suplemento Flan)

NA PRAIA

I

Se o vento zumbe temível (como agora sobre as salinas), não recriminemos o vento – ele desempenha o seu papel. Desempenhemos os nossos papéis. Eis tudo. Quantas vezes já não fomos ventos devastadores na vida das criaturas? Quantas ruínas já não deixamos atrás de nós?

II

Como um gorgeio, através do tabique:
– Eu queria ser formiguinha para entrar no quarto deles e ouvir o que estão dizendo. Dizendo ou fazendo.
A outra moça ri.

III

Eis uma coisa que Nicolau ainda não compreendeu – o céu pode ser realmente verde.

IV

Era mansa, discreta e distraída.
(Comoção de um minuto ao vosso lado!)

V

E o mancebo matou o dragão, casou-se com a filha do rei e viveu sempre pensando, com arrependimento, no dragão.

VI

As limitações levantam-se como cercas de espinhos, boa parte delas gerada por nós próprios, servos inconscientes de obsoletos códigos.

A que heroísmos nos impulsionam! Em que depressões nos afundam!

Para as palpitações e dores nas pernas, a ciência, consultada sob a forma pouco sutil de Gasparini, responde: são estrepolias do vago.

VII

Ela haveria de gostar desta solidão em que me afundei (o rio é largo e melancólico), solidão tão profunda que até me esqueci da cor dos seus cabelos. Há uma serenidade tão grande em tudo, que a alma da gente parece que se decanta, e, ao cabo desta semana que nos separa, sinto no fundo de mim uma grossa camada de lama que andava misturada com meus pensamentos e os meus atos.

(*Última Hora*, ano II, n. 44,
de 07 a 13 fev. 1954, Suplemento Flan)

PEDAÇOS DA NOITE

1

Através do vidro da mesa vejo meus pés nus, estou nu, no calor imenso. As veias estão no seu limite, diz o médico – nada de fumo.

Acendo outro cigarro, traço o meu uísque – vem um vento quente e afaga a pele como se fosse carícia de Aldina, perdida na juventude nua.

2

A vitória do grande escritor consiste em nunca ter escrito. Promete uma novela, ora biográfica, ora fantástica, o herói ora sendo homem, ora sendo flor.

3

Não guardo meus defeitos para a intimidade.

4

Foi um baque surdo às seis horas da tarde chuviscando. O velho ficou estendido no asfalto como um saco mal cheio. O automóvel apagou as lanternas e sumiu.

5

Neste último ano, a única pessoa que me empregou a palavra "estética" foi o meu barbeiro, a propósito de bigodes.

6

O que mais temo: o total aniquilamento. Não pelo aniquilamento, mas pelo horror ao efêmero.

7

Júlia no fim da linha, que é como o fim do mundo:
— Não vejo a tua carinha hoje?
Uma hora depois estava esticado na poltrona amarela. Gosto de ouvi-la, como se ouve uma cascata – vem uma frescura de ninfa em cada palavra mesmo pornográfica.

8

A janela está aberta. E eu aflito para que venha no vento, que arrepia as cortinas, as olvidadas recordações de infância, cujo mistério nunca pode ser de todo desvendado, recordações de amor – noites de amor ardentes ou calmas – recordações dos perigos passados, a morte iminente! – recordações das mentiras e medos esquecidos.

9

Nada está direito. A vida é insuportável. Mas devemos calar.

(*Última Hora*, ano II, n. 42, de 24 a 30 jan. 1954, Suplemento Flan)

PÁGINAS DAS PÁGINAS

1

Sensação de esquecimento, de ausência – o bonde corre. De repente, volto ao mundo sem que nenhum movimento do mundo me tivesse solicitado. Sol brilhante, céu azul, tantos homens. O mesmo cansaço. Sinto que fiz uma pequena experiência de morrer.

2

Repouso a cabeça no teu peito, ao som do mar descem as nuvens do céu para me cobrir. Nem um sofrimento mais! Um sono fecha-me as pálpebras, como se borboleta fosse, que dormisse.

3

Quando chega a noite, bem noite, na casa os móveis dormem. Quando dormem os tapetes, os discos, as louças e os quadros na parede. Quando só o relógio e a geladeira elétrica trabalham e só as baratas têm vida, aí a mão, cheirando a cigarro, abre cansada, em qualquer página ainda em branco, o escondido diário...

4

Não encontro outro descanso senão nos teus olhos. E não é a mocidade que eu vejo brilhando no fundo dos teus olhos de vinte anos – é a eternidade.

5

Não sei se ela tão fina, tão penetrante, compreendeu a minha agonia. A tarde era opalina e eu me sentia transparente como a água azul da piscina que olhávamos. Pelas alegrias da vida pagamos tão caro, que não sei se seria melhor que fôssemos sempre infelizes.

6

Debussy derrama-se na sala como véu de luar. Os corpos se diluem, meu corpo deixa de existir, é impalpável, torna-se poeira de amor e compreensão das coisas impalpáveis e eternas.

7

O corpo branco no domingo branco. O pensamento branco como página para escrever.

(*Última Hora*, ano II, n. 45, de 14 a 20 fev. 1954, Suplemento Flan)

PARA A MESMA MORTE A MESMA PALAVRA

Nasceram no livre mar sem fim, entre pedras submersas ou algas flutuantes – eram milhões!

Nasceram no livre mar sem fim, vieram pelo mar, pelo canal entraram e a água morta borbulhava como água gasosa ao vibrar das barbatanas frenéticas.

Ó enganoso canal! Ó lagoa traiçoeira! Ó caminho para a morte! Ó água escura e mortal!

A enxurrada que descera dos morros saturados de favelas, depois de calorosos e opressivos dias, ainda corrompeu de barro e excremento a salinidade da água salobra e tranqüila, onde os remadores se exercitam nas manhãs de sol, onde as velas dos barcos de regata fogem em volteios como asas de gaivotas, onde se espelha nos luminosos dias o azul palpitante do céu e o vulto distante de pedra abrindo os braços.

Como loucos – e a água pipocava – procuraram a porta salvadora do canal sem encontrá-la. E a morte os apanhou – eram milhões!

A morte também bóia e boiaram como fragmentado manto de prata sobre a água assassina, manto que a maré atirou na estreita praia.

Também vós, ó nordestinos, rudes irmãos nascidos na rude caatinga ou no sertão rude, também vós tendes como enganador canal a esburacada estrada Rio–Bahia e como mar enganoso para vossa salvação este Rio e este São Paulo enganadores! Só que vossa cor não é de prata e resplendente. É suja, cor de pó de estrada, cor de magreza, de seca, de desamparo, de dor e de miséria.

Essas águas do Sul em que vos lançais em cegos cardumes, irmãos do Norte, não são águas de piedade como comportas de salvação. São águas terríveis e mortíferas, povoadas de devoradores peixes, outros monstros marinhos, gordos e sinistros tubarões camuflados de inofensivos botos, perigosos vermelhos com cores democráticas, miseráveis verdes sem nenhuma cor disfarçante, terríveis peixes-espada, imensos polvos insaciáveis.

E se não morrerdes na bocarra das piranhas dos trustes e da opressão, morrereis, por certo, ó pobres peixes nordestinos, da baixa salinidade moral destas águas. Por que a elas falta o sal heróico que impede a corrupção e o vício, a exploração e a ganância, a estupidez e a insensibilidade.

(*Última Hora*, ano II, n. 49,
de 14 a 20 mar. 1954, Suplemento Flan)

DAS FUGAS

Cada um tem sua espécie de fuga. A mais comum e também a mais primária é a bebida. É a preferida da fina flor da subliteratura nacional, que antes reunia-se em porta de livraria e agora reúne-se em mesa de bar, trocando flores entre si. Mas como mesmo nas fugas o homem timbra em se inocentar, defende a borrachice com argumentos mitológicos e exemplos literários de todas as épocas, pois em todas as épocas houve espíritos fracos ou tímidos que se fortaleciam com o copo.

Mais inofensiva, porém ainda assim perigosa, é a fuga para o jogo, que vai desde o buraco caseiro a leite de pato até o indecoroso jogo de turfe, cujos mentores tão graves remorsos devem ter diante do Código Penal, que pune o jogo de azar, que o impingem como esporte.

Há uma espécie de fuga, atualmente muito usada, de se apresentar em público com cara de moralizador de costumes e instituições, de salvador da pátria, de cruzado contra o roubo e o golpe, aplicando para esta redentora luta o número mais considerável de golpes, de roubos, de calúnias e falsidades.

Há os que fogem para a pesca submarina, para os campos de futebol, para o rubronegro, para o automobilismo, para o sítio, para as congregações marianas, para o oposicionismo sistemático, para as anedotas pornográficas. E há, ainda, de todo inofensiva, a legião dos colecionadores. Coleciona-se selos, cartões-postais, cinzeiros, quase sempre roubados, lápis, lapiseiras, xícaras bonitas, colherinhas comemorativas, moedas, cédulas, cerâmica popular, garrafinhas, que custam um dinheirão, chapinhas de garrafa, maçanetas de porta e caixinhas de fósforos.

E entre os colecionadores de caixinhas de fósforos incluo-me eu com o maior orgulho. Sempre que um amigo parte para perto ou para longe leva uma incumbência – me trazer caixinhas. Quando não as traz, fica fichado. Peça uma coisa a mim depois para ver se eu faço. Mas se traz, tem carta branca junto a mim pelo menos durante um ano.

E quando as coisas do dia sempre árduo estão me enchendo a ponto de estourar, eu tranco-me no quarto do meu tesouro, abro as minhas caixas, espalho as caixinhas pela mesa, contemplo aquelas belezas, acalmo-me, reconcilio-me com o mundo e com os homens e penso ternamente nos admiráveis amigos que contribuíram para essa minha inestimável riqueza.

(*Última Hora*, ano II, n. 50,
de 21 a 27 mar. 1954, Suplemento Flan)

FUMANDO ESPERO

*E*ra rara a semana em que não vinha um telegrama científico da *estranja* condenando o cigarro como um dos causadores do câncer. Devemos acreditar na ciência e nos cientistas. Mas principalmente devemos acreditar nos amigos e o cigarro é sempre um amigo generoso e fiel, que tanto participa das horas felizes quanto das horas amargas. E como entre câncer e amizade preferimos a amizade, mesmo com altos impostos, esperava impávido as conseqüências lamentavelmente funestas da nicotina.

Eis que se reúne em São Paulo um Congresso Internacional de Câncer e, entre os convidados, destacou-se a delegação de cientistas soviéticos, bastante entrevistada e fotografada. Sua presença foi uma temeridade. É preciso que o Itamarati esteja acéfalo para consentir que penetrem neste bem-aventurado país tão terríveis criaturas. E a presença de tais facínoras, como era de esperar, foi assinalada, na Paulicéia, pelo misterioso desaparecimento de quatorze crianças de menos de dois anos, quando ninguém ignora que as gentes soviéticas comem crianças no almoço e no jantar, deixando as senhoritas para a ceia. Além desses infantis desaparecimentos, verificou-se o estupro de doze japonesas e dezessete nacionais, todas adolescentes de menos de quinze anos, em arredores pouco policiados da cidade, taradismo que poderia ter sido evitado, pois o Itamarati devia saber que apetites indecorosos possuem os adeptos do diabo.

Mas os novos marcianos são como os vampiros – chupam e sopram. E no que se refere à sopração, transmitiram aos fumantes o pensamento da ciência russa que inocenta o fumo das acusações capitalistas de agente provocador do câncer.

Fechei, portanto, os olhos para desaparecimentos e estupros. Agarrei-me à inocência do meu amigo cigarro e passei novamente a fumar muito mais.

(*Última Hora*, ano II, n. 69,
de 01 a 07 ago. 1954, Suplemento Flan)

ESPERA NO GALEÃO

O inverno carioca tem dessas surpresas – de repente é verão. Não um verão muito janeiro, muito fevereiro, muito março. Mas verão. Felizmente que o céu era tão azul que se perdoava a loucura pela beleza dos morros, pela beleza do mar, pela nitidez das coisas na paisagem.

E foi dominado pela beleza da paisagem, onde havia coqueiros, que fiquei uma hora no terraço do Galeão esperando pelo avião internacional que nos trazia Adolfo Casaes Monteiro, poeta que há tantos anos ambicionava conhecer esta terra e que só agora nos chega para o Congresso de Escritores em São Paulo.

Os aviões chegam na hora. E o dele chegou na hora. Eu é que, mineiro velho, chego muito antes. E na espera, cigarro e mais cigarro, boto olhos pensadores ou sonhadores nas coisas que me cercam, procurando amá-las ou compreendê-las, se é que é possível compreender as coisas.

Lá estava a Cidade Universitária se erguendo... O Instituto de Puericultura até que já está pronto, cercado de belos jardins com brinquedos para crianças à volta. O Hospital das Clínicas já vai a meio, meio quilômetro de fachada. E a Escola de Arquitetura, menos que a meio. Um dia aquilo que era uma porção de ilhotas entre lodo será terra firme e nela erguer-se-á a coisa mais bela que já se fez no Brasil. Penso comovido nos artífices de tanta beleza arquitetônica – Jorge Moreira, Aldari Toledo, Madalena Kauffmann, Otávio de Moraes, o ex-terrível goleador botafoguense, a mansa Adele

Weber, que é a loura mais morena do Brasil, a Pina, que não é gomalina, e que sabe matemática como gente grande, todos, todos os rapazes e raparigas que trabalham na Cidade Universitária.

E quando este sonho arquitetônico estiver concretizado, que emoção, vou pensando, deverá sentir um viajante que pouse na pista do Galeão! Que emoção e que erro! Porque por trás do cenário afirmador de uma grandeza de gigante, poderá ainda estar o Brasil anão, povoado por corvos, falcões, pintos, uma súcia de aves assim de bicos ávidos e de garras torpes.

(*Última Hora*, ano II, n. 70,
de 08 a 14 ago. 1954, Suplemento Flan)

VIAGEM SENTIMENTAL A MINAS GERAIS

JANUÁRIA

I

Januária fica encolhida sobre o barranco, triste e árida, como uma moça sem amor. Diante dela o São Francisco tem um quilômetro, pontuado de coroas amarelas, onde de noite se recolhem as aves aquáticas. Mas, quando vem a cheia, o rio se estende, põe seis a sete léguas de margem a margem, proibindo plantações regulares, ameaçando o gado, roendo os barrancos como uma doença de mau caráter, devastando povoações ribeirinhas, e, ao descer das águas, vêm os mosquitos, os anófeles, principalmente, e tudo treme e os cemitérios se enchem.

II

Januária era terrível de politicalha sangrenta. A jagunçada enxameava as suas ruas de areia, matando, depredando, intimidando, aniquilando-a. Cada chefe político tinha o seu bando, facínoras que vinham do sertão baiano, do sertão goiano, do Alto Pirapora, e que matavam por cinco mil-réis. Eram eleitos deputados que nunca viram Januária, eram eleitos prefeitos que não sabiam escrever o nome, toda a receita do município era gasta nas lutas políticas, as cruzes de madeira, tão simbólicas, multiplicavam-se nas encruzilhadas e veredas de emboscada.

Quando foi do golpe político de 1937, o senhor juiz de direito, um homem rígido, que lutara bravamente para manter uma autoridade que lhe era quase desrespeitada, mandou chamar ao Foro os chefes políticos locais, que eram uns trinta. Em poucas palavras expôs-lhes a nova situação do Brasil. O regime agora não comportaria lutas partidárias.

– Que é que o senhor é? – perguntou a um chefete.

– Sou médico.

– Pois então agora o senhor vai tratar dos seus doentes. E o senhor? – perguntou a outro.

– Fazendeiro.

– Pois deixará logo a cidade para ir cuidar da fazenda.

E o farmacêutico foi cuidar da sua farmácia, o negociante do seu negócio, o boiadeiro do seu gado, cada um foi tratar da sua vida, e os que nada faziam senão política, e eram muitos, tiveram que arranjar uma obra. E os jagunços foram desarmados e dispersados. Muitos, caíram no eixo, pacíficos, frutos valentões apenas duma época de costas largas e de dinheiro fácil nos cofres da prefeitura.

E Januária conheceu então a doçura dos dias tranqüilos. E as noites mais negras já não amedrontam ninguém. Um ritmo novo acelerou a sua vida. O comércio prosperou, a lavoura prosperou, abriram-se pequenas fábricas (os chilenos de Januária têm fama! a pinguinha de Januária é um assombro!), as ruas começaram a ser calçadas, um pequeno jardim, com um caramanchão de buganvílias, recebe agora os viajantes e as meninas de tarde para a alegria dos namoricos.

III

Com a pequena renda do município não se pode fazer milagres e a cidade não tem asilo de órfãos nem de mendigos, não tem obras de proteção à maternidade e à infância nem abrigos para a velhice, nem casa de cegos, nem refúgio para os tuberculosos, não tem ao menos um posto médico para servir aos pobres, porque um que havia a Saúde Pública achou de transferi-lo para Pirapora, que fica a três dias de vapor, quando há vapores. Se dá a seca e levas de retirantes invadem as ruas, a morte sente-se feliz, pois é com dificuldade que a cidade pobre socorre os infelizes que vão a ela.

O senhor bispo coadjutor de Montes Claros teve hoje um gesto que calou fundo nos corações januarenses.

Aproveitando o inverno, quando o perigo do impaludismo é infinitamente menor, sua reverendíssima veio fazer a anual arrecadação. Segundo os relatórios – como a crise anda forte – apurou apenas pouco mais de dez contos em crismas, mas em todo o município sempre conseguiu uns trinta, o que não é desprezível dados os tempos heréticos que correm e tanto mais porque o município não consegue ainda na sua receita orçamentária mais que duzentos e vinte contos.

Mas ao beber pela quarta vez as profanas obras do hospital, que há quatro anos vêm se arrastando e que talvez daqui a quatorze ainda não estejam terminadas para atender os indigentes, o senhor bispo coadjutor lançou na sacola, que correu pelos presentes, uma bonita nota de dez mil-réis. Mas queixou-se dos tempos por decoro pessoal, no que foi perfeitamente compreendido pelos fiéis.

IV

Cinco meses sem chuva, o rio vai muito seco, e há oito dias nem sombra de navio. As mercadorias ameaçam estragar nos armazéns. Os passageiros em trânsito mofam nos hotéis. Os caixeiros-viajantes divertem-se pelos bordéis cafusos. O Sol despenca como um castigo. E mais um dia, outro dia, mais outro dia... Doze dias já faz, e navio não chega. Edson Magalhães está danado por causa duns remédios urgentes que pediu para a farmácia: "Isto é Januária, meu amigo!". Itabaiana também se queixa de que tem dois mil couros no depósito. E navio não passa. E não acontece nada no dia imenso. E a solidão pesa como um chumbo.

V

Pacamão, corvina, surubi, curimatá, o dourado, a traíra, que tem muita espinha, o pacu, o piau – os peixes das tuas águas, São Francisco, são um consolo para os viajantes. Peixe com farinha, peixe com arroz, peixe com limão, sopa de peixe, bolo de peixe... E muita pimenta, porque estamos perto da Bahia. E talagadas da famosa januária, cachaça que não tem outra por estes grandes brasis.

Depois das refeições vem uma preguiça doida, uma vontade de ficar esticado na cadeira de descanso, sem um movimento, sem um pensamento como num sanatório.

VI

– Aquela ali – apontou o cicerone improvisado – é a casa onde nasceu Carlos Chiacchio.
Parei:
– E vocês conhecem o que Chiacchio tem feito?
– Assim por alto. Poeta, não é?
Sorri:
– Ninguém é santo na sua terra...
E ante o silêncio respeitoso do cicerone fiquei imaginando a infância de Chiacchio que, um dia, partiu para sempre, tal como as águas do São Francisco, à procura do mar.

VII

A Lua é pequena e sem brilho no alto do céu. De luzes apagadas, a cidade dorme o seu sono. De vez em quando vêm das coroas ou da margem oposta os gritos sobressaltados das aves que acordam, o latido de algum cão. E a serenata continua, exótica serenata – bombardino, trombone de vara, violão e clarineta. O clarinetista é um vendedor de fumo de rolo de Ubá, rapaz gordo, amável e divertido, que traz na recheada carteira os retratos dos filhinhos, muitos, e que os mostra a todos com saudade, orgulho e amor. A clarineta está com a palheta em estado precário e no meio da mais triste das valsas saem, imprevistos, sons agudíssimos e desafinados, como uma vaia. Mas isso não tem importância. O que tem importância é que se vá pelas ruas de breu, parando à porta das casas dos amigos e os acorde ou embale os seus sonhos com as melodias de valsas de outro tempo, até que venha a aurora e jogue sobre a cidade e sobre o rio seu primeiro raio pundonoroso.

A noite é tépida, mas Bileza vai encolhido no sobretudo, cigarro pendurado num canto da boca, elogiando as melodias, cantarolando, assobiando, contente com os seus músicos.

VIII

Sento-me na grama. Palmeiras estáticas. Vôos pesados de mergulhões paralelos à água. Tons roxos, distantes, na Serra do Chapéu. Urubus se misturam nas praias com as lavadeiras e com os burrinhos d'água, pequenos, gentis, orelhas muito grandes, que servem a cidade do líquido. Passa Rui Canedo, magro como ave pernalta, dirigindo-se para a casa, sobraçando a pasta da sua advocacia. O Sol desce cada vez mais. Há cores verdes no poente. Ecos repetem os gritos dos aguadeiros na outra margem. Sinto-me tranqüilo como se me despedisse da vida com grande saldo de felicidade. Pressinto um outro mundo de estranha paz esperando por mim. Mosquitos zumbem. E a cada momento estou para ver surgir da placidez do rio, onde as canoas presas flutuam, a virgem das águas para me levar.

IX

O lampião de querosene belga reforça a luz elétrica cuja fraqueza tem a sua história. E a história é simples: nos tempos da velha república lembrou-se de se dotar a cidade de energia elétrica. Fez-se o negócio. O negócio foi de molde que a cidade pagasse quatrocentos contos por uma usina que não valia cem. Como a cidade não tinha quatrocentos contos está pagando e ainda pagará juros muitos anos. E a represa foi feita num riacho tão sem importância que nos seis meses de seca não tem água suficiente para dar à cidade senão uma humílima luz, e somente das sete às onze da noite. No entanto, pela quantia que a cidade pagou por essa negociata – ó coronéis! – poderia ter ido buscar na Cachoeira dos Pandeiros, que fica bem perto, uma força capaz de resolver para os cinqüenta anos mais próximos o problema da energia da cidade, que atualmente não pode abrir nenhuma espécie de fábrica movida a eletricidade porque a usina não comporta. É certo que o prefeito, dr. Roberto Monteiro da Fonseca, compreende muito bem que impulso teria Januária se tivesse verdadeiramente uma usina elétrica. E está quebrando lanças; como é moço e corajoso, acabará vencendo. E Januária terá indústria movida a eletricidade, terá iluminação nas ruas independentemente do luar, e o Bileza não precisará reforçar a luz da sala de jantar com um lampião de querosene belga.

    Mas até agora é o lampião que funciona. E à luz do lampião, estamos eu, o jovem promotor Ciro Franco, Bileza e três hóspedes, procurando matar a noite no jogo das cartas. Dois deles formam com o proprietário do hotel uma mesa de cúcan. O outro, que é um sujeito alto e triste, de fisionomia tosca, quadrada como a de certas imagens de madeira talhada por canivetes ingênuos, veio à cidade para enterrar um filho. Trouxe-o, por uma noite sem Lua, dez léguas de canoa rio abaixo, para salvá-lo. Mas dr. Roberto nada pôde fazer. A medicina comporta dedicações, mas não comporta milagres. A terçã maligna pegara-o mesmo. Tinha três anos. Era o quarto que ele perdia, depois que comprara a fazendola num alto do São Francisco. Há quatro anos que ele era dono da fazendola, há quatro anos que lutava contra as águas do rio na defesa do seu gado e da sua pequena lavoura, há quatro anos que a morte o visitava para levar os seus filhos. Agora não lhe restava mais nenhum. A fisionomia era imensamente sofrida, mas havia na voz, nas palavras, qualquer coisa que a gente não sabia se era resignação ou calada combatividade. Fotografara o defuntozinho, a pedido da mulher. O sino da matriz badalou duas horas seguidas pela alminha que deixara o mundo. Depois ele se meteu com a mulher no hotel do Bileza na espera do navio que o levasse para cima. Mas os navios não passavam. E ele maromba o dia todo da sala para o quarto, do quarto para a varanda, como uma pobre alma penada. A mulher pequenina, gasta, que devia ter sido bem bonita, acompanha-o com a humildade de um cachorro. Ele pousa a grande mão áspera, calosa, sobre o ombro da mulher, puxa-a contra o peito (ela dá-lhe pelo pescoço) e ficam olhando o rio, mudos, sem movimento, como um grupo estatuário de infinita tristeza. Convidamo-lo para jogar.

– Venha. Distraia um pouco.

Aceitou. Sentou-se à mesa, e a mulher sentou-se ao lado tomando conta dos seus ganhos. E ele ganhava muito. Éramos, eu e Ciro, amplamente batidos. Não esquecia uma vaza. Guardava todas as cartas que saíam. Fazia escopas a três por dois, e quando ao fim de cada partida somava os pontos vitoriosos, esboçava um sorriso:

– Os senhores, dois doutores, apanhando de um matuto...

E era feliz, um pouco feliz.

X

Clímaco tem dezoito anos, mas quem o vê não lhe dá mais de dez. Esteve no grupo escolar, foi uma grande figura no grupo escolar. Sua especialidade era recitar e cantar. Hoje, ajuda o povo em casa e vende saracuras apanhadas no laço. Cantou para mim a moda de um caboclo que não gostava de trabalhar. Não comprei as saracuras.

XI

Depois do jantar com pinguinha e luz de querosene, acende-se a fogueira no terreiro da fazenda. Vêm mugidos dos currais cheios. As fagulhas sobem, um calor bom se derrama em volta como uma bênção, refulgem estrelas no céu profundo, os cabras riem e se achegam uns aos outros como um bando de crianças tímidas, de periquitos na chuva.

Alexandre é o despachado. Negro retinto, mãos ásperas como lixa, Alexandre nasceu em Bom Jesus da Lapa, cidade baiana do São Francisco e para cujas romarias vem gente até da Europa, dizem. Mas Alexandre não se agüentou na cidade natal. Terra da gente é muito bom, porém... Arrumou a trouxa, saiu rodando por esse mundo. Deu com a cabeça por muitos lugares, acabou no Rio. Rio é terra para passear, para gastar. Recorda-se do Mangue com ternura – mulher em penca! Mas também lá não ficou. Trabalhava na nova rede de água da cidade, ganhava bem, mas o acampamento situava-se distante, perto do Ribeirão das Lajes, e quase todo o dinheiro ficava pendurado no armazém da companhia. Fez as contas, meteu um saldo de cento e tantos mil-réis no bolso, tocou para a cidade, comprou um palheta novo, gastou cinqüenta mil-réis de cerveja numa noite. Arrumou um passe no Ministério do Trabalho e voltou para Bom Jesus. Não se aprumou lá um mês. O galho estava difícil, a seca lavrava no sertão baiano, levas de retirantes desciam o rio. Meteu-se no meio deles, pousou em Carinhanha (morreu João Duque), pousou em Manga (seu Cordeiro tirou mil contos no sorteio das apólices), acabou em Januária. Arranjou trabalho na prefeitura para abrir estradas. E está abrindo estradas. Mas em Januária já sabe que não fica. Tem bicho-carpinteiro, alma de judeu-errante (e os cabras riem), ainda quer conhecer São

Paulo, Paraná, Rio Grande, ver neve cair nas ruas de Caxias. Dizem que lá...

— Você precisa é casar para ficar quieto, Alexandre...

Alexandre solta uma gargalhada:

— Quando o homem nasceu para correr mundo não deixa semente.

XII

O homem é irremediável e no fundo é bom que o seja. Sob as aparências cordatas, dorme a politicagem eterna. Em telegrama ao governador, o prefeito pedia a sua demissão irrevogável. O governador deu. O telegrama era apócrifo. Mas provar dava tal trabalho, que doutor Roberto voltou à clínica. Muito inimigo oculto vai receber benefícios da sua terapêutica... E adeus Cachoeira dos Pandeiros!

XIII

A noite é varada por um apito, depois por um outro mais prolongado — é um navio que chega, afinal.

— Será o meu? — pergunto.

Ciro Franco tem a sua experiência após um ano de promotoria:

— Não. Este está descendo.

— Então vamos esperá-lo.

Novamente Ciro Franco mostra que aprendeu alguma coisa:

— Tem tempo. Antes de duas horas não chega. Que horas são?

— Sete e meia.

— Então entre nove e meia e dez horas é que ele estará abicando ao porto. Está saindo de Maria da Cruz, agora.

— Mas daqui até lá não são só oito quilômetros? Como pode levar esse tempo todo?

— Bem, talvez seja menos que oito quilômetros. Na época

das cheias é bem uma reta por cima de todas as coroas, de pontal. Mas agora ele vem em ziguezague por aí, pelos canais.

Mas a verdade da demora tão grande é realmente outra. Navio que chega de noite só pode sair até as dez horas. Depois disso a capitania não dá licença senão para o outro dia de amanhã. E é o que os marinheiros querem. E toca a fazer cera pelos canais, e toca a encalhar o navio nos bancos de areia se for preciso. O que não é justo é que eles saiam do porto antes das dez horas. A vida é pequena, precisa ser gozada. Os cabarés enfeitados de papel fino os esperam. Cerveja, cachaça, sanduíches de salame, viola, sanfona, arrasta-pés – e a noite toda para sucumbir nos braços das cabrochas.

XIV

Lilá, Eurídice, Iolanda, Berenice e Diva, Mercês, Zizinha, Lindaura, para vós, moças de Januária, a minha saudade!

Saudade do churrasco na casa de Zizinha, numa véspera de São João sem foguetes no céu, mas com um chorinho de baianos de Carinhanha e vozes de gente alegre cantando modinhas tristes:

"Amemos que a vida passa,
A vida é sombra e fumaça,
Amemos que a vida passa."

E a cachacinha rolando – cachacinha com limão, cachacinha com gengibre, cachacinha com erva-doce, cachacinha com pau-de-cheiro, cachacinha com groselha, e as moças todas cantando, fazendo roda, sambando, "amemos que a vida passa!".

Saudade do vôlei feminino, Escola Normal *versus* Clube dos Quarenta, e as meninas pulando atrás da bola e o povo gritando, e as moças suando, caindo, se arranhando, e a Escola Normal ganhando numa virada empolgante que endoideceu dr. Vale, que é presidente do clube!

Saudade de Lindaura, principalmente. Das gargalhadas de Lindaura, da voz rouca de Lindaura, do bom humor espantoso de Lindaura, que critica tudo, ironiza tudo, que traz o povo de Januária em polvorosa!

1939
(De *Cenas da vida brasileira*)

CATAGUASES

I

Quando *Verde* não saiu mais, quando os meninos se espalharam – Guilhermino César e Francisco Inácio Peixoto foram para Belo Horizonte estudar Direito, Ascânio Lopes foi para um sanatório e daí para o céu, Rosário Fusco foi ser católico no Rio, uns para ali, outros para acolá e alguns para tão longe que nunca mais ninguém ouviu falar deles – quando tudo isto se deu, o correio de Cataguases teve o seu movimento diminuído de cinqüenta por cento e não duvido que em virtude de tal baixa o diretor regional tenha mandado fazer sindicâncias e inquéritos.

Da esfolada carteira do grupo escolar, o menino Rosário, que já fazia os seus poemas sucessivamente parecidos com os de Mário de Andrade, Ronald de Carvalho, Omar Khayyam etc., escrevia a Paulo Prado em termos tão livres e íntimos que deixava o circunspecto escritor um tanto alarmado, chegando mesmo um dia a reclamar ao Antônio de Alcântara Machado um certo "mande colaboração, seu burro", que ele achava um tanto desrespeitoso. Escrevia ao Mário que foi o mestre da turminha, escrevia ao Oswald de Andrade que gostaria de ser o mestre, e a Antônio Alcântara, Sérgio Milliet, Prudente de Morais Neto, Couto de Barros, Menotti del Picchia, Guilherme de Almeida, Cassiano Ricardo, Manuel Bandeira, ligava-se ao Norte e ao Sul, ao Pará, Ceará, Bahia.

Comunicava-se com a França – Blaise Cendrars, Paul Morand, Max Jacob, Paul Eluard – com a Argentina, onde tinha uma namorada de nome Maria Clemência que lhe mandava linólios e desenhos, com o Uruguai, o Peru, o Chile.

Chico Peixoto, proprietário duma Buick verde, tinha amores epistolares com poetisas da Bolívia. La Paz! La Paz! e os sinos de Cataguases feriam o coração do poetinha, e as chuvas de Cataguases enchiam o poetinha, preso em casa, de fartas melancolias, que Rosário costumava ilustrar depois de postas em versos.

E chegavam cartas, jornais, revistas, relatórios, manifestos, livros, desenhos, listas, originais, artigos, ensaios, muita poesia, do Equador, do Paraguai, de Portugal, Espanha, Cuba, Venezuela, Costa Rica.

Os colecionadores de selos farejavam a agência, procuravam subornar os carteiros. Mas era impossível. O grupo de *Verde* não esperava carteiro em casa. Presenciava a abertura das malas. Pegava no enorme maço e ia para o café repartir os troféus. Guilhermino era elogiadíssimo na Colômbia. A poetisa boliviana mandava cartas em branco com a marca dos seus lábios em *rouge,* e Peixotinho chorava comovido! Antoniquinho Mendes estava com um prestígio enorme no Peru. Rosário lia alto coisas que não estavam nas cartas, segredos, intimidades com os grandes homens que não moravam em Cataguases, despertava invejas. E tinha tardes melancólicas: – "Hoje só recebi doze cartas... Maria Clemência só me mandou vinte desenhos esta semana... Prudentinho há três dias que não me escreve..."

E tudo era mocidade que é mais que beleza. E tudo era graça, inteligência nova, corações ardentes, entusiasmo, sangue, alegria. Mas a cidade não levava a sério os seus meninos, ingrata cidade que ignorava onde mora a beleza, o que é a beleza. Talvez não zombasse abertamente deles porque os pulsos dos rapazes tinham bastante energia para não suportar zombarias, mas se riam em casa, às escondidas, o que dá quase na mesma. O que a cidade não sabe é que Cataguases só existiu quando havia a *Verde* e o cinema de Humberto Mauro. Só será lembrada como uma realidade quando nos tratados de literatura se falar em certo interessantíssimo período da nossa cultura, que se chamou o movimento modernista, ou quando se falar nos primórdios de filmagens no Brasil. No mais não existe, apesar do seu riso. É uma cidade como tantas cidades, à beira dum rio como tantos rios, com uma ponte metálica como tantas outras pontes metálicas feitas pela bem pouca imaginosa engenharia estadual.[1]

II

Estão abrindo a urna das Marias. O que se entende por urna das Marias é a urna eleitoral correspondente mais ou menos à letra M do eleitorado da cidade, e como Maria é nome dos humildes – Maria da Silva, Maria de Jesus, Maria das Dores, Maria das Dores Correia, Maria da Fonseca, Maria de Jesus Batista, Maria José da Silva, Maria Rodrigues da Silva, Maria Teresa de Jesus, Maria Antônia da Conceição... – e como um dos partidos timbra em cumprimentar na rua as cozinheiras e as copeiras, em abraçar as lavadeiras e as engomadeiras, pois acha que isto é fazer política pelo povo, a abertura da urna é esperada com ansiedade pela população que tem comparecido diariamente à apuração, acompanhando os resultados com a mesma paixão com que acampanhasse um campeonato esportivo no qual a honra da torcida estivesse empenhada, e isto foi em 1934.

O partido populista, que está sendo derrotado por pequena margem, conta com uma vitória estrondosa na urna das Marias, que o reabilite e o repare para uma vantagem

---

[1] De 1942 para cá Cataguases tomou nome como cidade realizadora – é mesmo um exemplo, quase único, no País. À frente do movimento – Francisco Inácio Peixoto. No fundo é a revivificação do movimento "Verde", ou melhor, a concretização, embora com atraso, de muitos sonhos juvenis, levando no bojo o perigo da oligarquia.

mais ampla quando se abrirem as urnas de Laranjal, onde o eleitorado é francamente seu. Lá fora, na rua, há sujeitos com foguetes na mão esperando o resultado – os ouvidos dos adversários que agüentem.

Partido A, partido B, partido A, partido B – os votos se equilibram... E a assistência toma nota: treze a treze, quatorze a treze, quinze a treze, quinze a quatorze, quinze a quinze... O ambiente está tenso de emoção. De repente as Marias do povo começaram a atraiçoar o partido dos abraços na rua. Começam e não param. E quando cantam o último voto da urna, o partido dos abraços foi derrotado por uma diferença de mais de duzentos votos. Estouram lá fora outros foguetes que não os do partido dos abraços. Como doíam fundo aqueles estouros! E os derrotados chefes saíam melancólicos da prefeitura, onde se está processando a apuração. Vá se acreditar em povo e em abraços! – e pensam com acre descrença nas urnas de Laranjal, tanto mais que os adversários andaram por lá distribuindo um horror de sapatos e peças de algodãozinho...

III

Gordo, amável, sorridente, entusiasmado, Antero Ribeiro é proprietário das Oficinas Gráficas Ribeiro e do Bar da Leiteria, mas não há empreendimento local que não tenha o seu apoio imediato. Quando lhe trazem uma lista para assinar, quase sempre ouvem palavras como estas:

– Até eu já andava meio zangado com vocês. Soube da lista e vocês não tinham aparecido...

Cataguases é terra de calor forte. Faltava uma sorveteria. Comprou uma máquina elétrica e refrigerou a população com o famoso picolé Rui Barbosa.

IV

A família Peixoto se mostra envergonhadíssima do pobre almoço que pôde oferecer ao visitante ilustre.

O cardápio compunha-se dos seguintes pratos: sopa de ervilhas, peixe assado, empadas e pastéis, galinha assada, salada de alface e agrião, carne recheada, lombo de porco com tutu de feijão, arroz de forno, lingüiça e farofa de torresmo, couve à mineira, angu à mineira e rosbife. Como sobremesa havia: doce de coco, doce de leite, arroz-doce, gelatina, goiabada de cascão, melado e várias espécies de queijo. Como bebidas: vinhos portugueses, brancos e tintos, champanha francesa, águas minerais e café.

A família estava envergonhadíssima!

V

O café do falecido Aristides ficava na praça mais importante, daí sua freguesia ser numerosa.

As moças chegavam, sentavam, pediam:

– Sorvete de chocolate, seu Aristides.

Aristides era amável, tinha coisas engraçadas:

– Sorvete acabou, mas tem guaraná geladinho, muito bom, muito diurético.

VI

Nasceu a menina Bárbara. A cidade se escandaliza, fala abertamente que é uma vergonha dar-se o nome de Bárbara a uma inocente. Tanto nome bonito – Marlene, Daisy, Mary, Juraci, Adail, Berenice, Nilze, Dulce, Ivone, Ivonete, tantos, tantos! E não falam apenas, passam a agir. Conversam com o pai, procurando por meios persuasórios convencê-lo de que a criança será fatalmente infeliz, pais terá vergonha do nome, etc. (quem diz isto é dona Aglaia). Enviam cartas anônimas, terminam por falar com o vigário que não batize a menina, mas o vigário infelizmente respeita muito o pai do anjinho, que é pessoa potentada na cidade. Há uma semana de agitação, ao fim da qual o pai vai ao cartório e registra a menina – Bárbara. O povo ainda fala dois ou três dias, depois, cansado e derrotado, volta-se para outro acontecimento não menos palpitante; seu Talino, da coletoria, cuspiu na cara da mulher. Mas secretamente prepara um apelido para a inocente Bárbara.

VII

José César possui uma coisa rara em Minas Gerais – bons dentes. Mas possui outra que é comum aos mineiros – malícia.

Ei-lo à porta da sua farmácia, sorrindo, maliciando, deixando a vida passar. Hoje é calma, sossegada, o filho vai bem em Belo Horizonte, dona Isaura não envelhece, é sempre a mesma esposa dedicada, a mesma quituteira de mão-cheia. Mas houve tempo... Comprou duzentos mil-réis de mercadoria fiados, botou nas costas de um burro, bateu para São Manuel, abriu a botica, no primeiro dia fez quatrocentos réis de féria. Isto é a vida. E sorri. O Sol de Cataguases tem os mesmos belos fulgores do Sol de outras terras. Está dourando agora os altos da Vila Teresa. José César sorri.

VIII

"Já pensastes na melancolia que existe em um camelô de óculos de metal?" – escreve Julião Aires no jornalzinho da terra. "Pois adicionai aos óculos um gorro listrado, uma camisa de amplos colarinhos dobrados sobre o paletó, um alto-falante vermelho de folha de flandres e tereis Vidoque". Vidoque melancólico e inútil. Vidoque subindo com passos de ganso cansado a rua da estação, gritando anúncios pelas esquinas. Ninguém o vê e ninguém o ouve. Autodidata da propaganda, não possui a convicção arrogante dos propagandistas cariocas. A primeira vez que desejou ter a sua personalidade para dar mais brilho aos reclamos incolores, inventou um prefixo, que conseguiu relativo sucesso, mas que teve duração efêmera. Surgiu logo terrível obstáculo. O obstáculo desembarcou ao que parece de Laranjal. Vidoque berrara o malicioso prefixo:

— Até você, ôôôô!...

Não teve tempo de dizer mais nada, porque o cidadão, que era desconfiado e absolutamente inimigo de brincadeiras, exigiu explicações. Vidoque atrapalhou-se e, desde esse dia, não inventou mais nada.

Apesar de tudo devemos-lhe a nossa imperecível gratidão. Aquilo que só as grandes capitais possuem, ele deu a Cataguases: o seu camelô permanente. Proponho que se oficialize Vidoque. Se ninguém o vê, se ninguém o escuta, não faz mal. A culpa não é nossa. É de Cataguases cansada, de Cataguases que dorme entre as montanhas desta múltipla Minas Gerais... Dorme mas não se curva. Demos-lhe anúncios e continuemos a dormir tranqüilamente. Mas não grite, Vidoque! As palavras aqui adquirem ressonâncias tremendas. Faça a coisa em família. Suspire apenas os anúncios, e nós dentro de um sonho haveremos de lhe sorrir agradecidos".

IX

Quando o telegrama chegou já passava de dez horas e a notícia correu como um raio pela cidade — pelo trem do meio-dia chegariam não sei quantos turistas para visitar Cataguases.

O caso era este: certa sociedade filarmônica de Petrópolis em cada seis meses fretava um trem especial, enchia-o com os seus sócios e sua banda de música, enfeitava-o de bandeiras e escudos e ia visitar uma cidade qualquer onde passava o domingo, num amplo piquenique. Aquele semestre tocara a Cataguases ser a cidade visitada.

A palavra turista era inédita em Cataguases, e o povo gozou-a orgulhosamente. O dia era de intenso calor mas na hora da chegada do trem a estação estava cheia. Muito antes do trem aparecer já se ouviam os foguetes. Quando o trem chegou mais perto, ouviu-se a banda de música num festivo dobrado. Quando o trem parou foi um vivório louco. Armou-se o cortejo. A banda de música petropolitana ainda se fez mais marcial, mais alegre. E foram subindo para a Praça Rui Barbosa. Na Praça Rui Barbosa é que fica o clube de Cataguases, por cima do cinema, que na verdade foi construído para teatro no tempo que não havia cinema. Houve a recepção. O presidente da sociedade filarmônica, um cavalheiro gordo, de guarda-pó e boné, elogiou imensamente Cataguases antes de conhecê-la e ofereceu uma *corbeille* de flores petropolitanas, que simbolizava a amizade destas duas cultas e progressistas cidades etc. e tal. O prefeito infelizmente não estava presente – tinha ido na véspera para a sua fazenda nos arrabaldes. Quem agradeceu em nome da cidade foi o senhor Arruda, jornalista local e rábula conceituadíssimo. Abria as portas de Cataguases àquela plêiade de amigos, e o coração dos cataguasenses também estava aberto para recebê-los como irmãos. O presidente da sociedade estava comovido. O senhor Arruda arrematou: "Cataguases é vossa, meus irmãos!"

E os turistas saíram para visitar a cidade. Infelizmente, Cataguases não é grande, e pior do que isto – uma das cidades menos turísticas do Brasil. O resultado foi que em cinco minutos os turistas tinham visto tudo. E as ruas sem árvores, e o sol rachando, os turistas suavam como bicas. Só havia um remédio – voltar para a Praça Rui Barbosa onde algumas poucas árvores davam um pouco de sombra. Foi lá que eles desembrulharam os farnéis, abriram as garrafas térmicas, mataram a fome e a sede. Foi lá que eles ficaram o dia todo como um bando de ovelhas cansadas, até que o trem se formasse às seis horas para levá-los de volta para a fresquíssima e pitoresca Petrópolis.

E durante todo o dia o que se deu foi que Cataguases rodava à volta da praça para ver os turistas. E na Vila Teresa, no bairro do hospital, na estrada de Sinimbu, havia diálogos assim:

— Já foi ver os turistas?
— Já.
— Eu fui ver os turistas agora.
— Eu vou mais tarde. Deixe passar o Sol.

X

O batuque está lavrando para as bandas do Meia-Pataca.

> *"Botei meu cará no fogo,*
> *Maria pra vigiar,*
> *Maria mexeu, mexeu,*
> *Deixou o cará queimar."*

O batuque está lavrando para as bandas da Pedreira:

> *"As moças de Cataguases*
> *Não andam de pé no chão."*

Não, Cataguases! As tuas moças andam de olhos no chão.

XI

No céu não há estrelas. Vou estendido no fundo da canoa, sozinho, ao sabor da correnteza, que é fraca. Por vezes, piados estranhos cortam o negror da noite, e vêm dos bambuais penosos gemidos. Há o coaxar das rãs, o bater leve das águas contra alguma pedra escondida, o assobio dos morcegos cruzando rápidos sobre a canoa.

No céu não há estrelas. Faz um pouco de frio. Agasalho-me no cobertor. E a canoa continua devagar ao sabor das águas. Agora já estou longe da ponte. E as luzes da cidade, nas margens, são como círios que ladeassem um esquife.

XII

Canta o poeta paulista:

> *"Quero ir ver de*
> *forde verde*
> *os ases*
> *de Cataguases."*

É a vida que responde:

> *"Partiram, não estão mais lá!"*

1937
(De *Cenas da vida brasileira*)

LARANJAL

O rapaz compareceu à festa de caridade, prontificou-se a fazer um número. Era caixeiro-viajante, estava no lugarejo a negócios. Insinuante, falador, sabia alguns passes de prestidigitação.

No palco improvisado tirou o paletó, estufou o peito e disse:

– Tenho o corpo fechado. Quem quiser pode atirar.

Então o caboclo levantou-se, deu dois tiros e matou o rapaz.

1937
(De *Cenas da vida brasileira*)

ITAJUBÁ

I

A cidade não sente muito a existência do rio e talvez só o conceba como motivo para dois orgulhos locais – a ponte metálica e a ponte de cimento armado, que emprestam à paisagem um ar suficiente de progresso. Mas a verdade é que Itajubá não seria o que é, não teria o encanto que tem, se não acompanhasse o Sapucaí numa extensão de curvas generosas e praias encantadoras pela vargem adentro. Aliás, ele é o próprio culpado da indiferença citadina. Tudo no mundo depende de um pouco de espalhafato e o Sapucaí é um rio tranqüilo. Suas águas parece que não correm, tão lentas e majestosas vão na sua descida. Mas de vez em quando ele faz uma das suas – engorda, ronca, pula das margens, inunda toda a vargem, perturba a vida das estradas, invade a Rua Major Pereira, ameaça o busto do doutor Wenceslau, ameaça a casa cor-de-rosa do doutor Wenceslau, proíbe o comércio na Loja Liberty, transforma numa ilha o grupo escolar e a pensão de dona Bebé, que tem uma filha muito bondosa chamada dona Esmeralda. E aí, sim, aí a cidade exalta-se com o seu rio. Os pensionistas de dona Bebé clamam, impotentes, contra a água que os insula; os alunos do grupo escolar deliram: sobe mais, desgraçado, sobe mais! (As águas deviam subir, subir, cobrir o grupo, levar todos os livros na enxurrada, livros e quadros-negros, carteiras e mapas-múndi, todas as aritméticas e todas as gramáticas, principalmente todas as gramáticas, afogar as professoras e serventes, nunca mais haver grupo escolar!). Os correspondentes dos jornais cariocas e paulistas entram em atividade e enviam telegramas e fotografias, uns orgulhosos, outros indignados, sobre a atitude fluvial. Fora desses comportamentos extraordinários, a cidade não compreende o rio, não compreende nem mesmo o Ribeirão Zé Pereira, humílimo afluente do Sapucaí. No entanto o Sapucaí não é apenas belo. É também piscoso. As suas águas escuras, onde se vão espelhar as altas montanhas da alta serra, que os cafezais ainda não invadiram, é o paraíso dos dourados. Dourados e piaus. Piabas e lambaris, que fritos, ó Deus previdente!... Não! a cidade não ama os peixes do seu rio. Os hotéis só conhecem um peixe – o bacalhau – e servem galinha aos viajantes, galinha sob todas as formas, no almoço e no jantar, como um castigo. Só o velho Wenceslau é amigo do Sapucaí. Só ele conhece e ama a beleza daquelas margens, o encanto das praias, a profundidade dos seus tanques, o bom lugar para as cevas, suas deixas e suas manhas – na curva que fica depois do horto, no caminho de Brasópolis, há dourados de vinte quilos! O velho Wenceslau levou para a política a paciência do pescador, trouxe para o seu calmo fim de vida a habilidade do político – horas e horas, indiferente aos mosquitos, fica à espera do peixe manhoso, pica não pica o bico do anzol, vence-o afinal depois de muito tenteá-lo e estende, feliz no fundo da canoa, o brilhante bicho bíblico para o jejum da sexta-feira. "Quando se chega aos setenta como eu cheguei – diz com sutileza – ou se fica sem-vergonha ou se fica carola. Preferi ficar carola...". A primeira missa dos padres holandeses, na grande matriz de duvidosa imponência, encontra o velho Wenceslau ajoelhado na primeira fila de bancos, preparando com humildade um lugar eterno no céu.

II

Como a estrada que vai para São Paulo corta o centro da cidade, estamos parados no meio da rua, eu, doutor José Rodrigues Seabra e doutor Sousa Peres, à espera que a boiada passe. Há olhos bem pouco amáveis no meio da móvel floresta de chifres. Há mugidos, cornadas, animais recalcitrantes. Há bois lúbricos desrespeitando as famílias nas janelas.

— Êêêê, boi!...

Os boiadeiros apertam o gado pela rua do ginásio. Os cães dos boiadeiros arfam. O Sol cai de chapa. Doutor Peres, que achara mais prudente fechar o indefectível guarda-sol, sofre. Agora a poeira é uma cortina amarela. A vaca malhadinha embarafustou-se pela porta do ginásio adentro.

III

O primeiro inspetor federal do ginásio de Itajubá foi o altíssimo poeta Alberto de Oliveira, o único mortal que, com ar de recepção, se sentou na mobília Luís XV, que veio de Paris para o clube de Itajubá. Bem mais comovente foi o meu encontro com o professor de educação física, Henrique Marques da Silva, velho companheiro do sorteio militar no Forte de Copacabana, o Surica, *half* gloriosíssimo do Botafogo Futebol Clube no tempo em que os meninos não tinham valor algum, no tempo em que José Ferreira Lemos, o Juca, fazia o mais difícil, que era driblar toda uma compacta defesa, para depois, a dois passos do gol, chutar displicentemente a bola para fora sob a incalculável decepção da torcida, que tinha moças naquele tempo. Porque Juca, segundo ele próprio confessava, jogava "apenas para suar".

— Bom tempo, hem, Surica!...

Surica, no meio do largo campo de esportes, bate com a bola de vôlei, melancolicamente no chão:

— Passou.

Ficamos mudos.

IV

A Praça Governador Valadares não tinha esse nome não. Tinha velhas árvores e um feitio de jardim rococó que lembrava certo jardim de Koenisberg, que a fazia amada do doutor Lindenbein, que fez a guerra de quatorze, sabe grego, latim, física, sociologia, ciências matemáticas, está a par de tudo e é o mais perfeito caipira do município. Fazia lembrar também certo jardim de Bruxelas, e o falecido doutor Teodomiro Santiago vinha todos os dias se sentar à sombra das doces copas e embalar os seus sonhos na música dos pássaros amigos. Quando descia a noite, havia namorados. E havia portanto risos e enlevos, abraços e beijos, talvez mais que beijos, como havia também queixas e ciúmes, lágrimas e despedidas, tão vário é o material sentimental. Mas a Prefeitura que nunca amou, é inimiga de sombras, pássaros e namorados. Veio com tenebroso dinamismo e botou abaixo todas as árvores. Onde havia gordos canteiros, botou chatos canteiros. Nos caminhos de areia que guardavam a forma de tantos pés gentis, pôs cimento colorido. Onde havia bancos simples de madeira, colocou pesados e desagradáveis bancos de marmorite, com ridículos anúncios de casas comerciais. Estava pronto o jardim moderno que o governador inaugurou... Não, ó estrangeiros! não condenemos os gostos administrativos das terras que não são as nossas, mas lamentemos as irmãs árvores que caíram, lamentemos as sombras que perdemos, os pássaros que nunca mais voltaram, os namorados que para sempre debandaram. A pequena praça não é hoje mais que um grande deserto sem amor. O Sol não a perdoa; desde que nasce até que se põe açoita-a com os raios brutos como se ela fosse culpada da sua miséria. Até às dez horas da noite, ó forasteiros!, não vos arrisqueis sentar nos bancos da praça sem sombra – há perigo de queimaduras de segundo grau.

V

Vou pelos caminhos de areia limpa e úmida sem rasto de formiga. Há um cheiro de vida e não sei se foi o orvalho da noite fria, ou se foi o regador dos jardineiros, que deixou em cada folha o rutilante aljôfar, que os raios do Sol transmudam em pequenos diamantes. Jabuticabeiras oferecem os seus frutos negros como olhos. Piteiras nos esperam hostis como um ataque de baionetas. As videiras, que vieram da França, custaram cinco contos cada uma. Quando chegar certa maquinaria encomendada do estrangeiro, a Escola de Horticultura poderá fazer frutas em conserva e a renda será suficiente para custear a vida do estabelecimento. E os canteiros se sucedem. Aqui são gerânios, muito importunados pelas abelhas do professor Lindenbein, ali são as margaridas de mil cores diversas, acolá são as gipsófilas, as papoulas como flácidas borboletas, as acácias amarelas como uma chuva de ouro, os tinhorões felpudos como certas asas de mariposas. Nas estufas nos asfixiamos, mas é ali que, no mistério das germinações, abrem-se corolas raras e as orquídeas ostentam as flores mais belas e delicadas.

Vou vendo, sentindo, aprendendo. Tudo tão limpo, tão regado, tão meticulosamente cultivado, tão perfeito – a natureza disciplinada... E chego a invejar a vida daquelas plantas, que têm quem as cuide com carinho, quem as pode, proteja, defenda das pragas e das intempéries, estrume as suas raízes, garanta a existência das suas flores e dos seus frutos. Felizes vegetais, vou dizendo comigo a cada passo, felizes vegetais! Mas numa volta de canteiro, as dálias se queixaram amargamente:

– Não se iluda com as aparências... O senhor Cardinali (o infatigável diretor da escola) é um déspota. Não nos deixa sossegadas um minuto sequer. Vive podando os nossos galhos, arrancando os nossos tubérculos, nos mudando de lugar, nos regando com líquidos imundos, modificando a nossa forma e as nossas cores. Já não duvidamos mais que um dia tenha o desplante de nos obrigar a ter perfume! Não, senhor, não podemos mais! Se é um cavalheiro, nos salve! – imploraram com o maior desespero.

E os bambus, também os bambus se lastimaram:
— Nossa vida é intolerável, bondoso visitante. Somos cortados impiedosamente para servir de estacas para os feijões. E como se não bastasse tanta humilhação, todas as manhãs o professor Gouveia vem nos visitar, conta coisas de nossa intimidade aos seus alunos e traz sempre no sorriso a insuportável intenção de nos mostrar que é mais comprido do que nós. Ó senhor, pelo amor de Deus, use do seu prestígio e cave uma transferência para este homem!

VI

Poucos anos depois de casado — e tinha dois filhos — doutor José Rodrigues Seabra tratou de construir a sua casa e a fez bem maior do que na época precisava — cinco quartos, sala de jantar espaçosa, um bom escritório, uma boa sala de estar... Havia quem se risse da planta: "Que exagero, Seabra!" E o dono da casa respondia: "É preciso pensar no futuro".

O tempo correu. Houve o primeiro sacrifício — o quarto de vestir do casal passou a ser quarto de bebê novo, porque eram seis já os rebentos. Depois foi preciso fazer novo sacrifício — o da sala de estar. A família aí se compunha de oito seabrinhas. Quando inteiraram dez, veio um golpe terrível — o do escritório. Mas doutor Seabra conformou-se e os livros foram espalhados pela casa da melhor maneira possível.

E aos domingos é certa laranjeira do quintal que agora lhe serve de gabinete de leitura. Debaixo dela plantou uma mesa rústica e um banco rústico. Na sombra acolhedora, interrompido a todo instante pelas perguntas filiais (Leniza quer saber, Marcelo quer saber, Licínio quer saber), é que o amigo Seabra resolve os seus problemas, elabora as suas aulas, estuda, calcula, imagina e sonha. Mas o exemplo infelizmente não é itajubense — na velha Grécia estudava-se também ao ar livre e até hoje nós nos babamos com o que os gregos sabiam.

VII

Se o amigo Seabra tem dez filhos, Sebastião Renó e José Ernesto também têm dez. Luís Pereira de Toledo e Porfírio dos Santos Melo têm sete. Francisco Pereira dos Santos tem onze e o Major Pereira tem dezoito. Antônio R. d'Oliveira só tem seis, mas...

Agarro-me ao José Pinto Renó, que tem apenas três, como a um semelhante que não me envergonha nem se envergonha de mim. Mas sabemos que eles é que têm razão, e que é de homens assim que o Brasil precisa. Porque o problema é encher de gente este vasto Brasil. Não me preocupa mais a idéia de que se torne uma outra China.

VII

O homem nunca tinha visto o mar. Um dia, viu-o.
– Então?
– Muito chique, muito distinto...

IX

O frio é de matar. Veio um vento terrível pela garganta de São Francisco, o termômetro desceu a três, e conta-me o professor Lindenbein que andou caindo geada no sítio do Buriqui. Mas a noite está tão clara como se houvesse luar e tão bela e tão funda como se andássemos na primavera.

O visconde da Ribeira Azul é um mulato de sobrecasaca. A filha é loura e gorda, chapéu de plumas. Quando ele entra na estalagem para pernoitar, pois a sua carruagem não pode passar adiante em virtude dum jequitibá que tombou sobre a estrada, corre um ar de tragédia pelo picadeiro. Todos os presentes estão informados que a queda do jequitibá foi uma cilada e que sob o avental branco do hospedeiro escondem-se as armas sinistras do feroz bandido Rompe-Ferro, que deseja possuir a filha do visconde e que já teve oportunidade de gritar abafadíssimo pelos seus torpes desejos: "Ela será minha!". O visconde da Ribeira Azul, apesar de nobre, é um vastíssimo cretino. Cruza as pernas, cofia os bigodes e o cavanhaque, rememora as bondades da falecida viscondessa, fala dos seus domínios e das suas posses, afaga a filha única e não se apercebe do perigo. Tamanha bestidade só podia acabar como acabou, isto é, na unha do tremendo Rompe-Ferro que, auxiliado pela quadrilha, que tem no meio um japonês que antes trabalhou no trapézio, apunhala o ilustre viajante, enquanto a formosa filha foi fazer uma rápida toalete. A volta da beldade é trágica e sem chapéu. Há assistentes que não respiram. Ela debruça-se sobre o cadáver paterno:

"Meu pai, meu pai! Morto!" – e, cheia de uma justíssima indignação, atira-se contra Rompe-Ferro: "Assassino, não ficarás impune!". Mas Rompe-Ferro é um canalha completo – envolvendo-se mais na capa preta, dá uma gargalhada sarcástica e grita-lhe nas bochechas:

"Serás minha, enfim!". O pudor da donzela se exalta: "Nunca, nunca! Prefiro morrer a ser tua, miserável!". Rompe-Ferro com isto não se conforma e coloca a amada a pão e água numa masmorra, porque a hospedaria tem uma gruta e uma masmorra, até que ela se resolva a aceitá-lo como esposo. E tudo iria de mal a pior se Totó não entrasse em cena. Totó é o cocheiro fidelíssimo do visconde da Ribeira Azul. Nariz vermelho, cabelo cor-de-fogo, calças frouxas, sapatão de três palmos, voz fanhosa, ei-lo no meio do picadeiro. O que era tragédia passou repentinamente a ser farsa. A multidão de lágrimas poucas ou muitas caiu no riso farto. Não se contentou mais com o papel de espectadoras e passou a atuar na peça com apartes que Totó responde prontamente. O crime é castigado como é de justiça. Rompe-Ferro cai morto pela bala do futuro marido da filha do visconde, os bandidos se regeneram sob palavra de honra, depois Rompe-Ferro ressuscita e convida a culta platéia a assistir no dia seguinte "A Cabana do Pai Tomás", assombroso e comovente drama norte-americano e no qual estreará o notável ator Pinto Leite.

X

O Circo-Teatro Totó me arrasta como um vício. Não tem feras, não tem o truculento Capitão Brandão com o peito coberto de medalhas, que enfrentava o leopardo assassino de três domadores sob o nervosismo da multidão dos meus dez anos – "Chega! Chega!" Não tem a bela Gabi, que foi o meu primeiro sonho feminino de beleza, ó esplêndida, branca, louríssima Gabi! Nuvem de carne voando no trapézio azul, boca de sonho suspendendo nos dentes o companheiro pelos cabelos, estrela de lantejoulas, visão etérea! Não tem elefantes, nem rugidos de leões atrás da lona, nem hindus que engolem fogo, nem gregos campeões mundiais de luta romana, nem pantomima aquática. Tudo isto é passado, o meu passado. O Circo-Teatro Totó tem balas e pipocas. Tem alto-falante. Tem o negro dos sete instrumentos tocando o *lambeth-walk* para duas *girls* gordas sapatearem. Tem os dois meninos do trapézio, que correm depois a arquibancada para vender os seus retratos, tem a mulher de preto que não faz nada e que corre também pelos presentes vendendo horóscopos. Tem o mirífico Visconde da Ribeira Azul que, de casaca, no ato variado com o qual se inicia o espetáculo, aparece em passes de prestidigitação e telepatia. Pede silêncio ao respeitável público para poder formar a corrente e fazer com que a companheira de olhos vendados adivinhe todos os objetos que lhe forem apresentados na platéia. Dá um passo de valsa e explica: "Qualquer objeto!" e enumera-os: "Documentos, minerais, vegetais!"
Mirífico visconde!

XI

Grande brasileiro o senhor Tristão! Plantou seiscentos mil pés de eucaliptos. Eucalipto não é lá grande coisa, mas sempre é uma árvore nesta terra de devastações cruéis.

XII

O cemitério de Itajubá, o que é anticonstitucional, pertence ao bispado de Pouso Alegre, que o arrenda, assim como a matriz, aos padres holandeses do Sagrado Coração. Há razões, portanto, para que o cemitério forneça uma renda maior que o Cinema Apolo, o cinema cuja fachada era por acaso de muito bom gosto, e que, sofrendo uma reforma modernizadora, ficou reduzido a uma legítima estupidez de pedra e cal.

Quando um cristão de pequenas posses sente que a morte se aproxima, cai num desespero que o absolve de todos os pecados – como a família irá se arranjar com o enterro? Os previdentes vão morrer em Pedrão, onde a morte é mais barata. Os que ficam... Bem – sussurram certas vozes descontentes – os padres holandeses são todos protestantes...

XII

Adolfo veio me informar que não podia continuar no ginásio.

– Por quê, Adolfo?

– Porque papai só ganha duzentos e cinqüenta mil-réis e somos cinco filhos, de sorte que não tem dinheiro para eu continuar os meus estudos.

Adolfo é bom aluno. É preciso falar com o diretor do ginásio. O diretor imediatamente prontifica-se a colocá-lo grátis. Mas na verdade há mais cinqüenta e cinco alunos grátis. E infelizmente a série em que Adolfo vai se matricular já tem setenta alunos. Tem que ser dividida em três turmas se passar para setenta e um, pois a capacidade das aulas é de trinta e cinco alunos, e a divisão era economicamente impraticável.

Adolfo talvez tivesse que perder o ano, se a Providência não tivesse feito com que um aluno desistisse do curso. Pois é, Adolfo, quem mandou seu pai não ser rico?

XIV

Se as coisas são más, Antônio R. d'Oliveira diz: "É um absurdo!" E um dos absurdos – o maior dos absurdos! – é o programa de Matemática do curso complementar de Engenharia que, para ser dado conscienciosamente, precisaria do triplo das aulas estabelecidas. Outro absurdo – tremendo – um verdadeiro crime! – é o tempo marcado para as provas parciais. Não é possível (e Antônio mete as mãos ferozmente nos bolsos) resolver senão tolices em tempo tão escasso.

Se as coisas são boas, ele diz: "É uma maravilha!". Algumas das maravilhas podem ser citadas: o cálculo vetorial, o teorema de D'Alembert e a lei de Taylor.

A beleza está em toda a parte. Cada um é que a busca num lugar. Sorrio do entusiasmo com que Antônio (vinte e cinco anos de magistério) vai me falando de certa equação transcendental, na qual repousa não sei que misteriosíssimo problema do éter. E subimos para os lados da matriz, eu fumando o meu cachimbo e ansioso por um cafezinho, Antônio curvado e magro, a barriga para dentro, o chapéu de abas para cima. Na porta da igreja faz o sinal da cruz.

– Ah! meu caro, estou te imaginando no céu... (ele tem um olhar sincero e feliz pela vida que o espera)... zangado com os anjos que não se interessam pelas maravilhas da Matemática.

XV

O Instituto Eletrotécnico, fundado por Teodomiro Santiago, é uma tradição de Itajubá, tão gloriosa para o Brasil quanto a Escola de Minas de Ouro Preto. Sua fama vai longe, e quando as turmas saem, já saem empregadas, e com freqüência chegam da Argentina, do Uruguai e do Chile pedidos à secretaria do Instituto, pedidos de indicação de alguns dos seus engenheiros com propostas tentadoras. Tudo isso é muito bonito, mas o certo é que uma escola particular como esta, em que o rigor do ensino afugenta naturalmente aqueles que na vida querem um título fácil (tem havido turmas apenas com três graduados), luta com muita dificuldade e só um verdadeiro heroísmo, como o de José Rodrigues Seabra e seus companheiros, poderia ir mantendo o Instituto sem baixar a força dos princípios.

Quando o Presidente Getúlio Vargas visitou Itajubá, fez questão de visitar o Instituto. Percorreu-o todo, demoradamente, se inteirando de tudo. E tão bem compreendeu o esforço dos abnegados dirigentes, a importância da lição, o muito que já deu, o muito que ainda poderá dar ao Brasil, que registrou o seu aplauso e admiração com uma subvenção, a primeira que o Instituto recebia.

XVI

O protestantismo tem conseguido muitos adeptos. Padre José, holandês, responsável pelo arrendamento da paróquia, não podia ver com bons olhos a onda de infiéis ameaçando as ovelhas do seu rebanho.

Era preciso pôr um dique a esses comparsas de Satanás. Enchendo-se de energia, resolveu portanto fazer uma obra, uma obra que fosse exatamente um dique, onde quebrasse, vencida, a onda nefasta.

Poderia ter feito uma maternidade, um asilo de órfãos, um asilo de mendigos, um sanatório de tuberculosos, uma oficina para pequenos artífices, um colégio gratuito, um recolhimento para meninas transviadas, uma colônia de leprosos, uma colônia de mendigos, obras que Itajubá bem precisa. Mas padre José preferiu fazer uma coisa original e muito mais útil – levantar uma igreja. Já havia outras igrejas em Itajubá, é certo. Havia especialmente a matriz, enorme, medonha, ainda por arrematar. Mas uma igreja a mais é lógico que havia de pesar na consciência dos amantéticos do diabo. E foi feita a igreja. Em um mês de entusiasmadas rifas, festivais, livro de ouro, doações e quermesses, levantou-se cinqüenta mil cruzeiros. O templo vai ficar em quatrocentos mil. Mas com os cinqüenta mil as paredes já estão de pé, afugentando o mal. E dizer-se que há cinco anos a cidade não tem um leigo da força do padre José, que ponha para frente a profana idéia da maternidade, que foi orçada em apenas cento e cinqüenta mil cruzeiros!

XVII

A cidade entrou hoje, domingo, um maravilhoso domingo de Sol, numa tranqüilidade, após quatro dias de desassossego e aflição. Com o coração desafogado – "Correu tudo muito bem" – doutor Peres acaba de informar à população que a sua cadelinha finalmente deu à luz três cachorrinhos, todos machos, infelizmente muito pouco parecidos uns com os outros, e todos os três em nada com o pretendido pai, um simpático vira-lata, que é o ai-Jesus do doutor Armando Ribeiro dos Santos.

XVIII

No alto da ponte metálica fico vendo correr as águas barrentas do Sapucaí. Lá longe, a pedra amarela, que deu nome ao lugar, recebe os últimos raios do luminoso dia de maio. Faz frio, um frio que a suéter não defende. O céu é azul, dum azul calmo onde se acendem já algumas pequeninas estrelas, onde bóia, pálido e modesto, um caco de lua. E as águas correm. E como se fosse arrastado pelas águas do rio amigo, meu pensamento foge, perde-se distante na imaginação de mil sonhos, mas sereno como a tarde que cai, mansa e radiosa sobre a serra e sobre o vale, sobre as casas e sobre a gente de Itajubá.

XIX

São maus os acordes do companheiro, mas bem que ele capricha pendurado no cabo do violão. Silenciosos, nós ouvimos. O misterioso cidadão de Guaratinguetá, que nos acompanha, protege o pescoço com um cachecol vistoso. O frio é forte. A madrugada não tardará. Há vultos do mísero amor nas sombras do grande largo escuro como breu. A igreja dos pretos é ninho de corujas. O cantor pede delirantemente que a amada volte para os seus braços. Cada coração está longe, longe do cantor, longe das notas desafinadas. A brasa do meu cigarro é um triste farol na escuridão.

XX

Um dia – a biblioteca do Clube de Itajubá é um símbolo –, certo cavalheiro destacado, desses que já leram três ou quatro livros e que estão sempre aptos a elaborar discursos com auxílio do Larousse, para catação de oportunas frases latinas, lembrou-se, nos seus ócios, de fundar uma biblioteca para divulgação da cultura entre os sócios do clube. Falou com um, falou com outro. A idéia encontrou apoio. "Livros a mãos-cheias!" – como dizia o poeta – e reuniram-se os beneméritos para a competente sessão da fundação. Como não podia deixar de ser, houve ata e discursos, citou-se Rui Barbosa, recitou-se o poema dos "Livros a mãos-cheias" e terminou-se com o pedido: cada um traria os livros que lhe aprouvessem para ir fazendo número nas estantes. Depois iria-se comprando o resto. Dada a qualidade moral e intelectual dos doadores, seria escusado haver um policiamento nos donativos. Ferveram os donativos: Os *miseráveis,* de Vitor Hugo, *A cidade e as serras,* de Eça de Queiroz, *O rei negro,* de Coelho Neto, *Das astenias nervosas e seu tratamento* (tese de doutoramento), *Os Lusíadas,* em edição dos vinhos Ramos Pinto, *Manual do topógrafo, Memórias de um médico* (completa), *Alegria de viver,* de Marden, *O valor,* de Charles Wagner, alguns volumes otimistas de Smiles, *Os simples,* do grande Guerra Junqueiro, alguns volumes de Oliveira Martins (presente de um jacobino), *Os sertões, A retirada da Laguna* etc., etc.

Os leitores são bem mais raros que os ofertantes, mas mesmo assim lê-se no primeiro mês da organização cultural. Há mesmo algumas discussões a respeito do valor deste ou daquele escritor. "Camilo é o mestre!" – grita um. "Mas Herculano é maior!" – retruca outro. O sentimental acha que Casimiro de Abreu... Cita-se muito Cândido de Figueiredo. Ataca-se muito o futurismo.

Lê-se um pouco menos no segundo mês, quando diminui também a contribuição doadora e as discussões tendem a tomar um perigoso caráter pessoal. Ao cabo do terceiro, não havendo verba para comprar livros, esgotada a capacidade contribuinte, a biblioteca paralisa-se. No quarto existe *pro forma,* as traças começam a funcionar, leitores e doadores voltam para a mesa de bilhar, para o gamão, uns raros para o xadrez, quase todos para as agonias do pôquer.

Não há um catálogo. Os livros são numerados com uma etiqueta na lombada e trancafiados em duas estantes ao lado de quatro outras vazias, porquanto o que primeiro se apurou nas contribuições monetárias foi aplicado na compra de estantes, com um otimismo por demais exagerado. Eis alguns livros dos trezentos que formam a extinta chama cultural: *Os três mosqueteiros, O visconde de Bregelone* (faltam os volumes quinto e sexto), *Amor de perdição* (com carimbo da Biblioteca Municipal de* Guaratinguetá), *Física,* de Ganot, edição de 1886, *Obras completas,* de Buffon, com estampas coloridas de 1876 (os tigres são cor-de-cenoura, as girafas parecem jogadores do Botafogo, o pavão é um deslumbramento!), *A Enciclopédia Britânica,* edição de 1908, *A filha do diretor do circo, Ubirajara, Espumas flutuantes, Morceaux choisis,* de Chateaubriand, *Vítor Hugo, redivivo* (leituras mediúnicas) e a fatal *História do Brasil* de Rocha Pombo.

XXI

O coronel Estêvão, e deve ser verdade pois é ele mesmo quem confessa, possui trezentos trilhões de contos. Isto, bem entendido, é o que ele tem nos bancos. Há outras posses maiores e menores: a Fábrica de Armas, o Estádio Esperança, a farmácia do dr. Jorge Braga, o cinema, as duas fábricas de tecidos, toda a aviação do mundo, a Síria (de que é rei), a China (de que é imperador), e um diamante que vale quinhentos mil contos. Mas é modesto. Há uma pessoa mais rica – Deus. Deus é dono de tudo. Deus pode tudo. Mas depois de Deus, vem ele, o coronel Estêvão! Mas apesar de tanta riqueza e tanta grandeza, o coronel Estêvão é um bom rachador de lenha. Risonho, uns olhos verdes de santo, está sempre disposto à troça e só se ofende com uma coisa: quando insinuam que os leitõezinhos de certa porca do major Pereira saíram muito parecidos com ele.

XXII

D. Tomás da Câmara, firme na grossa bengala que há trinta anos o acompanha como a mais fiel das amigas, me arrasta pelos campos onde o orvalho ainda brilha. Doutor Luís Goulart passa no seu cavalinho branco, seguido do seu cachorrinho preto, rumo de Pedrão, onde está construindo uma estrada. E D. Tomás continua a contar coisas da África, da África misteriosa que ele palmilhou, África que não deixa mais o coração de quem lá esteve. O Sol forte dissipa as últimas névoas da grande serra. Nós estamos subindo. Lá é que ficam os campos paulistas de bom clima, abrigo de tantos milhares de peitos cavernosos. Lá embaixo, Itajubá se estende... O Morro das Corujas, o hospital, o cemitério no morro, o Aterro do Brejo onde se elevará um estádio municipal, e os telhados velhos, povoados de urubus, e as chaminés das fábricas, e as estreitas e limpas ruas que vão dar na pequena praça central, que lembra de noite, pelo movimento, uma panela de formigueiro. Ainda há árvores na praça central. Ainda é ela uma ilha de frescura na cidade sem árvores, um encanto que os forasteiros não esquecem. Estamos parados. Contemplamos Itajubá à beira do seu rio. Há uma paz de idílio nos campos verdes, nas azuladas montanhas que fecham o horizonte.

1942
(De *Cenas da vida brasileira*)

BELO HORIZONTE
(1942)

I

Não é à toa que a cidade é plantada de magnólias...
O homem que chega sente que uma estranha doçura o invade quando respira. Chega a parar nas ruas para sorver melhor o inefável perfume, "o fresco silêncio que desfolha das árvores". Foi assim com Mário de Andrade – "Calma do noturno de Belo Horizonte..." – foi assim com o casal José Olímpio, que roubou quatro dias às suas edições para passear pelas largas avenidas da cidade-jardim, foi assim com Madalena Tagliaferro.

Não é à toa que a Praça da Liberdade tem aquela amplidão de rosas, o espelho dum tanque onde andorinhas vão roçar nos seus vôos de flechas o busto do romancista Bernardo Guimarães (que parece sonhar com os sinos de Ouro Preto) e as linhas amáveis, quase majestosas, da Secretaria do Interior, da qual, a qualquer momento, pode aparecer à sacada principal o perfil do poeta Mário Matos, que hoje é desembargador.

O homem que chega senta-se na limpa ilhazinha de coqueiros do parque municipal e nem vê a torre quadrada da prefeitura se alteando, porque aquela agüinha correndo e aqueles coqueirinhos bastam – uma paz, a paz que as outras cidades não têm, invade-lhe o coração. Foi assim com Lélio Landucci, com Araújo Nabuco, Paulo Silveira, Elói Pontes,

Percy Deane, Santa Rosa, Hamilton Nogueira, será assim com todos. O ar, a placidez da paisagem de morros nus e serenos, a serra da Piedade ao longe, as ruas tão largas como campos – o que se respira e o que se vê, tudo se faz cúmplice duma serenidade que se ignorava a existência. E o homem que chega, que está cansado das inglórias lutas de outras terras, que está ferido pela fúria de outros homens, tão fatigado pelo atropelo de outras ambições, compreende que há ainda em alguma parte da terra um ar que, apesar dos impostos, não está ainda de todo contaminado, uma terra onde há ainda uma outra noção da vida, onde, apesar dos impostos, há ainda uma outra esperança na vida... E então, sob o Sol mais luminoso do mundo, vai se sentindo mais claro e compreendendo que as perspectivas de "subir", de "vencer", podem ser bem modestas, que grandes e pequenos podem se juntar na mesma mesa dum café, que a arte de falar mal dos outros é muito mais sutil do que imagina... Vai compreendendo que não há incompatibilidade entre um poeta como Emílio Moura e a secretaria do Departamento Administrativo, que transformou os prefeitos em meros guarda-livros. Que o anjo que passa para apanhar o bonde da Floresta, é Godofredo Rangel. Que outro anjo – baixo, gordinho, mão para trás, olhar distraído – é Arduíno Bolivar, a caminho da casa dum amigo, onde vai ouvir música, de olhos fechados, esticado numa marquesa. Que nos saraus do grave Ciro dos Anjos se improvisam os esquetes mais loucos, nos quais Edelweiss Teixeira é o galã e Zuleica Melo é a terrível vampiro. Que na casa de João Alfonsus, entre a fumaça do fuminho de Passa-Quatro, se possa comer tranqüilamente os melhores pastéis de nata de toda Minas Gerais. E vai compreendendo porque o autor da *Ilusão literária* (um livro que devia ser distribuído pelo governo a todos os impertinentes literatos do Brasil) ainda não foi importunado por ter sido extrema-direita do Atlético, no tempo em que o Atlético apanhava sempre do América; porque Guilhermino César mexe em encrencas da Polícia; porque o poeta Austen Amaro identifica criminosos natos e acidentais; porque Renato de Lima pinta paisagens nos vagares da delegacia; porque João Dornas Filho é proprietário da melhor alegria que se possa imaginar dentro duma repartição pública.

Amigos e inimigos, vinde respirar o ar de Belo Horizonte! Vinde sem demora. Eu vos receberei na casinha da serra, para os lados do Cruzeiro. De lá se descortina a cidade plantada no meio de árvores. Perdoareis o ridículo e a burrice arquitetônica dos mestres-de-obra indígenas: normandos, marajoaras, rústicos, falsos modernos, – tudo, menos casa de gente! – e as cúpulas do Colégio Arnaldo como seios cinzentos que nenhum luar prateará, o gótico da matriz, o pecado mortal que é o Palácio do Bispo, o incrível manuelino da Biblioteca Municipal, a espantosa palhaçada dos bairros novos. Perdoareis tudo, pelas árvores amigas. Tantas e belas árvores, que o velho político matreiro respondia, quando insistiam para que ele fosse à capital ajeitar-se com o governo: "Tenho medo de virar árvore...".

Amigos e inimigos, vinde respirar Belo Horizonte! Eu vos apresentarei ao José Osvaldo de Araújo, que vos contará casos de uma boêmia que já não existe mais, e ao José Carlos Lisboa, que também é poeta. Ao Cristiano Machado e ao Teixeirão, dois mártires da delicadeza, na terra mais visitada pelos mais desgraçados virtuosos, declamadores e conferencistas tanto nacionais como estrangeiros. Iremos com o Teixeirão a Sabará comer jabuticabas, ver a matriz, a igreja do Carmo, com trabalhos do Aleijadinho, o solar de Jacinto Dias, a capelinha de Nossa Senhora do Ó, tudo, menos a Siderúrgica. Iremos com Franklin de Sales a Santa Luzia ver a matriz, a casa dos revolucionários de 42 e o museu do senhor Dolabela; e na matriz podeis pedir três graças – três! Almoçaremos no Acaba-Mundo, com o ventinho do Acaba-Mundo, e a piscina que é em forma de meia-lua! Jantaremos em casa do Costa Chiabi – da paca assada e vinho de missa feito por frei Vicente, de Conceição do Serro. Lá estarão o Pinho, o Augusto Costa, o Chico Costa, que é o maior barganhador do Estado. Na noite de São Silvestre, uma bebedeirazinha não faz mal e, tontos, cantareis, cantaremos à moda diamantinense "ó, que belos companheiros", que é uma ordem para virar os copos. Conhecereis o Oscar Mendes, o Mãozeca, que ama a Lua, o Newton Prates, que lhe oferecerá doce de casca de limão de Montes Claros, cuja preparação é um segredo de gerações, o Murilo Rubião, que nasceu para escrever tal como os peixes nascem para nadar. Conhecereis o Alkmim, o Juscelino, o Manuel Trade, o Clarindo Melo Franco, o Moacir de Andrade e a sua piteira, o Alberto Deodato, o Milton Campos, os três Casassantas, o Artur Veloso, o Gracie, o Antônio de Almeida, o Major Dornelas, o conde Belli, que com seus oitenta anos se arrisca, umas seis vezes por dia, a saltar do bonde andando... – todos. Amigos e inimigos, eu vos espero na casinha da serra para uma quase completa reconciliação com o mundo e com a vida. Compreendereis a importância das magnólias.

II

Belo Horizonte tinha Sol, um Sol imenso. Mas o povo se escondia medroso sob as roupas espessas. E era como se não houvesse Sol. Foi o Minas Tênis Clube que trouxe o Sol para Belo Horizonte. O Sol e a piscina, que ficou fazendo as vezes de mar, na terra sem mar. E na piscina apareceram as primeiras carnes procurando a natureza, desejosas de Sol e de água, buscando a saúde na prática dos esportes.

Os músculos foram ficando rígidos, a pele foi ficando morena, apontou uma alegria simples que ainda não havia. Esporte até então era futebol – brigas, canelas quebradas, paixão, grosseria, deselegância. A piscina do Minas Tênis Clube teve função moral – mostrou que o esporte é amável – diverte e estimula, disciplinza e alegra.

* * *

O tênis, o voleibol, o basquete, a peteca, são complementos. Fundamentais são o Sol e a água. Elementos de Deus.

* * *

A vida é bela pelo que tem de simples e só a simplicidade é forte. Corpos se estendem ao Sol como lagartos.

* * *

Alegria das crianças no gramado de Sol! As argolas, a roda, a gangorra, o escorrega, a ginástica com música, a pequena piscina, a ducha fria, e ar e luz e liberdade. Os sorrisos abrem-se melhor, as gargalhadas são mais claras, mais ingênuas, as crianças são mais crianças, verdadeiramente crianças, e saltam, correm, cantam, e, ao Sol de Deus, ganham forças para a luta que um dia as esperará.

* * *

– O Minas perdeu?
– Sim, perdeu.
Não tem importância. A derrota não é humilhante. As vitórias é que nem sempre são justas. Mas para ser atleta é preciso antes ser homem e como homem compreender que pode haver reveses.

* * *

Na noite fria – pam! pam! pam! – as raquetas dão com força – pam! paml – a bola não pára e a luz dos refletores ilumina os golpes, o saibro úmido, os músculos dos jogadores. Pam! pam! – batem e rebatem. Energia, agilidade, inteligência, até que vem um ponto e a assistência aplaude sem exageros, o que é honra para o vencedor e honra para o vencido.

* * *

Também há lendas nas bordas da piscina:
– "... depois do treino, o campeão dos cem metros livres estava muito bem quentando Sol, com os pés dentro dágua. Então veio a uiara, carregou-o para o fundo da água azul e ele nunca mais defendeu as cores do Minas."

* * *

A piscina é o espelho azul-cobalto onde o céu se reflete. De repente, o espelho se quebra em mil pedaços com o mergulho do nadador.

* * *

– Seis centros e dois noves em dez.
– Podia ser melhor – diz o major Dornelas passando a arma para um companheiro.
É dos melhores no tiro e também um ágil pingue-ponguista. Em basquete funciona na turma dos fracos, mas em vôlei é elemento de respeito. Dá as suas ripadas no tênis, nada os seus quatrocentos metros (oito vezes a piscina) em três estilos diferentes. Depois do jantar passa duas ou três horas no clube, animando os presentes e distribuindo-se pelo gamão, pela sinuca, pelo jogo de damas, pelo xadrez chinês e pelo xadrez comum. Eis o major Dornelas, voz calma onde se esconde uma energia serena, não fosse ele e o Minas Tênis Clube não teria alcançado a importância que tem. Não fosse ele e os meninos mineiros não teriam em dois anos apenas de preparo conseguido e reconseguido o campeonato bra-

sileiro infantil de natação, nem os cestobolistas belo-horizontinos teriam brilhado no campeonato nacional, nem o vôlei teria se desenvolvido tanto, nem o tênis atravessaria um período de tão franca ascensão, nem os torneios de lance livre trariam tantas glórias para as cores azul e branco. Porque não basta haver aparelhos. É preciso haver homens orientadores. É preciso disciplina, bondade, amor ao corpo e ao espírito.

* * *

Os meninos vêm disputando pelas raias de cortiça.
– Que peixinhos são esses? – perguntam os homens míopes que assistem à competição.
– São os seus filhos, meus senhores! – responde o Sol entusiasmado.

* * *

A bola encestou.
– Trinta e nove.
A bola encestou.
– Quarenta.
A bola quase que não entrava.
– Quarenta e um.
A bola foi fora.
– Quarenta e dois.
O encestador pára um instante, respira, acalma-se, recomeça a sua série. O rapaz de suéter aponta: Quarenta e três – cesta. Quarenta e quatro – cesta. Quarenta e cinco – fora. E o atirador é quase um autômato, e vai atirando seguidamente com calma e precisão: Quarenta e oito, quarenta e nove, cinqüenta.
– Cinqüenta! – grita o apontador. Boa série!

O atirador sorri. Sua. Pega na bola, abraça-a contra o peito como se abraçasse o corpo da amada e dirige-se para o rapaz de suéter. (É o treino diário, metódico, anônimo, ignorado como certas violetas desconhecidas que só se anunciam pelo seu perfume.)

* * *

Nos torneios de bilhar, os resultados são sempre hierárquicos. Primeiro lugar – o chefe de polícia; segundo lugar – o chefe de gabinete; terceiro lugar – (empatados) os quatro delegados-auxiliares; e assim por diante.

* * *

O restaurante do clube abre-se num largo terraço donde se descortina o bairro de Lurdes, mais que qualquer outro bairro. É um bairro novo, e a sua construção, que tem menos de dois anos, foi devida à carteira de empréstimos da Caixa Econômica. Cada bangalô é um débito. Um débito a um por cento ao mês, com juros de mora para os atrasados. Oh, bairro dos aflitos!

III

Quando ele diz: "Vou à Cisplatina" – vai à "Califórnia", que é um barzinho modesto, mamar duas ou três cervejas para esperar o jantar.
Amai para entendê-lo.

IV

– Na sua casa há muitos escorpiões?
E João Alfonsus:
– Para o gasto.

V

Há sujeitos esportivos. Este é literário. Abriu uma tenda de meias-solas e pôs a tabuleta: "A pata da gazela".

VI

Maria de tal (vinte e um anos, coitada!) tem sofrido o diabo na vida. Para o último dos golpes sofridos só havia uma solução – o suicídio! Então, Maria pegou dois escorpiões e engoliu-os. Vivos!

VII

Deu-se hoje o roubo mais extraordinário do mundo. O homem de perna-de-pau estava tirando um solzinho num banco do parque. Cochilou, veio o ladrão, desaparafusou a perna-de-pau e a história foi contada em todos os jornais.

VIII

Também história de gatuno é a daquele cavalheiro que estava roubando o pneumático de um automóvel, em plena Avenida Afonso Pena. O guarda chegou-se e perguntou, intrigado:
– Que é que você está fazendo?
O cavalheiro respondeu:
– Estou roubando.
O guarda foi-se embora e o cavalheiro continuou o trabalho.

IX

"A estação das grandes realizações!" (Só irradia discos.)

X

Pouco a pouco é que a gente aprende.
"Trem" é o mesmo que coisa. "Truta" é tudo que é ruim,

desagradável, calamitoso. Num jogo de copas, a trágica rainha de espadas é a "truta". Também é "truta" o sujeito que esconde sua tuberculose e nos grampeia contra a parede diariamente para uma prosa. "Jabiraca" – medonha, feroz, infernal – refere-se sempre à mulher. "Pitimba" é azar, falta de dinheiro, situação aflitiva. "Enrustido" tem uma significação transcendental: é coisa profunda, coisa que está dentro do homem e que não sai de jeito nenhum. Há literatos enrustidos, amorosos enrustidos, casamentos enrustidos. "Toda vida" é superlativo absoluto. Exemplo: bonito toda vida, gostoso toda vida, engraçado toda vida.

E é assim que se pode convidar um cavalheiro para uma cachacinha:

– Vamos tomar um cafezinho dos nossos?

Alguns respondem:

– Só para tirar o pigarro.

Mas há almas mais delicadas:

– Só para tirar o orovaio da boca.

(Orovaio é orvalho em outras terras.)

XI

Como o governador enjoasse de ovos, correram os amigos e coseram as bundinhas de todas as galinhas.

XII

Numa rixa em Diamantina, o adversário passou-lhe o dente na orelha, e hoje ele usa uma orelha de barro.

XIII

As ruas são empestadas por vendedores de bilhetes de loteria e às vezes por meninas de colégios religiosos que pedem esmolas para as missões, não sei se do Tibete, quando há tanta pobreza aqui por perto mesmo...

XIV

As rosas me conhecem:
— Bom dia, doutor. Vai ver as cobras?
— Sim, minhas senhoras. Vou ver as cobras.
Atravesso a Praça da Liberdade, dirijo-me para o Instituto Ezequiel Dias. Passo uma hora de cavaqueira com Valdemar Versiani, Amílcar Martins, Aroeira, Tupinambá e outros.

XV

Doido, cego no vôo do amor, o pássaro veio chocar-se mortalmente contra a parede branca da casa — é a vida!

XVI

Buganvílias! Buganvílias! gritaria vermelha, cor-de-telha, sulfurina, de cachos e pendões pelas varandas, pelos muros, pelos jardins.

XVII

Ó Primavera! Bailados das crianças na Escola Normal na entrada da Primavera! Ó corações pequeninos que um dia irão amar e sofrer! Ó graça da minha filha no meio das bailarinas que um dia irão chorar, chorar!

XVIII

Eu não conheço o padre Zacarias, o que lamento sinceramente, mas empresto à sua figura os traços de um outro padre Zacarias que conheci: alto, magro, grisalho e curvado, ar de D. Quixote, pescoço vermelho como o de certas galinhas de má raça, nariz comprido onde escorregam uns óculos de lentes velhas, rachadas, sujas de pó da sua paróquia que era na mais perdida das roças, com uma das hastes amarrada com arame. Se em tudo era um pobre Zacarias, o padre Zacarias que eu não conheço é um grande padre Zacarias.

E se ao conhecido eu dispensava uma sólida amizade e hoje dispenso uma larga saudade, pois morreu, ao desconhecido eu dispenso uma sincera admiração. É o que os profanos chamam "um homem cavador". Dedica-se ao comércio de terrenos para salvação das almas. Vende terrenos no céu. Tem vendido muitos. Há lotes para todos os preços. Depende da situação, sejam nas mais belas avenidas, nas amplas praças ou nas últimas ruas dos subúrbios celestes. Por isto é que ele não anda sem as plantas no bolso da batina.

– Quanto é este, padre Zacarias? – pergunta o comprador que por prestações mensais, módicas ou opulentas, quer ir reservando um lote onde possa depois da morte construir o seu domicílio junto à corte dos anjos.

– Este é de dez mil-réis mensais, mas está vendido. Não está vendo a cruzinha marcada?

– Ah! sim. E este?

– Vinte e cinco mil-réis.

– Muito caro!

– Mas também tem doze nuvens de frente por sessenta de fundo... E é numa das ruas principais.

E assim vai padre Zacarias conseguindo esmolas para as obras da fé.

XIX

Aquele paralelepípedo de cimento armado no alto do morro é o sanatório proletário de tuberculosos. Foi feito para atender a quatrocentos doentes e abriga mil e duzentos. A morte vaga nele noite e dia como em sua casa. Não há alimentação nem remédios. A prefeitura, que não tem nenhum hospital para tuberculosos, como providência para os que a morte ameaça, abriu outro cemitério com um nome muito bonito – Cemitério da Saudade – e o primeiro cidadão que lá se enterrou foi premiado com uma cova grátis. E abriu também o Cassino da Pampulha, um palácio de espelhos, milhões de cruzeiros gastos para a cultura da roleta.

XX

Não é somente o prazer dos homens. É preciso também pensar na salvação dos homens. A prefeitura, na sua solicitude, ao lado do Cassino vai construir uma igreja, uma igreja lindíssima!

XXI

A casa de Frieiro, com belas figueiras no quintal e mais de seis mil fiéis amigos encadernados ou em brochura, fica numa íngreme ladeira do Bonfim, dominando o cemitério de terra vermelha e poucos ciprestes. Da sala de jantar, do escritório, do quarto, ele pode ver o jazigo da família. E agora que o automóvel parou à porta da casa, que nos despedimos, eu e o Ciro dos Anjos – temos pressa, não podemos entrar –, fico pensando coisas malucas do amigo Frieiro: "Estão mexendo na minha sepultura", "Pelos figos da figueira que o sabiá beliscou..." E a terra do cemitério fica muito mais vermelha, como se jorrasse sangue.

XXII

E o vento parou de fustigar o pé de manacá e a tarde cai radiosa. Os sujos cabritos juntam-se num grupo voraz no caminho que leva ao Cruzeiro, onde há cascavéis. A serra da Piedade recorta-se contra o céu com uma nitidez impressionante. E o fumo dos jantares se fazendo cobre a cidade já perturbada por tolos e ridículos arranha-céus.

XXIII

Ó sinos da Boa Viagem, dispenso vosso chamado! Não quero partir tão cedo. Prefiro ir em silêncio!

1942
(De *Cenas da vida brasileira*)

OURO PRETO

*D*escemos no aeroporto da Pampulha e caímos nos braços dos nossos caros mineiros. Lá estavam eles, ao Sol, com o Zé Morais e o Sérvulo Tavares à frente, para nos levar a Ouro Preto. Lá é que seria a festança. Comemorava-se o dia de Tiradentes, que é o dia de Minas Gerais, e abria-se a nova estrada que reduz para uma hora e pouco as cinco horas que se levava de Belo Horizonte à antiga Vila Rica.

A estrada é larga e vermelha. Um dia será larga e asfaltada. Para isso precisa ser consolidada e conseguir-se a grana. Por enquanto Deus é que ajuda com as suas chuvas a não virarmos tijolo, tijolo sangüíneo da terra que é ferro só.

Pelo percurso, cortado de cartazes louvando a política do binômio energia e transporte, formavam, de espaço a espaço, os exércitos motorizados do Juscelino – tratores amarelos, escavadeiras amarelas, compressoras amarelas, caminhões amarelos, todos com os radiadores floridos com flores de quaresma. Ao lado ajuntava-se o povo, povo humilde das beiras de estrada, e os operários volantes que amanhã já estarão mais adiante rompendo novas estradas. Engenheiros, auxiliares, mestres de obras, ostentam a farda característica de cáqui e perneiras. E esperam todos a passagem do governador para saudá-lo convenientemente.

Não custa fazer um pouco de graça. Pára-se o automóvel e grita-se com o maior ardor:

– Viva o deputado Chevrolet Barbalho!
E o povo unânime:
– Viva!
– Viva o senador Buick de Oliveira!

E o povo sempre ingênuo responde com vivório e palmas. E depois da graçola com tão altas dignidades políticas, é tocar para a frente e ir almoçar em Itabirito.

Itabirito está fervendo de festança – moça na rua, botina rangedeira, colégio formado, irmã de caridade passando bilhete de tômbola, cujo primeiro prêmio é uma esplêndida radiola. Como a tômbola é para o hospital, não custa comprar algumas, assinando o canhoto do talão com nomes de severas personalidades nacionais, dando como endereço as mais suspeitas ruas do Rio de Janeiro. Porque caridade é assim, meus senhores – discreta.

Como os ovos não são de granja, são frescos e saborosos. Como a carne não é de frigorífico, é sangrenta e macia. Os pastéis, infelizmente, tinham mais gordura que o poeta Augusto Frederico Schmidt. Mas era uma gordura limpa. E com algumas cachacinhas para quebrar a maldade, batemos para a terra de Marília.

II

Para uma alma sensível, chegar a Ouro Preto é sempre comovente. E de repente a estrada do Juscelino faz uma curva e a gente dá de cara com a cidade escorregando do morro.

O poeta Cipriano Vitureira, que é uruguaio e visita o Brasil, emudece de ternura. Eis à sua frente á cidade do ouro antigo, a eternidade do Aleijadinho. Em cada crista uma igreja com seu cemitério ao lado. Em cada encosta o casario despencando. E o automóvel começa a pular como cabrito no calçamento felizmente antigo. Se o freio falhar era uma vez seis visitantes ilustres. Mas os freios não falham. O carro serpenteia pelas estreitas ruas de sobradinhos, rótulas, vistosas caiações, estudantes; atravessa a rua do comércio, geme para subir a ladeira do hotel, estaca diante da rampa do Niemeyer.

Há um carro na frente e dele saem com ar digno o senhor Francisco Campos e o comerciante Augusto Frederico Schmidt.

Como é público e notório, eu não aprecio nem um nem outro. Aprecio muito menos o comerciante por motivos, digamos, íntimos, assunto que remonta aos tempos da escola primária, escola da qual o comerciante jamais passou. Sinto vontade até, por vezes, de gestos bruscos contra a integridade poética do referido comerciante. Vontade, por exemplo, de recitar-lhe uma versalhada sua para ver se ele suporta tanta asneira semi-ritmada. Há encontros que dão azar e é preciso manipular as figas para sossego da alma. Manipulo meu olhar heróico enfrentando a poética deteriorada. Mas, louvado seja Deus (o Deus do comerciante), que Schmidt é hábil. É essa habilidade, aliás, que torna a sua vida um acidente próspero e sem complicações com a justiça terrena. Com delicadeza de namorada emburrada, o inimigo de Vargas foge com os olhos como se não visse rastejando no mundo o humilde colega de escola primária. Para dar mais naturalidade a seus românticos pendores, o homem das areias monazíticas atira fora o charuto da prosperidade nos canteiros que já foram feitos por Burle Marx e hoje são cuidados pelo vento e pela chuva. Atira fora o charuto e sobe a rampa com os braços prontos para abraçar todas as pessoas importantes, tenham elas o juízo que tiverem dele. Atrás vai o seu ídolo, que de tarde será o orador sublime da comemoração.

E o hotel, tão sossegado nos dias de todo o ano, fervilha agora. Políticos e politicóides, jornalistas e puxa-sacos, burocratas e vigaristas, senhoras e senhoritas, emprestam aos amplos salões o ar de cassino para que foram feitos, embora não tivessem cumprido tão patriótico destino,

III

O que atrapalha o grande largo ouro-pretano é o monumento a Tiradentes. Que belo seria se fosse simples, simples como foi a vida do herói que simboliza, simples como o casario em volta, de sóbrias linhas coloniais. Mas não é. É pedante, fricoteiro, altíssimo e perturba com sua altura e pedantismo a pureza secular do largo.

Mas como a tarde estava linda e lindas estavam as crianças das escolas formadas à volta do monumento com bandeirinhas nas mãos, suportava-se a indignidade estatuária e esperávamos tranqüilos a chegada do governador Juscelino Kubitschek.

E às cinco horas chegava ele precedido por ensurdecedoras sirenes do batalhão da guarda. O palanque por emoção das palmas, Luisinha caiu na rua com um derrame que ela teima em acusar de "ares de estupor". Acordou duquesa.

1942
(De *Cenas da vida brasileira*)

BELO HORIZONTE
(1945)

*T*al como a preta Irene, do nosso poeta Manuel Bandeira, João Alfonsus não precisa pedir licença para entrar no céu.
Lá é a sua casa, o seu lugar. Lá encontrará o velho Alfonsus, o pardo Aleijadinho, Mozart (que pedirá notícias de Murilo Mendes), Sinhô, Noel, Nazaré, o pequeno Frederico Garcia Lorca, assassinado pelos fascistas, numa madrugada de ódio em Granada – a sua Granada! – e o meu irmão Manuel Antônio, cujo corpo o mar quis guardar no fundo. Encontrará Antônio Alcântara, Arnaldo Tabaiá, o tio Bernardo, mestre Anatole, João Sebastião, Renoir, o judeu Antônio José, sem marca das queimaduras de Torquemada, e a Galinha-Cega, já não mais cega, ciscando estrelas, que é o trigo de Deus. Eternamente enamorado de Carolina, encontrará pai Machado, curado da gagueira e da misantropia, pois todos os defeitos humanos não chegam àquelas paragens onde se é cristalino, puro e eterno.
E João poderá fumar o seu cigarrinho de palha, descansado – bom goiano este! – poderá até armar um truco barulhento com Afonso Arinos, Joaquim Mironga e Pedro Barqueiro, que são tremendos no jogo de tropeiros. Poderá, principalmente, conversar, ter idéias.
– Que é que você acha, João Alfonsus? – perguntarão.
E João poderá responder o que quiser, dizer o que bem entender, sem medo de polícia ou delatores.

Não, meus amigos, não devemos lamentar com o nosso egoísmo terreno a partida de um artista que nos era caro – deles não é este mundo, enlameado, policiado e triste. Deles é o reino do céu para onde foi João Alfonsus, livre de todo o mal.

1945
(De *Cenas da vida brasileira*)

BARBACENA

I

Dezessete ou dezoito anos de ausência, minha amiga, já representam bem boa conta! – e o trem pára num último e desequilibrante solavanco.

O frio é o mesmo frio terrível de antigamente para me receber na estação deserta da madrugada, e um luar de milagre, como tantos luares da minha infância, derrama-se pela cidade, torna maior a brancura da matriz, desce as ladeiras agora calçadas, ilumina a bomba de gasolina plantada no meio da rua, íngreme e larga, como um humilhante mausoléu, vem morrer aos meus pés entorpecidos como um tapete de prata que nenhum rei pisará.

Somos três os viajantes que entre malas e valises nos comprimimos no calhambeque que o Grande Hotel, com certa vaidade, coloca à disposição dos seus hóspedes. Mas o calhambeque, feio como um cabrito velho, depois de alguns espirros, trepa a ladeira exatamente como um cabrito. O sonolento hoteleiro abre a porta, medroso do frio, o espaço apenas suficiente para a entrada de esguelha dos hóspedes. Com sonolência sobe a escada sem passadeira, com sonolência abre a porta do apartamento e enfia novamente as mãos vermelhas e gretadas nos bolsos do sobretudo de duvidosa cor. O difícil é se entrar no apartamento. O mobiliário, em pau-cetim dum mau gosto eminentemente 1915, é composto das seguintes peças: uma cama de casal, duas mesinhas de cabeceira, uma penteadeira com o respectivo pufe, um toalete, dois guarda-roupas, um cabide, um sofá em forma de concha, duas cadeiras estofadas, uma mesinha, uma cadeira sem estofo e um banquinho de serventia ignorada. Num quarto de três metros e meio por três, sobrarão dois milímetros quadrados, se tanto, para a circulação das pessoas. E ao abrir-se a torneira do banheiro, cai, como não poderia deixar de cair, uma pedra de gelo. E o sabonete, um sabonete extraordinariamente econômico, recusa-se terminantemente a fazer espuma. Há dois cobertores, reforçados por uma grossa colcha. Talvez ainda seja pouco. Mas a lua sobre a cama também é um lençol resplendente e romântico.

II

Todos nós temos os nossos mortos. Lá vou eu com meu ramo de flores enfeitar os túmulos queridos, no cemitério da Boa Morte, cemitério em que já sonhei dormir. Deposito as minhas flores e, como não sei rezar, peço humildemente a paz eterna para os meus mortos. Os ciprestes compactos e as casuarinas gemedoras são os mesmos. Não creio que tivessem crescido um dedo sequer na longa ausência, apesar da riqueza da terra onde suas raízes se afundam. Passeio por entre amigos: o bom João Brasil, alto e magro como uma cegonha, a suave Dona Pepita, que o seguiu depressa, o velho Ede, o Totônio Pinto, que me vendia selos, que tinha milhares de olhos-de-boi colados num velho catálogo das Galerias Lafaiete, a inocente Virgínia, que o tifo levou – muitos. Dou por falta de um túmulo que vem dos tempos da gripe – um coração maior e quatro corações pequeninos gravados no mármore e chorando a eterna ausência de Isaura. Mas lá estão os dois monumentais e anônimos túmulos de tijolo, os primeiros que se plantaram no cemitério, por certo. Lá está a surpresa do São Jorge matando o dragão, num só corpo dourado, encimando o jazigo da família Freire de Aguiar e que antes ornamentara a farmácia do falecido farmacêutico, cuja Água Inglesa era, na voz unânime, muito superior às estrangeiras. A sombra que a igreja lança sobre os túmulos tem a mesma frialdade, mas a igreja, tão bela, tão bela, com suas torres redondas, seu relógio de sol na frente, está desgraçadamente outra, pintada de azul, azul cor-do-céu, quando era tão branca, pintada de óleo azul até nas pedras de seus ornamentos.

III

Estranham o forasteiro, criticam, ó eternos barbacenenses! a boina parda, o casaco esporte, o cabelo tão esquisito, os sapatos silenciosos... Mas vou seguindo feliz – ninguém me reconhece.

Aqui foi isto, ali foi aquilo, onde andará seu Gelásio, da loja de ferragens? Ando, paro, ando, paro... De repente, estaco com a pergunta:

– Você não é Fulano? (a voz é grossa).
– Sou – respondo.
– É a cara de seu pai.
– Sim, bem parecido.
– Você sabe quem eu sou?
– Sei. Nenen Gonçalves.

Nenen Gonçalves foi poupado pelo tempo. Ainda coleciona selos. Nos entendemos.

IV

Fui ver os jardins suspensos, um orgulho local. Não são muito suspensos, três palmos, se tanto, para os lados da Boa Morte. Mas também Barbacena não é nenhuma Babilônia.

V

Se os barbacenenses investissem contra os alemães com o mesmo ódio com que dão cabo das suas praças, em um mês a Alemanha não teria um único habitante. A Companhia Telefônica foi edificada numa praça, pequena praça triangular e florida que enfeitava muito a Ladeira da Cadeia. A Maternidade foi construída numa praça. A capelinha da Glória foi levantada noutra. O clube principal – porque há dois clubes, por motivos que depois se explicarão – foi construído também numa praça que ficava nos fundos da matriz. E como sobrara um espaço de praça entre o clube e a matriz – era impossível perder um terreno tão precioso! – deram jeito de espremer uma Estação Rodoviária, caso que teve a sua dose de escândalo porque o senhor vigário achou um absurdo e protestou junto ao Patrimônio Histórico. Mas a verdade é que o vigário teve que pedir demissão e a Estação Rodoviária há de se tornar mais um orgulho barbacenense.

VI

A *Cidade de Barbacena,* que tem trinta e cinco anos de duvidosos serviços jornalísticos prestados à confusão a que se dá o nome de política municipal, tem em João Raimundo da Silva, o Cearense, o tipógrafo mais leal e pé-de-boi que já funcionou em oficinas gráficas. A *Cidade de Barbacena* sai todos os dias, o que é raro no interior, mas como Paulo Gonçalves é um jornalista *sui generis* às vezes acorda e diz: "Hoje não tem jornal." E não tem mesmo. É que o jornalista tem um passeio importante a dar ou deseja apreciar *in loco* a defesa de um criminoso de Bias Fortes que há de ser fatalmente absolvido pela ágil e desconcertante verbosidade do advogado José Bonifácio Filho, mais conhecido por Zezinho.

Comumente são recusados artigos da colaboração espontânea sob a alegação de que não há espaço nem para a efetiva, o que não é verdade porque o jornal praticamente só tem anúncios, salvo se o diretor chama de colaboração o noticiário pago da prefeitura e os convites para enterros.

Paulo Gonçalves, um jeito de Carlitos, nervoso e apaixonado, espandongado e brincalhão, eternamente despentea-

do, afrontando o perigo das estradas municipais, foi colher umas assinaturas pelos distritos. Em Remédios, o fazendeiro casca-grossa quis se defender do golpe:
— Eu não tenho tempo para ler jornal, moço,
— Pois então o meu jornal é o jornal que lhe serve, coronel. Não tem nada para ler.

VII

O frio espreita o povo na saída do cinema.

VIII

Bernanos andou por Pirapora, não sei se apanhou malária lá, mas agora vive em Barbacena. Tem um sítio nos arredores, mas freqüenta razoavelmente a cidade.

Um dos seus costumes é escrever nas mesas dos cafés, inteiramente impermeável aos rumores cafesinos, e o Bar Apolo é o ponto predileto para escrever sobre a França, sobre Cristo, sobre os maus católicos etc.

Se é de Barbacena que vem datando os seus últimos escritos, Barbacena não o lê ou quase não o lê. Admite-o com a mesma simplicidade com que acha culto e talentoso o reverendo padre Sinfrônio – também defensor da França, de Cristo, e inimigo dos maus católicos – ex-vereador, ex-deputado estadual, amplo chapéu de feltro preto, há trinta anos vibrante sermonista na Procissão do Encontro, peça que arranca lágrimas e que ninguém desconfia que é a mesma há trinta anos. Porque Barbacena é privilegiada – não tem Biblioteca Pública, não tem sociedades de cultura, o comércio livresco é humorístico, pegar em livro mete mais medo que pegar uma surucucu – Barbacena não precisa ler para ser culta, já teve um padre Correia de Almeida entre os seus filhos, hoje reduzido a busto de bronze, e basta! E então está firme e municipalmente estabelecido que o senhor Bernanos é a quarta inteligência do mundo.

Quem de primeiro me notificou isso foi Ceição – normalista pelo Colégio das Irmãs, comediante amadora no colégio das ditas, alegre como um passarinho, e minha prima. Em vão tentei saber quais eram as três primeiras. Mas ninguém soube informar.

IX

Seu Paulino vivia de uma pequena loja de fazendas e miudezas, e era pastor protestante. Andava sempre de preto, colarinho alto, camisa de peito duro, punhos engomados adaptáveis. Casado, não tinha filhos. Às quintas e sábados funcionava na Casa de Deus. Aos domingos guardava o respeito. Às quatro e meia jantava e às seis já se preparava para o sono. Método e economia. Quando não havia luz elétrica era para não gastar querosene e pavio; depois da luz elétrica, para não gastar lâmpada, porque afinal, na bela cidade de Barbacena, luz elétrica era um fluido que se consumia em taxa fixa de cinco mil-réis mensais para cada casa.

Havia na sua loja uma divisa caprichosamente emoldurada, que só foi alterada uma vez: "Hoje não se fia." Dava-se que Pedrinho era um garoto de bom comportamento e que merecia freqüentes afagos das mãos muito brancas e muito finas de seu Paulino, que gostava de crianças. Ora, os papagaios estavam empinados no céu em plena Rua Quinze e só Pedrinho não tinha papagaio e acompanhava de olho comprido as evoluções dos brinquedos dos amigos. Como a freguesia não era muita, seu Paulino estava na porta observando os olhos compridos de Pedrinho. Seu Paulino falava fino:

– Não tem papagaio, Pedrinho?

Pedrinho falava mais grosso que seu Paulino:

– Não, seu Paulino, não tenho dinheiro para comprar papagaio.

Naqueles tempos felizes, uma folha de papel de seda custava um vintém. Um carretel de linha Três Correntes custava cento e vinte réis, taquara é coisa que toda horta tem, graças a Deus. Seu Paulino, depois de uma hora de lutas interiores, resolveu fiar o papel de seda e o carretel de linha. E Pedrinho teve o seu papagaio, não com caco de garrafa no rabo, como era costume entre os garotos malvados ou belicosos, mas um papagaio verde e macio, com papelotes no rabo.

Os anos rodaram, Pedrinho estudou, saiu da cidade, voltou doutor formado. Houve festa para recebê-lo. Doze anos tinham se passado. Foi com emoção que seu Paulino abraçou-o – estava contente com o seu bom amiguinho. Ai, porém, seu Paulino tremeu – doutor Pedrinho tinha uma pequena dívida na cidade e era bom começar uma carreira sem dívidas. Doutor Pedrinho pagou duzentos e quarenta réis a seu Paulino, que como se vê não cobrou juros.

X

A Tendinha Moderna, do seu Teotônio, ficava na Rua Quinze, defronte à loja do seu Fontana e hoje no seu lugar se eleva a Padaria Trieste, numa melancólica fachada de pó de pedra. Seu Teotônio, que dorme agora, tranqüilo, seu derrocado sono de imigrante, era português, português solteirão e, conforme a opinião dos entendidos, fora sempre um profundo, mas discreto, apreciador de crioulas. A Tendinha Moderna tinha duas portas e um largo balcão de rígida madeira que, coberto sempre por um móvel lençol de moscas, tomava o estabelecimento em toda a largura. Era escura, poeirenta, teias de aranha penduravam-se aos milhares e recendia a açúcar mascavinho e cachaça. As prateleiras, pintadas dum verde que o tempo e o pó tornaram negro, estavam praticamente nuas – uns vagos tamancos, uma caixa de papéis e palhas para cigarros, pacotes de fósforos marca Bandeira, rolos de fumo goiano, e, destacadas, na solidão do canto esquerdo, umas tantas garrafas alinhadas como os tubos de um órgão. Por trás do balcão ficavam uns vagos sacos de açúcar, de farinha e dois positivos barris de cachaça – a freguesia bebia mais do que comia, e cuspia abundantemente no chão de terra batida, Seu Teotônio era um homem cabeludo, sempre de tamancos, com os pés enormes, as sobrancelhas enormes, o bigode enorme, solitário, de poucas falas. A brincadeira da meninada era sempre aquela – gritar de passagem para dentro da tendinha:

– Ó seu Teotônio, me dá dois metros de farinha!

Seu Teotônio se zangava, dizia nomes.

– Ó seu Teotônio, me dá um metro de cachaça!

Seu Teotônio ameaçava-os com um metro sem serventia.

Mas quando caía a noite, quando se acendiam as luzes da Rua Quinze, seu Teotônio, que não consumia luz elétrica, acendia o lampião de querosene e entregava-se de alma às tais garrafas, que formavam uma espécie de xilofone garrafal. E vinham tristes melodias, bem tristes melodias, notas saudosas de Portugal, alma da sua terra, ai! que ele nunca mais tornaria a ver. Em vão a campainha do Cinema Apolo se desesperava chamando os freqüentadores habituais, capitaneados pelo doutor Rochinha, professor de Matemática, que tinha doze filhas e um indefectível guarda-chuva que ele rodava como se fosse uma hélice. Em vão o vozear dos passantes de volta da ladainha. Nada perturbava as notas das garrafas, as melodias do seu canto. Elas venciam tudo – estrídulo de campainha, vozes dos homens, tropel dos cavalos, gritaria dos meninos – subiam para o céu como uma pira harmoniosa de saudade da terra para sempre perdida. Ah! E que amor seu Teotônio tinha pelas garrafas, por uma principalmente, som puríssimo, garrafa de cerveja marca Girafa, que saiu dentre milhões de garrafas como o surdo de Bonn saiu dentre milhões de homens. Aquilo sim, era uma garrafa. Seu Teotônio não a trocaria por nada neste mundo. Por dinheiro nenhum a venderia. Já enjeitara quinhentos mil-réis de um doido!

XI

Hoje o Clube Barbacenense é um prédio sem estilo, plantado asnaticamente atrás da matriz, inutilizando uma praça que seria um encanto se fosse bem cuidada e que já era mesmo graciosa ao tempo da sua destruição. Antes, porém, era um clube simpático, num casarão da Rua Quinze, com cinco ou seis sacadas de ferro e uma loja no andar térreo, prédio que também está sofrendo uma estúpida renovação. Aí reuniam-se as figuras mais distintas da cidade para um pôquer noturno que não tinha hora de acabar.

Antônio Gonçalves, professor do Ginásio, não era homem que pudesse perder no pôquer. O ordenado não era grande e como os filhos eram muitos, a vida precisava de economia. Mas um pôquer, que diabo, é um joguinho tentador, e Antônio Gonçalves, possuidor de um azar miúdo e célebre, afundava-se nele. Houve, todavia, uma noite, memorável para os anais do clube, que o célebre azarzinho foi desmentido – Antônio Gonçalves perdeu grosso, um mês de ordenado. Depois de umas tantas asperezas, em que era lembrada a pouca honestidade dos parceiros (felizmente não era verdade, e todos de coração perdoaram), Antônio Gonçalves atirou-se pela rua abaixo, quando a madrugada já começava e os primeiros galos barbacenenses venciam o frio da manhã com seus cantos agudos. O monólogo que se travou na descida consta também dos anais do clube. Dizia ele: "Seu sem-vergonha, você é muito descarado mesmo, Antônio Gonçalves! Ganha pouco, enfia tudo no jogo. Esquece que tem mulher e filhos, mete-se com aqueles ladrões, todo mundo sabe que eles são ladrões, você precisava era apanhar muito nessa cara para endireitar! Você nunca encontrou quem lhe enchesse a cara como você precisa, isto é o que é. Mas hoje você encontra, seu sem-vergonha! Você hoje encontra quem te arrebente essa cara!" Antônio Gonçalves usava bengala por causa dos cães barbacenenses, que empestavam as ruas noturnas com uma indiferença atroz pelas bolas de estriquinina que a prefeitura mandava preparar pelo farmacêutico-químico Cavalcante Raposo. Usava bengala e era careca. Tirou o chapéu e meteu a bengala na cabeça. Felizmente já estava defronte de casa e foi socorrido com todo o carinho pela família que compreendia muito bem as fraquezas dos homens.

XII

A velha igreja da Boa Morte – Nossa Senhora da Boa Morte, padroeira do meu amor – tem fachada de cantaria, duas torres redondas que acabam agudas, ferindo o céu. Dizem que o seu risco é outro milagre do Alejadinho. Não sei, nunca me interessou saber, outros o saberão naturalmente, mas na verdade é linda.

Uma torre tem sino e a outra não tem. Há lendas a respeito. Não se punha sino na torre (de fria escada de pedra) por causa de certa serpente que morava nela, terrível serpente que comeria um homem, dois homens, não sei quantos homens, descomunal serpente que, enroscando o rabo na torre, ia de um bote no espaço beber água nos úmidos esbarrancados do Monte Mário, onde pássaros pretos fazem ninhos e que fica a uns dois bons quilômetros de distância.

O acontecimento não era vulgar. Só se dava à noite, em determinadas noites particularmente escuras, que são prediletas dos fantasmas. Na cidade, somente uns três ou quatro sujeitos privilegiados tinham sofrido o susto de presenciar o tão espantoso salto ofídico, e valera-os no transe uma determinada e providencial oração à Nossa Senhora da Boa Morte, que jamais abandona os pecadores.

Bem, está visto que isto não foi ontem nem anteontem, foi há muito tempo, quando as ruas de Barbacena ainda não tinham !uz. Talvez a serpente tenha morrido, como morreram os privilegiados sujeitos que assistiram às suas acrobacias. Mas, para sempre, a torre ficou sem sino.

O relógio de Sol não funciona, e não é por falta de Sol – é que os moleques levaram-lhe o ponteiro. Como um poço sem água, fica no adro, mas categoricamente não existe adro, ou melhor, existe uma convenção de adro, certa descida de terra, a descida do próprio outeiro, gretada pelos riachos da chuva, como o rosto das velhas muito velhas. E a descida é margeada por capim, um capim ralo que antigamente os burros pastavam, mas que hoje não tem serventia, fora o decorativo do verde, que rodeia a igreja como o mais belo dos tapetes.

É linda a igreja, mas sua beleza é triste. Triste e solene, solene e passada. Infunde respeito, enche os corações de um vago mistério, de um vago temor do passado e da morte. E por trás da igreja, o cemitério, e os altos, compactos ciprestes, e as gemedoras casuarinas, que derramam sobre os túmulos uma eternidade de sombra. Que vos importará, gelados amigos, que gritos da rua de baixo, que a algazarra dos meninos do Grupo Escolar venham até vós, se os vossos ouvidos estão cheios de amplas, eternas melodias, que os ouvidos do mundo nunca ouvirão?!

XIII

Em 1914, havia em Barbacena duas colônias distintas. A colônia italiana, que tinha vindo, creio, para incrementar a sericicultura no País e que para isso, penso, foi localizada no caminho de Sítio, onde ficava a colônia sericícola, colônia que tinha amoreiras, casulos e um jornalzinho – *O Sericicultor* – que publicado com o fim, como o título explica, de defender os interesses do bicho-da-seda, defendia realmente os interesses muito mais proveitosos e apaixonantes da política dominante local e, em vinte e cinco anos de existência, só pôde notificar a fatura de meio metro de seda, que foi embasbacar os olhos visitantes de não sei que exposição em Belo Horizonte.

Os homens da colônia italiana eram pouco visíveis, estavam naturalmente trabalhando nos macios casulos. Mas as mulheres, essas eram visibilíssimas, e todas as manhãs invadiam a cidade trajando ainda algumas roupas características das suas províncias, fortes e rosadas, vendendo legumes e hortaliças por preços honestos, numa doce algaravia.

A outra colônia era alemã. Não viera tão rigorosamente dirigida, como a italiana. Mas aos poucos se formara, e dedicava-se ao cultivo de rosas e cravos, que faziam furor nas casas de flores do Rio de Janeiro, pelo tamanho, pelo cheiro e pelas cores, e também à fabricação de cerveja, salame e mortadela. Localizava-se no oposto extremo da colônia sericícola, isto é, para os lados do Sanatório e do Cangalheiro.

Tinham os últimos o hábito de, nas noites de sábado ou de domingo, reunirem-se os homens em grupos de vinte ou trinta, subirem para o centro da cidade e depois de consumirem por largas horas os seus próprios produtos, sendo que mortadela e salame em muito menos quantidade, voltarem cantando canções coletivas como é uso na sua terra. Manda a verdade dizer que toda a orgia não passava realmente desse largo consumo de cerveja e de cantorias conseqüentes. Não brigavam, não importunavam ninguém, não se imiscuíam mesmo com a população da cidade, que afinal achava graça no germânico procedimento e era até sorrindo que afrontava o frio pelas janelas para apreciar a volta da hoste cambaleante de cantadores.

Estas reuniões semanais eram feitas no Bar Alemão, de propriedade de um senhor Benno, alemão como eles, gordo, careca, e mais sociável. Tanto assim que o seu bar-restaurante era freqüentado pela fina flor da cidade. Ficava pegado ao solar de pretensões romanas do senador Metelo, num prédio de cinco portas, que ainda hoje é um bar, mas cuja decadência é tão sensível que abriga a ignomínia de um alto-falante, o que impede a mais elementar conversa aproveitável. Pintado de branco, com enfeites azuis, tinha um ar de limpeza. As mesinhas eram de mármore, com os pés de ferro fundido, imitando três troncos de árvores. As cadeiras não eram alemãs, eram austríacas. As balas, num digno mostruário, provinham da fábrica alemã, de Oto & Cia., em Juiz de Fora. O varejo de cigarros ostentava vistosos anúncios de charutos Suerdieck e Danemann, muito consumidos. E as quitandas – da estante giratória, competentemente envidraçada –, pastéis de nata, brevidades, papos-de-anjo, bons-bocados, sequilhos, biscoitos de polvilho, biscoitos fritos, pão de queijo, pão de cará, o famoso quebra-quebra, que se desmanchava na boca, enfim mil outras sublimidades de que a Barbacena de hoje ignora totalmente a existência eram fornecidos pelas quituteiras mais eminentes do lugar: Dona Cristina, Dona Ciloca e a senhora Juca Ferreira, entre as maiores.

Com o progresso do estabelecimento, não podia deixar de surgir um anexo privado. Benno alugou a casa contígua, ex-redação de um vibrante vespertino oposicionista; pintou-a a óleo, alegrou-a com dois espelhos com reclame dos cigarros Souza Cruz, fez uma porta de ligação com o estabelecimento aberto ao público, e fornecia suculentas ceias aos boêmios da cidade, que eram afinal o juiz, o promotor, os médicos – doutores Jorge Vaz, Lincoln da Cruz Machado, Joaquim Dutra, Alberto Machado –, os farmacêuticos, os advogados, muitos professores, o poeta Vito Leão, que usava um cravo no peito e notabilizou-se depois na revolução de 30, o suave Carlos Goiano etc. Jogava-se um pôquer discreto, à meia-noite comia-se leitão, galinha assada, lombo de porco, tutu de feijão, havia cerveja Saxônia, de fabrico local, e, para os refinados, bojudas botelhas de "chianti" verdadeiro, mesmo porque havia italianos na cidade que tinham progredido e que, de solitário no dedo, punhos e colarinhos de celulóide, freqüentavam a boa roda e tinham filhas que eram bons partidos.

XIV

Em 1914, como é do conhecimento universal, a Itália era mais ajuizada do que hoje – ficou do lado dos aliados. Mas a inimizade dos países não impediu que italianos e alemães freqüentassem o estabelecimento do senhor Benno. O senhor Benno tinha coisas que nem pareciam de alemão. Por exemplo: a ironia. Os italianos que, pró ou contra os alemães, sempre se caracterizaram por um notável armazém de pancadas, não brilhavam muito na conflagração, mas, às voltas tantas, anunciavam uma ofensiva contra os austríacos, que também nunca primaram pelas vitórias. E o senhor Benno comentava:

– Una brutíssima avançada di due milimetri...

O pessoal ria. O *Imparcial* (do Rio) trazia mapas da guerra que chegava muito atrasada pelo telégrafo. E os maiorais da terra, uns aliados, outros germanófilos (o Brasil era neutro), acompanhavam a estupidez das batalhas com entusiasmo e paixão.

Mas em 1917 as coisas mudaram de rumo para o nosso lado. Barbarismo, estou certo, não é privilégio do nazismo, mas indubitavelmente do prussianismo. Os prussianos estavam soltos! Sem prévio aviso alguns navios brasileiros foram atacados e torpedeados e o Presidente Wenceslau – o homem da parcimônia nos gastos, do vintém poupado vintém ganho – assinou a declaração de guerra.

Como era inevitável e muito justo, no Rio de Janeiro as casas alemãs foram empasteladas pelo povo indignado. E o foram de maneira devastadora, porque se havia então admiradores da Alemanha, e até uma Liga Brasileira pró Germânia, com sede na Rua Uruguaiana, não havia afortunadamente nenhum partido germanizante atuando no País.

Não se pode dizer que Barbacena tenha imitado o Rio de Janeiro – é que o Brasil todo se levantava revoltado. E o povo barbacenense empastelou a Salsicharia Nova Hamburgo, a Salsicharia Bávara, a fábrica de cerveja Saxônia e o Bar Alemão do senhor Benno, que escafedeu-se para o mato e nunca mais foi visto. Nas chácaras, as rosas e os cravos pareciam que tinham brigado uns com os outros, tal como na canção infantil. E floricultores e salsicheiros fugiram aterrorizados, enfiaram-se pelos matos, perseguidos por carrapatos e cascavéis, salvo uns poucos que logo se abrigaram na polícia, e o delegado ficou infernal entre o dever e a vontade patriótica "de escavacar com aqueles canalhas todos!"

Após três dias de movimento, discursos e cantos patrióticos – a "Canção do soldado paulista" e o "Cisne branco": eram as mais cantadas – a cidade voltou à calma. Mas não a uma calma perfeita. Um temor andava no ar. Sabia-se que haviam sido vistas tropas alemãs por trás do Monte Mário, Houve quem tivesse percebido um zepelim todo pardo escondendo-se nas nuvens suspeitas de Ibertioga. Mateus, magro e bigodudo, quando descia para casa, por volta da meia-noite, depois de um poquerzinho no clube, onde perdeu quarenta mil-réis, ouvira e sentira a coisa passar por sobre a cabeça – zum! – e Barbacena compreendeu logo que se tratava de um aeroplano boche. A Linha de Tiro Padre Correia de Almeida teve então uma função altamente corajosa – policiar a cidade. Ai do amante noturno que tivesse a desventura de ser louro! E as moças contribuíram imediatamente com numerosas quermesses para fins de guerra. "Soldado e ladrão" não era mais a brincadeira preferida da gurizada, mas sim o "brincar de guerra", e, com um maravilhoso sintoma de dignidade, nenhum garoto se prestaria a ser um soldado inimigo. O inimigo era o vácuo, cães, gatos, árvores, muros, uma coisa que estava lá adiante e que os soldadinhos brasileiros venciam e massacravam sem piedade.

XV

Dorotéia era alemã. Tinha onze anos, mas bem poderia dizer que já fizera treze. Era branca e era loura; no narizinho arrebitado, duas ou três sardas de sol, sejamos mais verdadeiros, doze ou quinze sardas de sol, punham uma sombra campesina sob os seus olhos celestes. Estava no segundo ano do Grupo Escolar e era a única criança na cidade que usava a bolsa de livros em forma de mochila, sobre a qual escorregavam as douradas tranças muito apertadinhas, amarradas na ponta com laços de fita azul.

O pai era um homem romântico, dizia-se barão e fugira da Alemanha por questões políticas. Conhecia grego e latim como gente grande e embora fosse de poucas falas, e muito retraído, quando por acaso as conveniências da sociedade o obrigavam a uma rápida palestra não havia barbacenense que não dissesse, quando ele se retirava, "que era um sujeito inteligente e culto pra cachorro". Passava dos quarenta anos, trajava-se rigorosamente de preto e em vez de gravata usava uma fita de cetim. E não largava o charuto nem o livro. Lia andando na rua, no percurso da casa para o Ginásio, onde lecionava e onde ganhava muito pouco. E como tinha a casa bem arrumada, vivia comprando livros por qualquer preço, e sua conta na venda de seu Pinto era a mais variada, não podia deixar de se aceitar como verdadeira a hipótese, se não da sua nobreza, ao menos que na terra natal tivera uma posição de abastança que lhe permitira refugiar-se em Barbacena com alguma coisa de seu. É preciso dizer que não viera ao azar para a cidade, viera diretamente, a convite de um amigo, que já morava em Barbacena e que soubera dos perigos que corria. Este amigo chegara em 1910, para professor do Ginásio, chamava-se doutor Hermann e fora companheiro de meninice e universidade do doutor Tauchnitz. Conhecia, por um desses caprichos da cultura germânica, esplendidamente a vida brasileira, e ao ficar tuberculoso em Hamburgo, rumara para Barbacena, certo de que escaparia. Mas três anos depois, um ano após a chegada do amigo, uma hemoptise o levou, numa tarde radiosa. Eram amigos, eram. Conversavam muito, mas com tão largos silêncios; como se estivessem calados. Uma palavra apenas bastava para que um compreendesse tudo o que o outro queria dizer. Barbacena sorria dos dois estranhos amigos. Iam pela rua, iam pelo campo em passeios depois do jantar, que era cedo, três ou quatro horas, cada um com seu livro e seu charuto acendendo e apagando. Como Hermann era baixo, de pernas curtas, com uma adiposidade que não lembraria nunca um tuberculoso, em pouco mais de quinhentos metros de trajeto estavam de tal modo distanciados que por ninguém passaria a idéia de que estavam passeando. E os mais amáveis cumprimentavam o professor da dianteira:

– Boa tarde, senhor barão.

– Boa tarde, senhor – levantava ele os olhos do livro.

– Sempre lendo, senhor barão?

– Não, senhor. Passeando com doutor Hermann.

O espetáculo da dor do doutor Tauchnitz, quando morreu o amigo, calou nos corações barbacenenses. Nem uma lágrima, nem um mover de músculo na face muito branca, nem um gesto despropositado. Sério e digno, acompanhou o amigo ao cemitério da Boa Morte. Sério e digno apertou a mão dos que o cumprimentaram no cemitério, como se fosse parente do doutor Hermann. Sério e digno voltou para casa, no outro dia deu aula, e continuou saindo todas as tardes depois do jantar, de charuto e livro, para passeios solitários, mas nos quais talvez sentisse ao lado a presença do amigo. Sério e digno respondeu a quem lhe perguntou se haveria missa de sétimo dia:

– Não, senhora. Doutor Hermann não acreditava.

Doutor Hermann morrera solteiro. A mulher do barão era incorpórea. Ninguém a via na rua. Vislumbrava-se a sua bela cabeleira loura e solta pelos cortinados brancos do chalé. E somente alguns vizinhos tinham o privilégio de conhecê-la por cumprimentos através das cercas de chuchu, quando ela descia à horta para cuidar das suas hortaliças. Doroteia era o elo entre a família do barão e a cidade. Era amável, sorridente, meiga e adorava gatos. O chalé do barão se tornara uma espécie de depósito de quanto gato deserdado houvesse na cidade. As portas tinham gateiras para o livre trânsito dos bichanos.

Poucos meses de chegada, Dorotéia já manejava a língua com tanta facilidade que ninguém duvidaria se dissesse que nascera ali.

Quando o primeiro navio brasileiro foi a pique, o barão entrou no Ginásio com a mesma tranqüilidade, mas ao subir para o estrado não abriu a pauta de presença. Colocou sobre ela a grande mão branca, na qual usava um anel de sinete, e sem olhar para ninguém, como se dirigisse a um Deus de que só ele soubesse a existência, disse:

– Senhores, eu sou alemão. Por algum motivo não estou na minha pátria. Agora sucederam fatos desastrosos. Acredito que o governo do Brasil saberá agir como deve. Por mim, senhores, morrerei em Barbacena. Mas de hoje em diante não lhes poderei dar aulas.

Nada mais disse naquele momento, nem depois. Cumprimentou os alunos, voltou para sua casa, donde só saía agora para os passeios no campo.

Mas quando foi da declaração de guerra e das manifestações populares de represália, alguém foi procurá-lo, solicitando que fugisse. Ele respondeu:

– Fugir por quê, senhor? Eu não fiz mal a ninguém.

– Sim, mas o senhor é alemão.

– Mas não fugirei, senhor.

E não fugiu. Apenas durante uma semana não fez o seu passeio, mas ficava à janela fumando seu charuto, lendo seu livro, vendo a tarde morrer.

No primeiro dia de manifestações, todos os colégios se fecharam. No segundo, porém, as aulas voltaram a funcionar e havia preleções de cada professor sobre a gravidade do acontecimento e a certeza de que seriam aniquilados os agressores do Brasil.

A diretora do Grupo mandara um recado ao barão, dizendo que achava prudente que a menina Dorotéia não fosse às aulas, pelo menos naqueles dias mais próximos, porque ela não poderia evitar uma atitude desagradável por parte dos colegas, embora, estava visto, uma criança nada tivesse com os acontecimentos que se desenrolavam.

Mais uma vez o barão usou da dignidade: respondeu à diretora que a menina Dorotéia iria à aula porque ela era uma aluna do colégio e uma aluna do colégio não poderia faltar quando houvesse aula; mas que a permanência da filha no Grupo não poderia ser imposta por ele, nem pela diretora, mas sim por seus colegas.

E Dorotéia, tal como nos outros dias, de mochila e tranças apertadinhas, marchou para o Grupo Escolar. Junto com os demais alunos, que se afastaram dela um tanto para ser notados, cantou o Hino à Bandeira, ao hastearem a bandeira.

E quando a turma em fila entrou na sala do segundo ano, ela esperou que todos entrassem e se sentassem para entrar então. Entrou, parou em frente à turma e perguntou:

– Vocês se incomodam que eu continue na escola?

Houve um silêncio, um rápido silêncio, logo quebrado por uma vozinha que gritou do fundo da sala – não! – e logo um enorme não! encheu a sala toda. E Dorotéia de pé começou a chorar.

XVI

A igreja matriz não tem nada de extraordinário como construção, mas certamente tem interesse pelo tamanho que a torna triste e pela sobriedade, que é quase pobreza, de suas linhas.

Era pavimentada com lindas e sólidas tábuas de jacarandá e o eco dos passos dos crentes ressoavam pela nave surdamente, precipitando vôos de andorinhas que faziam ninhos nos altos nichos nus e nas aberturas de luz, que eram lá no alto, em cantaria.

Nas grossas paredes dormiam o sono eterno vários cidadãos ilustres. Em tempos idos também sob as tábuas do assoalho eram recebidos os mortos mais importantes, pois que no amplo adro, à luz do Sol ou das estrelas, é que iam dormir os filhos menos importantes de Deus. Já porque a mão de terra sobre os defuntos não fosse suficiente, já porque as frestas entre as tábuas não fossem suficientemente calafetadas, a prática tinha os inconvenientes do ilustre morto estar presente não apenas no coração dos conterrâneos, mas também e desagradavelmehte nas suas narinas.

– Arre, que o desembargador hoje está terrível! – desesperava-se um fiel companheiro de missa, que mergulhava o nariz num lenço empapado de água de colônia.

– Dona Domitila esteve pior.

– Que esperança!

E o desembargador vagava em gasosa forma por entre os ex-amigos de manilha ou voltarete.

Dia veio em que um indecente estado de coisas republicanas privou a confraria de enterrar os fiéis no chão de Deus. Até enquanto essa novidade de cemitério não foi compreendida como um ótimo negócio, houve rudes investidas contra "a onda de materialismo que invadiu a nossa estremecida pátria, berço riquíssimo de tantas virtudes cristãsl"

Durante anos a nave continuou com as suas tábuas de jacarandá belas, sólidas, de surdos sons. Mas o ardor progressista da padrecada, que dorme o dia inteiro na confortável casa paroquial erigida por esmolas ao pé do Asilo, substituiu-as por ladrilhos baratos que deram à ampla nave o aspecto de um vasto banheiro de empregada, e cuja frialdade no frio inverno barbacenense é o único responsável pelo reumatismo verificado no meio católico, reumatismo terrível que não há salicilato que dê jeito.

Mas não ficaram no ladrilhamento as reformas dos condutores das almas. Criaram-se privilegiadas localidades, separadas dos rústicos bancos, onde se assenta o grosso do rebanho, por elegante balaustrada de madeira trabalhada e essas localidades têm assinantes, exatamente como um teatro lírico. E para provar que a religião não considera mais a eletricidade como uma invenção do diabo, dois na verdade bem fanhosos alto-falantes levam a palavra do sacerdote até o adro e derrama-a benignamente por toda a praça, pelos cafés, pelos bilhares, pelo ponto de ônibus, pondo no caminho da piedade e da verdadeira fé algumas travessas almas barbacenenses, tão facilmente conquistáveis pelo demônio em troca de promessas tolas e absurdas, tais como a instrução para todos os homens, a proteção à saúde para todos os homens, o equilíbrio financeiro de todos os homens, a possibilidade de subir de todos os homens, e escolas, asilos, sanatórios e orfanatos e mais utopias igualmente diabólicas e perigosas.

XVII

Dizia-me o homem:
– Eu queria era ver esses inimigos do divórcio casados com dona Zizi!
Dona Zizi era a esposa do homem.

XVIII

O velho tinha definições das mais curiosas. Eis uma, a de mulher: máquina para a gente dormir.

XIX

Numa cidade pequena todo mundo se conhece e o carteiro não tinha dificuldade em distribuir a correspondência. Bastava que no envelope constasse o nome do destinatário.
Mas uma cidade progressista precisa ter ruas com nomes e não como estavam elas – na memória dos habitantes, ou,

em raras esquinas, em letras pintadas a mão, letras que a chuva e o sol já tinham por demais desbotado. O ativo prefeito – isso foi há muito tempo – mandou vir placas do Rio. Belíssimas placas como as do Rio, em esmalte azul e letras brancas. Com a maior imponência foram pregadas em todos os logradouros: Rua 15 de Novembro, Beco 13 de Maio, Rua 7 de Setembro (que o povo, para desespero do prefeito, teimava em continuar chamando de Rua de Baixo), Praça Conde de Prados, Rua José Bonifácio (ex-Rua da Boa Morte), Praça da Inconfidência etc. A Ladeira do Teatro, como não podia deixar de acontecer, foi mimoseada com outro nome.

Mas o prefeito achou que ainda não estava bem. Para uma cidade progressista não bastava ter ruas com placas, era preciso que houvesse numeração nas casas. E cobrando cinco mil-réis de cada morador – isso foi há muito tempo... – mandou buscar chapas no Rio. Vieram do mesmo azul das placas com os números do mesmo branco.

Certo empregado da Prefeitura, que acumulava na vida privada as funções de sacristão, fogueteiro, cabo eleitoral e marido de uma mulata especialista em infidelidade, saiu com um carrinho de mão atulhado de chapas, um martelo e um pacote de pregos. Chegava na porta duma casa, empunhava o martelo, armava-se do prego e zás! chapava um número. Ao fim do dia uma boa parte do trabalho estava feita. Tomemos como exemplo a Rua 15 de Novembro. A numeração ficou assim estabelecida: do lado esquerdo – 6, 121, 32, 78, 49, 101 etc. Do lado direito – 2, 20, 6, 80, 12, 49 etc. A Rua José Bonifácio ficou ainda mais original. Tinha cinco 16 de um lado e quatro do outro. O pior foi despregar aquilo tudo; não houve chapa que não ficasse sem mossa, pois jamais uma chapa fora pregada com tanta energia como aquelas.

XXI

Mil raios por minuto!
Dez minutos.
E o Sol voltou a brilhar sobre as pedras já enxutas.

XXII

O Teatro Municipal estava mesmo uma vergonheira! Em vão o *A Noite,* vespertino da oposição, pela pena vibrante de Benedito Araújo, zurzia o lombo da politicalha reinante – a limpeza do teatro não se fazia. Porque um partido que se preza não vai fazer a vontade da oposição, mesmo que esta seja composta da fina flor da cidade, como era a oposição barbacenense.

Como oposição foi feita para berrar, berrava; mas como situação foi feita para mandar, mandava. O teatro ficava entregue às pulgas e quem lucrava com isto era seu Benedetti, que estava absoluto com seu cinema na Rua 15.

Ora, seu Benedetti enjoava todo mundo com aquela história de só passar fita de Francisca Bertini e Pina Menichelli (quase todas as normalistas diziam Minixele), do apache Za-la-Mort, que atendia também por Emílio Chione, e da apachinete Za-la-Vie, que acabava sempre morrendo anavalhada num cabaré de Montmartre.

E além disso a máquina andava tão ordinária que não passava cinco minutos sem que a fita não se queimasse.

O senhor tenente intendente do Colégio Militar foi alvo da gratidão barbacenense. Tinha um cunhado no Rio que estava precisando arrumar a vida. Numa rápida deliberação o rapaz apareceu em Barbacena e montou o Cine Barbacenense, no andar térreo dum sobrado pegado à Câmara Municipal. Era pequeno, mas limpo. Tinha sala de espera com cadeiras estofadas e flores artificiais em vasos de porcelana. Tinha um jornalzinho semanal, com concursos e prêmios, cadeiras austríacas na platéia, máquina nova – um cinema decente enfim. Os programas então nem se fala! Barbacena podia deixar às moscas os beijos de cinco partes do cinema carcamano. Porque o Cine Barbacenense só levava fita norte-americana – o período cor-de-rosa do cinema norte-americano, de ingenuidade e faroeste. A população de Barbacena foi então engrossada com William Farnum e seu irmão Dustin, Violet Merceraux, Fanny West, Dorothy Dalton, Gladys Brockwell, Wallace Read, William Howard, June Caprice (noiva do precedente, e que doutor Cruz tinha o gostinho de pronunciar Jiune Kêipriss, e cujo retrato acabou como marca comercial da Casa Isidoro), e Pearl White, Geraldine Farrar, Antonio Moreno, e o grande, o infinito Georges Walsh.

Seis meses depois da inauguração, numa sessão de honra, o cunhado do tenente intendente recebeu da sociedade barbacenense uma medalha de ouro pela exibição do filme "Brutalidade", no qual Georges Walsh, de cabelo escorrendo na testa, dava um bofetão infernal na mulher importante que viera de Nova Iorque para fazer pouco dos caubóis.

Barbacena sabia reconhecer os méritos!

XXIII

O cemitério é que é comum, mas há dois cinemas, dois jornais, dois coros na matriz, dois cabeleireiros de senhoras, duas sorveterias, dois clubes, dois ranchos carnavalescos, dois tudo, enfim, porque há dois partidos políticos, águas que não se unem e lutam sempre, se não mais em eleições políticas – ó tempo saudoso de paixão e foguetes! – ao menos em eleições de diretorias da Santa Casa, de Princesas da Primavera, de Rainha dos Estudantes etc., treino útil para não perder o costume.

XXIV

Fulano é contra o divórcio:
– Pouca vergonha!

Vive com uma mulata, tem dois filhos com ela, mas não são legitimados. Como bom católico, compreende que são filhos do pecado.
– Família é família, meu amigo. Coisa sagrada!
E anda de opa roxa segurando tochas nas procissões; e na procissão do enterro, que é de noite, defende a careca com um lenço para não se constipar.

XXV

Não sei nem quero saber do atual movimento futebolístico regido pela Liga Barbacenense. Satisfaço-me com a lembrança de que em 1917 o Olimpic – glorioso azul e branco – já vencia os quadros de Lafaiete, São João del-Rei e Palmira, em disputas memoráveis. Vencia também o Independente, quadro do remoto bairro do Sanatório, que tinha como centromédio e vigoroso esteio esportivo e administrativo a figura de Guilherme, qualquer coisa na prefeitura e flautista do Cine São José. Mas não conseguia vencer os quadros do Colégio Militar, o que constituía fonte perene de tantas mágoas olímpicas.

E deste velho futebol cabe aqui registrar algumas reminiscências.

Quanto ao distintivo: Na inexistência de distintivos de metal e esmalte, como os havia para os clubes do Rio e São Paulo e que ficaria caro mandar fazer, na ingenuidade de se ignorar que a cidade sabia perfeitamente quem era adepto do Olimpic ou não, mães, irmãs, noivas e namoradas tomavam a constante deliberação de fabricar domesticamente os emblemas, cosendo duas fitas, azul e branca, e cobrindo assim prosaicos botões de osso, que eram pregados então nas lapelas dos homens e no peito das senhoritas e das crianças. A razão da incessante deliberação é que o branco e o azul muito claro eram cores que sujavam por demais, de sorte que os distintivos estavam sempre precisando ser substituídos por questão de decoro, já se vê.

Quanto às chuteiras: Salvo um ou outro elemento desvairadamente esportivo, que não concebia o esporte sem uma elegância absolutamente de acordo com a dos craques cariocas ou paulistanos, os valentes defensores do Olimpic, rapazes pobres, pobres estudantes, não possuíam "chuteiras especializadas". Para eles, o senhor Rômulo Stefani, da Sapataria Trieste, fabricava umas extraordinárias botinas de vaqueta crua, ótimas durante a semana para o serviço e não menos resistentes aos domingos para a prática daquilo que o cronista esportivo mais conhecido da cidade chamava de "nobre esporte bretão", o que não era nada para quem pensava que hulha-branca era algodão.

Quanto à bola: Esta matéria imprescindível no futebol, o único material imprescindível mesmo no futebol, era fielmente guardada por um rapaz que não jogava, mas que era o mais destacado e entusiasmado desportista barbacenense. Pintalgado de sardas, com um eterno boné escocês enfiado até os olhos, era a maior autoridade local em termos, regras e variedades futebolísticas. O exagerado uso da pelota era o responsável por várias emendas na capota feitas conscienciosamente na oficina do senhor Stefanl. O bilro desta bola, levemente ovalada, que durou mais ou menos cinco anos de chutes, era desde a juventude um elemento recalcitrante. Custava muito a ser enfiado para dentro da capota e não raro em pleno jogo saía e ficava indecentemente para fora, o que obrigava a se interromper a partida, reunirem-se os jogadores, e demorarem quinze ou vinte minutos no meio do campo na dificílima operação de fazer o bilro voltar ao seu escondido lugar.

Quanto ao campo: O campo oficial era o mesmo do Colégio Militar. Ficava no aterro ao pé deste estabelecimento, separado dele pela estrada de ferro e distante do centro da cidade uns quatro quilômetros de bonitas ladeiras. Não era gramado. Se chovera antes, por mais heróico que fosse um jogador, não passava dois minutos em pé e transformava-se numa coisa pouco diferente dum tijolo. Não primava em absoluto pelo nivelamento. O gol que dava costas para o hospício era pelo menos meio metro mais alto do que o outro. As marcações regulamentares eram feitas com cal, como nos mais adiantados centros esportivos, mas em cinco minutos de jogo já não havia sinal delas, de maneira que o juiz podia se tornar o mais arbitrário dos homens e uma penalidade máxima tanto podia ser marcada a dez passos do gol como a cinqüenta – dependia das simpatias e o juiz podia se defender de qualquer acusação alegando que não havia risca no campo.

Não era cercado. De um lado havia a linha férrea, já mencionada, e de todos as outros, perigosos precipícios de barro. Nenhum extrema deixou, por menos de dez vezes na sua carreira futebolística, de despencar por aqueles precipícios abaixo, quando, no entusiasmo das escapadas, não podia parar após perder a pelota.

Quanto aos torcedores: Possuidores de invulgar ardor, invadiam parcialmente o campo a cada minuto, para acompanhar as peripécias de uma investida e totalmente, no intervalo, quando faziam questão de dar também os seus chutes.

Quanto aos jogadores: Destacamos – Pedrinho Massena, recordista em não despencar pelos barrancos; só o fez sete vezes, duas numa mesma peleja; exímio chutador com o pé esquerdo, mas só com o pé esquerdo; usava carapuça de meia na cabeça. Gomes, golquíper, parece que tinha goma-arábica nas mãos – bola que ele pegasse não largava, mesmo quando todo quadro contrário vinha chutá-lo nas mais variadas partes do corpo; infelizmente raras vezes os elementos do Colégio Militar deixaram que ele pegasse uma bola. Zé Trindade, beque, coragem de leão, especialista em atingir o céu com a bola, que quando caía era sempre em cima do seu gol, causando uma trapalhada dos diabos. Mário Dufles, que jogava em qualquer posição, o construtor de todas as vitórias, o que fazia todas as derrotas parecerem menos vergonhosas; estudava Engenharia em Ouro Preto, chegava aos domingos para o jogo, era o ídolo da torcida; rapaz excelente, que a morte levou pouco depois de formado, quando construía uma estrada de rodagem de Barbacena a Sítio, onde nascera. Wilson, gordo e baixo, zagueiro, chute terrível, calções escandalosamente curtos. Oto, meia-direita, falava mais do que jogava, brigava no fim do jogo com os companheiros. E Waldemar, que veio com uma fama danada de Juiz de Fora e que afinal dava mais canelada nos adversários do que chutes na bola.

Quanto aos jogos: Realmente eles começavam na Praça da Inconfidência, onde se reuniam jogadores e torcedores para enfrentar os quatro quilômetros de ladeiras que os separavam do campo. Formada a caravana, formava-se o berreiro: Aleguá-guá-guá! Aleguá-guá-guá! O nome do Olimpic e dos principais jogadores eram estrondosamente ovacionados. E era bom que fosse assim na ida, pois na volta, se o jogo fosse contra o Colégio Militar, não poderia haver entusiasmo. O resultado era sempre desastroso e a volta se fazia calada, com a noite caindo. E até uma boa parte do caminho chegava o eco do coro dos rapazes do colégio:

"Biribiribi, quá, quá!
Mais uma surra pra variá".
Doía muito!

XXVI

Barbacena é mais o passado. O meu passado, ó rapazes e raparigas do jardim.

XXVII

Partida solitária, sob um céu plúmbeo, ameaçador. Adeus, Barbacena, nunca mais nos veremos! Já não és Barbacena, és outra coisa – paralelepipedada, ornada de globos lácteos, calçada de ladrilhos por todos os passeios, terrivelmente medíocre. A Barbacena verdadeira, de terra batida, terra que o vento levantava em turbilhões, a Barbacena que eu amei, esta ficou no passado perdida, mas ainda cantará, por vezes, no fundo do meu coração.

Adeus, tia! Adeus, primos! a família está minguando. Respondem com sorrisos, não suspeitam os meus sofrimentos, no íntimo me reconhecem como um estranho, estranho de idéias, que é a mais completa forma de ser-se estranho. Abraço os corpos como se partisse para o infinito. Quando dou por mim, o ônibus parou nos limites do Pau-de-Barba. Bebe gasolina e arranca pelas estradas. E da inutilidade das buzinas – era uma vez duas galinhas!

A estrada está molhada, sem poeira. Uma, a toda branca, ficou batendo as asas como se me dissesse adeus.

– Adeus!

1942
(De *Cenas da vida brasileira*)

CENAS DA VIDA BRASILEIRA: OUTRAS CIDADES

SÃO PAULO

I

*S*e o Museu do Ipiranga guarda em sublimes ânforas de vidro a água meio amarelecida, meio podre, dos grandes rios brasileiros, pecou historicamente por não guardar também em vistosa vitrine um pouco da neblina paulistana do passado. Porque São Paulo já foi terra de neblina, ó incrédulos amigos de outras nações tupis, neblina que determinou uma longa série de poetas úmidos e melancólicos.

Como num passe de mágica, a cidade ficava branca de repente e as vozes vinham de dentro daquela fria nuvem opaca como murmúrios de um misterioso mundo ítalo-brasileiro. A Avenida Paulista era o logradouro chique, pista elegante onde a neblina se desenrolava, e nas tardes de sábado ou domingo – foi há tanto tempo que nem sei mais ao certo – havia o corso dos incipientes milionários, das famílias de quatrocentos anos, algumas vezes de menos, em automóveis fechados, tristes automóveis fechados cortando, passo a passo, o espesso véu que escondia para felicidade dos olhos exigentes os palacetes arrivistas, o mau gosto próspero, mármores e colunas, as janelas todas cerradas como se o mundo não merecesse ser visto.

Agora São Paulo, por um mistério que a ciência ainda não explicou, não tem mais neblina. Tem chuva apenas, chuva de Piratininga, chuva fina, que irrita um pouco, que faz os carros chiarem no chão molhado e que obriga a trajes um tanto europeus, como os próprios hábitos da cidade aliás.

   E São Paulo deixou de ser a tímida e provinciana cidade que dormia cedo para se transformar em turbulenta babel sempre acordada. Cresceu como nenhuma outra cidade neste mundo e a tal respeito as estatísticas são triunfais e lançadas aos quatro ventos. O que era melancolia se transformou em velocidade, em palpitação, em inigualável alegria criadora. As ruas quase coloniais se transformaram em amplas avenidas. Onde eram os sobrados, que os senhores estudantes enxameavam de repúblicas, elevaram-se os arranha-céus mais altos da América Latina, abrigando os maiores negócios da América Latina. E isso é um começo de conversa, um princípio de carreira solta, porque dia virá – e a paulistanada está firme na pista em delirante afã – dia virá em que os mais altos edifícios do universo abrigarão os maiores negócios do mundo.

   Cada vez que te revejo, meu São Paulo amigo, compreendo melhor o milagre do esforço humano, a grandeza do nosso futuro. Cada vez que piso as tuas ruas, ó Paulicéia, cada vez te encontro mais enorme, mais outra, mais estranha! Mas cada vez que te vejo, eu, o carioca de Vila Isabel, berço do samba e de Noel, acode-me com emoção a lembrança do teu ritmo tranqüilo de anteontem e a neblina que era o teu mais belo vestido.

II

   O cavalheiro insistiu durante uma semana (de chuva, chuva, chuva!) para que o amigo, que respeitava como homem de apuradíssimo gosto artístico, fosse ver o quadro que ele queria comprar para a nova residência na Avenida Rebouças, obra que por todos os títulos considerava verdadeiramente prima.

   Depois de uma semana de escusas, francamente não era possível escapar mais sem graves riscos, e lá se foi o crítico de arte, amante do bom convívio, e utilizando o mais grave semblante, para dar a sua abalizada opinião sobre a cobiçada tela.

Encontrava-se pendurada numa galeria, da Rua Barão de Itapetininga, do melhor estilo Barão de Itapetininga. Tratava-se duma galante refeição da qual participavam um cardeal e duas marquesas, refeição portanto não totalmente discreta, com reposteiros escarlates ao fundo, que não brigavam com S. Eminência primorosamente de branco. As taças de translúcido cristal tiniam no brinde com capitoso espumante; as senhoras marquesas ostentavam o mais radiante sorriso e a de azul-celeste – porque a outra vestia-se de um pálido amarelo – trazia na face um sinalzinho da mais atrevida brejeirice. E como a porcelana era impecável, a toalha da mesa de um finíssimo brocado, o candelabro de prata, o tapete da mais abafadora lã e as jóias das fidalgas pudessem ser vendidas em qualquer joalheiro, por seis contos era positivamente barato o quadro, tanto mais que a moldura era um bordado em ouro-banana do mais rico lavor Barão de Itapetininga.

Mas apesar de tanta perfeição e riqueza o amigo desaconselhou a aquisição. Só que não o fez diretamente. Aplicou o método delicado, achando que talvez não ficasse bem na casa do cavalheiro (e o cavalheiro negou incontinenti – ficava perfeita!), talvez que pelo preço exigido o cavalheiro conseguisse obra ainda mais fina, dúvida que o inteligente vendedor categoricamente eliminou – era impossível!

Como resultado da crítica fraternal, o quadro foi transferido, com dinheiro à vista, da Rua Barão de Itapetininga para a Avenida Rebouças, onde se encontra na sala de visitas exatamente sobre um sofá de pés dourados.

E, para comprovar o acertado da sua despesa ornamental, dizia mais tarde o cavalheiro, sempre radiante:

– O Ataliba, sabe? comprou um quadro igualzinho ao meu. Do mesmo artista. Na mesma galeria. Pagou oito contos. E sabe? só tem uma marquesa. Uma marquesa e um cardeal. Você se lembra do meu, não é? Tem um cardeal e duas marquesas!

III

— Nós temos o Jardim América, o Pacaembu, o edifício do Banco do Estado...
— Nós temos o Corcovado e o Pão-de-Açúcar.
— Mas o Corcovado e o Pão-de-Açúcar não foram feitos pela mão do homem.
— Sim, mas Deus é muito mais importante.

1950
(De *Cenas da vida brasileira*)

VITÓRIA

I

O navio largou o mar azul e entrou pelo canal azul ziguezagueando na manhã deslumbrante. Um sol radioso iluminava as pequenas ilhas verdes, estendia-se pela Praia Comprida pondo ouro em cada fachada dos bangalôs. E à esquerda alteava-se o convento da Penha, velho, duma velhice colonial e austera, sempre nova no meio das pedras eriçadas. Ao sopé o que se vê é uma cidade encantada – a pequena Vila Velha, onde nasceu a cidade que os índios atacavam – porque o Sol tira da taipa, da cal, da areia, das casinhas humildes, brilhos, fogos, faíscas, jorros de ouro, fulgores de pedrarias, como de um tesouro aberto.

Dona Odaléa Flores se achega armada da codaque caixão. Dona Odaléa Flores, há vinte e oito anos moradora na Rua Uruguai, aproveitou uma comissão do marido, funcionário do Fomento Agrícola, para descobrir e fotografar o Norte do Brasil. O ideal seria fazê-lo trajando calças de casimira cinzenta e com um cigarrinho Continental queimando por si no vermelho da boca polpuda. O marido, porém, é esquisito, acha que calça não é indumentária feminina. – "Você é muito antipático com estas coisas, João!" E como Dona Odaléa Flores afinal respeita o homem que aceitou, há dez anos passados, como legítimo esposo, contenta-se com uns óculos pretos, uns barulhentos tamancos de praia e uma

suéter de jérsei que – e ela sabe – põe em bastante evidência as bem apreciáveis linhas do seu busto.
O convento e a Vila Velha foram fotografados.
– Parece que saiu bem.
– Certamente, Dona Odaléa.
Dona Odaléa não tem muita confiança na sua habilidade fotográfica, e o marido é o pessimismo em figura de gente:
– Muita luz, vai sair tudo preto.
É isso mesmo – muita luz! E cortando água e luz, o navio espremeu-se entre o Penedo, obra de Deus, e o clube Saldanha da Gama, obra não sei de quem – pintalgado de maiôs, de peitos nus, de músculos em remadas campeãs, de barquinhos leves deslizando na água serena. E a cidade apareceu, dentro da baía, pequena e gentil, escorregando da montanha para o mar como se fosse levada por uma enxurrada, com a magra ponte metálica ao fundo ligando ilha e continente.
Dona Odaléa Flores assestou mais uma vez a codaque:
– Parece um presépio, não é?

II

O pequeno industrial recebeu o telegrama de um dos seus vendedores no interior: "Espeto omissão rendas janeiro pt Abril".
É preciso uma estranha sabedoria para se compreender o telégrafo nacional. Ele tinha essa sabedoria. E leu : "Espero comissão vendas janeiro pt Abílio".

III

"Vitória, hoje deste mês, do corrente ano. Senhorita Aurora: Há muito tempo que desejava escrever-lhe, hesitava, porém, entre o receio da minha carta ser pela senhorita desprezada e a esperança de a receber com agrado. Tenho lutado bastante comigo e afinal sempre o receio cedeu o campo à esperança e vou hoje finalmente apresentar-lhe a confissão do sentimento que a senhorita fez nascer no meu coração. Creia, amo-a muito, não por ser bela, o que só desperta admiração e não é qualidade suficiente para produzir o amor. Mas o que me obrigou foi esse complemento de qualidades morais que embelezam o coração da senhorita. Direi que esse amor que me domina não é esse sentimento ordinário e rasteiro que busca por distração trocar-se entre dois entes de sexo diferente, mas sim um amor impetuoso, uma paixão ardente. Tal é como a amo. Resta-me só, para que seja feliz, que a senhorita aceite com agrado a minha confissão singela, tão vinda do fundo do meu coração. Conceda-me, pois, a realidade dos meus prazenteiros sonhos, diga-me que aceita o amor puro, de que foi a causa predominante, e a minha felicidade será então preenchida. Com toda a estima e a máxima consideração – A. F."

IV

A mãe piedosa contava que Jesus foi vendido por trinta dinheiros. Ao que o pequeno perguntou:
– Barato ou caro?

V

Dona Cesária ficou viúva com cinqüenta anos. Viúva rica porque afinal trezentos e poucos contos não deixam de ser quantia estimável. José Felipe (o pai era árabe) tinha vinte e três anos. Toda gente sabe do caso, mas por Deus não culpem Dona Cesária! O amor é cego, o amor não tem idade, o amor principalmente é um hábito. Não se perde um hábito assim duma hora para outra. E José Felipe era possivelmente um rapaz insinuante. Seis meses após o dia lacrimoso em que fechou a tampa de um caixão, Dona Cesária, de seda lilás, compareceu ao Fórum local e passou a ter outro sobrenome. O triste é dizer-se que ao jovem Felipe nem o hábito foi que o levou a tal passo. Foi o interesse, que se não é uma forma de amor, é certamente uma das formas sob as quais o casamento pode se apresentar. Felipe tinha ambições. A maior delas era ficar viúvo o mais cedo possível (toda gente sabe do caso), e com os trezentos e poucos contos para empregar de acordo com os seus sonhos. E o jovem marido passou a executar um plano deliberadamente concebido – arrastar os cinqüenta gastos anos para toda sorte de extravagâncias, que é própria dos vinte e três. Noitadas, danças, gelados, correrias de automóvel pelas noites de inverno em trajes de verão, ceias terríveis de indigestas bebedeiras, excessos, serenatas, loucuras! Dona Cesária era uma esposa fiel e amiga – acompanhava-o em tudo, como é da lição bíblica. Mas tudo tem o seu fim. Zé Felipe teve-o. Ao cabo de seis meses dessa vida desordenada, apanhou uma galopante e Dona Cesária fechou mais um caixão para a terra esconder.

1940
(De *Cenas da vida brasileira*)

SALVADOR

I

Devia ser obrigatório a gente ir todos os anos à Bahia, que é sempre uma boa lição e, principalmente, uma lição de harmoniosa beleza. Por desgraça dos homens, nós fazemos sempre o que não devemos, fazemos o que nos obrigam e um mundo imbecil de obrigações determinaram-me, por largo tempo, a impossibilidade de rever a Bahia, passear por suas ladeiras, admirar os seus sobrados, saborear as suas frutas nas ruas noturnas, contemplar seu céu azul. Se passei dez anos sem voltar à boa terra, e suportei a pena, é porque, felizmente, a Bahia está sempre um pouco em todos nós. Se não vamos a ela, é ela que vem a nós, através das músicas de Caymmi, dos romances de Jorge Amado, das conversas de Herberto Sales, dos quitutes de Juraci – não confundir, pelo Senhor do Bonfim, esta leal amiga com o general homônimo! – e do cabedal de fotografias das revistas, pois a reportagem não se cansa, nem nos cansa, de fotografar a Bahia. Também serviam como contribuições calmantes os livros que o Pinto de Aguiar anda publicando na sua Editora Progresso, um acervo realmente importante para o conhecimento da Bahia sob todos os seus aspectos, e a amizade dos caros amigos baianos que nunca nos esquecem: Carvalho Filho, o mais velho do arquivo sentimental, trinta anos contados de fraterno entendimento, o Godofredo Filho, Vasconcelos Maia, Pedro Moacir, irmão de Vasconcelos Maia, o Odorico Tavares, que naturalizou-se baiano, o José Valadares, que tem caracteres internacionais, o Wilson Lins, cujo estudo sobre o médio São Francisco fica em pé na estante, o Imbassaí, que deixou a biblioteca, mas continuou Imbassaí, o Vivaldo Costa Lima, cuja prosa não há igual por estes brasis, e o Carlos Eduardo, que é poeta, bom poeta e excelente diretor da Galeria Oxumaré, e os artistas plásticos que a Bahia vem forjando, como Mário Cravo, Genaro de Carvalho, agora às voltas com tapetes etc., etc.

Mas afinal revi a velha e querida Bahia, não muitos dias, como desejaria, mas o suficiente para abrandar a saudade. E tudo por obra e graça de Darwin Brandão e Mota e Silva, este um baiano legítimo, aquele um baiano honorário, que lançaram um lindo livro de exaltação à cidade do Salvador – *Cidade do Salvador, Caminho do Encantamento* – álbum de roteiro e sentimentalismo, que é valorizado com um prefácio de Jorge Amado e com ilustrações de Carlos Bastos.

Enio Silveira, paulista aclimatado no Rio de Janeiro, terra ótima para adoçar paulistas, responsável pela edição do livro, anda fazendo lançamentos sensacionais pelos Estados. Tocou a vez da Bahia, e lá fomos nós para a festa, que constituiu um sucesso, apesar da chuva que bota baiano preso em casa, preso de tristeza, porque baiano e chuva são coisas que não combinam. Hélio Machado, o simpático prefeito de Salvador, portou-se como um perfeito baiano, isto é, um perfeito anfitrião.

II

Darwin Brandão e Mota e Silva, para mim eternamente Motinha e um pouco meu sósia, foram leais e entusiasmados companheiros da minha aventura baiana em 1947, aventura que não se esqueceram de consignar no belo livro que fizeram de parceria – a da primeira exposição, coletiva e internacional, de arte moderna que se apresentou em Salvador.

Não os conhecia. Fui conhecê-los lá. Quem arrumara a idéia de que eu levasse à Bahia uma exposição de pintura moderna, como já fizera em outros lugares do Brasil, que naquele tempo era meu vício andar de quadros às costas, foi Odorico Tavares, cujo amor pelas coisas plásticas é conhecido e pode ser verificado pela pinacoteca que mantém a sete chaves, no seu palacete baiano, com medo da visita de alguns amigos, entre os quais infelizmente se inclui o temível João Condé. (E tanto tem medo, que, sabendo da nossa ida, sabendo mal informado, pois João não participou da caravana, imediatamente bateu para os Estados Unidos, alegando que ia buscar uma estação de televisão para a cidade, quando na realidade era por puro temor do proprietário dos Arquivos Implacáveis, e porque, fato sabido e comentado, era mais barato ir aos Estados Unidos com o câmbio a 120 do que receber gente em casa.)

Anísio Teixeira, que dirigia a Secretaria da Educação do Estado naquele tempo, responsabilizou-se por uma parte do êxito da aventura. O grande brasileiro Otávio Mangabeira, então governador, garantiu a outra parte. E com tais baluartes, enfrentamos o rigor tradicionalista. O sucesso foi inegável. O público compareceu, as discussões foram acaloradas com muita pimenta, o costumeiro epigrama em verso apareceu nos jornais, mas a semente ficou pois até quadros venderam-se e não poucos. Serviu especialmente a exposição para mostrar que não devia se confundir tradição real com caduquice, arte autêntica com copismo bolorento. O ágil espírito baiano compreendeu e bateu palmas. O academicismo imbecil, que não é privilégio baiano, é patrimônio universal, escoiceou inutilmente. E foram dias de entusiasmo e de alegria, e neles os então muito jovens Darwin Brandão e Mota e Silva cooperaram generosamente, trabalhando como uns danados para todo o êxito do empreendimento.

III

E ao descermos na Bahia 1958, outra estrada nos esperava para nos levar do aeroporto à cidade. Uma estrada mais curta, pavimentada, beirando as formosas praias da capital, obra do governo Otávio Mangabeira. Como obra do governo Otávio Mangabeira foi o hotel que nos esperava, hotel que não existia antes na Bahia, e cujo risco moderno, à altura de uma grande cidade, estivera sob meus olhos naquele remoto 1947. E se na entrada do hotel encontramos uma placa de bronze na qual se agradece ao eminente baiano aquela obra grandiosa, a dois passos dela íamos encontrar o próprio Mangabeira, cavalheiro como sempre, e sempre lúcido, sempre brilhante, sempre combativo.

Se o hotel estava de pé, certamente estaria de pé também o teatro, um teatro à altura da grande Bahia, cujo projeto, de Alcides Rocha Miranda e José Reis, também vira nas mãos do ilustre político e administrador, naquele ano de 1947. Felizmente não perguntei ao nobre amigo por aquela obra. Perguntei a outros. E os outros me responderam, e depois do próprio terraço do hotel imediatamente verifiquei, que o projeto não fora executado pelos governos que o sucederam. Um, porque tinha horror a tudo que fosse teatro ou qualquer coisa ligada à cultura; e o outro, porque tinha idéias pessoais a respeito de arquitetos, possivelmente a única coisa sobre a qual tem idéias pessoais.

O teatro que está se construindo em Salvador, e que na tradicional festa de 2 de julho será inaugurado, é obra meritória, moderna, grandiosa, mas não é o projeto admirável que eu vira em 1947.

Em compensação o moderno entrara definitivamente na arquitetura da velha Bahia, e entrara como devia entrar, harmonizando-se com a paisagem antiga, fazendo realçar a linha tradicional daquela rica arquitetura citadina. O que na Bahia se realizou arquitetonicamente nesses dez anos de ausência é assunto considerável, coisa que nem imaginava pudesse ser realizada e que está para a mais veemente admiração. E temos que destacar, entre as realizações, aquelas de caráter educacional que o Anísio Teixeira – que com o apoio de toda a inteligência brasileira acaba de vencer uma parada contra a safadeza organizada –, através dos órgãos que dirige, levantou e está levantando na sua bela terra.

IV

Bahia com chuva é mais Bahia. E chovia, se chovia! Mas quem vem para rever tem que rever, e enfrentemos, portanto, o tempo hostil, as ruas ensopadas, o vento cortante e toca a rodar. Era de manhã e batemos para o mercado. Fervilhava.

Quem disse não fui eu, foi um militar, que estava numa das portas de entrada:

– Isto é Mercado Modelo só no inferno! Chove mais dentro do que fora.

Se era exagero, não era lá muito. Chovia dentro. E vendedor de mercado é cabra sabido.

– Quanto custa este Exu?

Era um Exu de ferro, do gênero macho, algo escandaloso de machice, terrivelmente preto.

– Cento e oitenta, patrão.

Quem sabe comprar é Jorge Amado, que nos acompanha. Faz cara de pouco caso, puxa as notas, que estão sempre amassadas no bolso, e paga sessenta:

– Não sou turista não, meu velho. Já ganhou o dia.

Para que contestar? E o barraqueiro joga as notas na gaveta e o Exu é incorporado às bugigangas adquiridas, entre as quais se inclui uma cesta de tamanho gigantesco, cuja serventia continuo ignorando, e cujo transporte aéreo considero um problema. Um cheiro de incenso vem de uma barraca. E como a umidade é bom pretexto para cachaça, pára-se no competente balcão, onde surge uma garrafa da famosa Jacaré.

Não gosto de cachaça. Para esquentar o corpo não há nada mais calorento que imaginar. Vou imaginando coisas. Eneida achou uma barateza comprar por cento e vinte pratas um balangandã que poderia sair por umas cinqüenta. Mas Eneida não pensa em termos de dinheiro, pensa em termos de poesia e folclore. E Jorge Amado estava longe comprando fieiras de camarões secos com Zé Condé e Valdemar Cavalcante e não pôde socorrê-la.

Na porta o jipe nos esperava. Como cabe gente dentro de um jipe! E como sacode! E certamente foi o sacolejar que demonstrou dentro de mim a molinha que preside a pressão da tristeza. Fiquei triste, triste! Cheguei imprestável no hotel.

Cheguei imprestável no hotel, e para a melancolia o melhor remédio é cama, cama macia, com janela aberta para o céu cinzento. E como subproduto da tristeza, penso em gramática, que é a subtristeza mais triste deste mundo: cheguei *no* hotel ou cheguei *ao* hotel? No quarto deserto pergunto e nenhum purista me responde. E o sono, que é subproduto da alegria, vem pesar-me nas pálpebras, arrebata-me para um céu onde não há purismos, só sossego.

Desgraçadamente há telefones, embora até que os da Bahia não funcionem muito, duas horas para uma ligação. O meu fez exceção e acordado fui pela vibrante campainha. Chamam-me para o almoço, que está na hora. Dou uma espiada num quarto onde há um inexplicável biombo japonês e incorporo-me à rapaziada. A rapaziada já incorporou à sua corrente sangüínea uma dose alegríssima de licor escocês, e alegres enfrentamos muqueca de peixe. Onde há convivas, há paladares exigentes. Mas mesmo os filhos de Vila Isabel são bocas simples, talvez mesmo simplórias, e com menos um pouquinho de pimenta o pescado com dendê está aprovado – ótimo!

Se o serviço do restaurante é um pouquinho à francesa, o café é servido bastante à baiana. Bastante e lindamente. Bahia é terra de cabrochas bonitas. Duas delas, a caráter, estão na porta de cafeteira em punho, e seus olhos são contas escuras que fugiram do calor de Iemanjá.

Saber nome de cabrocha bonita não faz mal a ninguém. Até que deve ser obrigatório.

– Como é o seu nome, moça?

A bichinha me diz, mas não serei eu que vá espalhá-lo. E como muqueca de peixe provoca preguiça, espalho-me na poltrona de molas, e os caramujos em alto-relevo dos azulejos me hipnotizam.

Da doce hipnose sou despertado pelo simpático rapaz que se colocou à minha disposição, com automóvel e tudo. Propunha uma voltinha, que aceitei, voltinha na qual teria eu a oportunidade de conhecer a Reitoria da Universidade, que é obra nova.

Lá fui, mas não tive coragem de entrar. Senti uma pressão no peito, uma vergonha, uma vontade estranha de morrer! Com tantos prédios antigos, grandes, belos e autênticos, maravilhosos sobradões, ressumando austeridade e tradição, prédios que poderiam ser comprados e restaurados, como no Rio foi restaurado o hospício para ser sede da reitoria da Universidade do Brasil, na vetusta e tradicional Bahia, orgulho da arquitetura brasileira, construíram um prédio para a reitoria universitária. Mas pensam, os que não o conhecem, que construíram um prédio moderno, ao gosto do tempo, com o material e a técnica do tempo? Não. Construíram um prédio antigo! Requintadamente antigo! Custou um dinheirão. E há pessoas ingênuas que pensam que ele é mesmo antigo...

– Não, meu filho, essa não!

O rapaz ficou um pouco encabulado, mas mandou tocar o carro. Para desabafar o ferido coração, fui visitar a minha igreja de São Francisco, que é um sonho. Estava deserta de crentes, mas povoada de beleza. Implorei ardentemente ao santo que punisse a estultice de certos homens poderosos. Mas não sei se ele tem força na congregação.

V

E o diabo da chuva continua! E sob ela toca a rever a Baixa do Sapateiro, que tem mais buraco que paralelepípedo, a Feira de Água de Meninos, que encontramos transformada num lamaçal, o Rio Vermelho, onde vive o Mário Cravo com as suas gargalhadas, e as praias que Pancetti pintou com as tintas do puro amor, e o Senhor do Bonfim, cujo largo é limpo como se tivesse sido acabado de lavar. E toca a almoçar com um e jantar com outro, e tome caruru, efó, vatapá, muqueca, galinha de xinxim, isto é, tome dendê, tome pimenta, e tome laranja no Terreiro de Jesus, por um preço que Jesus acharia caro, mas que nós pagamos sem tugir, e tome Maria de São Pedro, que logo depois foi para o céu, e tome Anjo Azul, que reabriu com pinturas novas na entrada, botticellismo do pincel de Carlos Bastos, e tome capoeira, com musguinha para dormir, que cá pra nós, que ninguém nos ouça, enche um bocado. E tome compridas conversas com a rapaziada baiana, e ouçamos queixas do pouco que recebe a Bahia dos seus poços de petróleo, E ouçamos, comovidos, a poesia de Carlos Eduardo homenageando os 50 anos de Godofredo Filho.

E afinal chegou o Sol e com ele claras se fizeram as fachadas, azul se fez o mar, alegres se fizeram os corações. Mas com ele vinha a hora inadiável de partir e, sôfregos, procuramos respirar aquele grande ar baiano, identificar-nos com a luz, guardar na retina a imagem de torres e ladeiras. Quando o avião deixou o solo levava comigo a mais salutar reserva de claridades.

1958
(De *Cenas da vida brasileira*)

RECIFE

I

*D*arwin Brandão e Hélio Polito, amigos e dinâmicos, me convidaram para um fim de semana no Recife e eu peguei logo com unhas e dentes no convite, que me pareceu cair do céu – há muito andava com uma comichão danada para me tocar para aquelas bandas. Na verdade o convite foi para mais do que um fim de semana, porquanto seria uma indignidade passar somente um sábado e um domingo nas margens do Capibaribe, como se o velho Recife, cansado de tantas guerras, fosse uma Teresópolis qualquer, e tanto mais que cultivo lá, como o melhor dos jardineiros, um grupinho de amigos de que muito me envaideço. É que Darwin e Polito, duas criaturas a permanente serviço do diabólico, mantêm, lá, através da Radio Jornal do Comércio, que fala para o Brasil e para o mundo, um programa de perguntas e respostas chamado "Encontro Marcado", e para o qual são convidados cavalheiros cá das plagas sulistas, cavalheiros de todo o naipe de crenças, ideologias e profissões, programa que leva o patrocínio do Consórcio Real-Aerovias e cuja audiência é a maior da radiofonia nortista.

Está claro que cabe ao aludido consórcio colocar no Recife os cavalheiros convidados, o que é feito com a conhecida eficiência da companhia de aviação, que consegue fazer da longa distância um rápido e agradável piquenique. E como se ainda duvidasse do conforto com que cerca os seus passageiros, o consórcio, nos últimos minutos de viagem, fornece aos seus fregueses um cartãozinho verde, com claros a preencher, que deve ser entregue à aeromoça, claros que são intitulados de "sugestões". É que acredita o consórcio poder ainda mais melhorar as condições de assistência aos passageiros, se deles vier, em letras do próprio punho, notações de falhas, indicações procedentes, sugestões em suma. Quem me pede, recebe. Assim pensei bastante antes de preencher o claro, mas afinal preenchi: "Falta Dona Clementina". O Consórcio Real-Aerovias, que por certo conhece esta dama, compreenderá o profundo alcance da minha sugestão.

II

Não conhecia o novo aeroporto, que é obra olhável e funcional, com painel imenso de Lula Cardoso Aires logo na entrada, painel cuja contemplação influiu para o início do meu roteiro – começaria pelo Lula, que habita as delícias da Boa Viagem.

A praia da Boa Viagem estava de bandeira vermelha, embora que o mar não estivesse agitado – é que, debaixo daquelas ondinhas macias, escondia-se o traiçoeiro das correntezas e dos redemoinhos, que arrastam para a morte tanto banhista imprudente que se aventura iludido para além dos recifes. Mas a casa de Lula Cardoso Aires está sempre de bandeira branca, aberta aos visitantes, clara, espiando o mar, recebendo das planícies marinhas o permanente vento que refresca a cidade e que varre as minhocas do cérebro. Filho de usineiros, acolhe-nos com braços abertos de açúcar. E engordou. E encaneceu ligeiramente. E vento, que balança as folhas dos coqueiros, e gordura e cãs formaram um complexo de invejável superioridade, que influiu nos seus infatigáveis pincéis. O que está produzindo já é coisa total, íntegra, absoluta, além do folclore e do onírico, conquanto seja na terra maravilhosa de Pernambuco que encontra a matéria dos seus quadros, fidelidade que é a única garantia de um verdadeiro artista. É construção forte e alta, seriamente pensada e sentida, como se tudo que fizera antes não fosse mais que a base para o seu verdadeiro encontro com a pintura. E Abelardo Rodrigues, que chegou, não cortou a intensa emoção daquela manhã. Reforçou-a mais. Há quantos anos não abraçava este homem singular, apaixonado colecionador de tudo que é belo, de tudo que não deveríamos perder? Também os anos que nos separaram puseram umas rugas naquele rosto amigo. Mas o entusiasmo é o mesmo. E fala-me dos seus santos, das suas figurinhas de barro, das agonias por que passa por causa de peças que não lhe foram devolvidas. É uma longa e melancólica história: emprestou para o pavimento do Brasil na recente exposição de Bruxelas algumas das peças mais preciosas da sua coleção, e até agora não voltaram, algumas até, algumas não, muitas, desapareceram. Bem, não adianta fazer sofrer mais ainda o velho companheiro. Procuro encontrar palavras de esperanças...

III

Recife anda agitado – há greve portuária. Nem precisamos dizer as razões – são positivas. Mas as tarifas do porto quem as decide é o governo federal, e pedir ao governo federal que faça alguma coisa útil e urgente é o mesmo que pedir a uma pedra que nos forneça leite. Mas, como a encrenca se prolonga, dizem que virá um emissário do Ministério da Fazenda para resolver. Vamos ver. Vamos ver, mas vamos duvidar antecipadamente. Quando um presidente e um ministro não resolvem, que poderá fazer um emissário? Mas se vem para resolver – ponhamos uma margem de idealismo – por que não resolve, além da questão da greve e das tarifas, a condição do próprio porto, o maior do Norte, um dos maiores do Brasil, e cujo criminoso estado de abandono é o mesmo em que se encontram todos os portos do País? Vê-lo imerso em tal incúria é sentir o coração pequeno, e ter crises de desânimo, é ter vontade de utilizar argumentos violentos, numa terra que não precisava de nenhum, que tem capacidade para tudo ver resolvido com gestos bons. Como é possível caminhar o Brasil com tal abandono portuário? Naturalmente vai o governo falar na tal Operação Nordeste como salvação. Mas não convencerá. Para quem tem realmente as rédeas da administração, e quer trabalhar para o bem comum, não é preciso planos, operações, novos organismos com mais comissões e subcomissões. Não. Precisa é de ação. Menos passeios aéreos e mais ação. Quem tem o leme, manobra logo. O resto é cozinhação, protelação, camuflagem, incompetência.

IV

Capibaribe, Beberibe, dois rios que são um rio só, largo, misterioso, batido de luar. Sim, o luar escorre do céu na noite clara e fresca, bate nas pontes, ilumina o convite das raparigas que são muitas, que são centenas na ilha onde nasceu a cidade, raparigas que se escondem de dia no alto dos sobrados de imenso pé-direito, quando nos andares de baixo vive um outro comércio, e não sei se mais triste – a cobiça dos bancos de pesadas portas férreas, o afã das grandes firmas exportadoras e importadoras, que é açúcar que sai e bugigangas que entram.

Sim, o luar escorre, bate nos telhados patinados pelo tempo, bate nas igrejas antigas, algumas tão ricas, outras tão severas, e todas tão evocadoras, bate no teatro que é puro, lindo, cor-de-rosa, bate nos grandes edifícios que não deviam existir ali, que poderiam ser levantados mais adiante, em ponto que significasse orgulhoso e irrevogável progresso, mas que não modificasse o ar senhorial e apaixonante da cidade, reduzindo-a a uma cidade igual a qualquer outra.

Vou com o luar pelas ruas da madrugada, porque é de madrugada, no silêncio sem atropelos, que as cidades se desvendam aos visitantes que não amam o turismo. Vou pelas ruas tortas, pelos becos que o Rio de Janeiro já não tem, pelas travessas, pelos largos onde ainda há frontarias de azulejos, vou sob a ramaria dos jardins com tristes estátuas, transponho pontes, fico por instantes vendo a água correr, recebendo dela um sentimento de apaziguante esquecimento.

Vou, não tenho guia, e não me perco, como se pervagasse por um terreno familiar. Vou e me pergunto por que diabo um pernambucano sai do Recife, troca tanta nobre riqueza por duvidosas conquistas, tanta segura beleza pelo alvoroço do mundo.

V

Também de lua foi a noite passada na casa de Caio de Souza Leão, após algumas obrigações radiofônicas, atamancadas sabe Deus como. Houve uns pingos, que não fizeram ninguém se mexer do lugar, e estávamos derramados em cadeiras de descanso no gramado que os vizinhos podem espiar e escutar, o que obriga os convivas a um delicado autopoliciamento. Botei o nariz para o ar, ninguém dava importância. É uma nuvem, disse o dono da casa consultando o céu com autoridade. E a nuvem passou. Talvez não fosse mais do que uma advertência celeste a algumas vozes desafinadas que teimavam em entrar no coro, pois se cantava com o violão do Aloísio Magalhães, que chegara na véspera dos Estados Unidos, onde fora para uma exposição e para uns trabalhos gráficos e donde voltara noivo, decididamente noivo. E a cantoria prosseguiu, mistura de coisas do Sul com coisas do Norte, coisas belas de Capiba, que estava presente, protestando contra alguns acordes a ele atribuídos.

— Não é assim, Capiba?
— É mais ou menos.

Violonista e cantores não se sentiam diminuídos, e o frevo da grinalda de boninas era de espremer coração. E não apenas canções, tivemos a poesia de Carlos Pena Filho dita pelo próprio poeta, a história bem rimada e bem sustentada de uma torna-viagem no Capibaribe. E houve também, ou sempre, copo cheio e a animada conversa que daí resulta. Altamiro Cunha não agüentou o paletó e foi em casa se pôr à frescata. Alexandrino Rocha levou-o no seu automóvel, cujo roubo na semana passada foi acontecimento palpitante – também há transviados juvenis no velho Recife. Alexandrino nasceu engraçado, que é uma das graças que Deus esbanja entre os nordestinos. E por falar em graça, falemos de Ariano Suassuna que não estava presente, mas foi como se estivesse porque sabem bem imitá-lo, e os seus casos, na maioria acontecidos em Campina Grande, que se torna uma cidade mítica, são garantia da mais ampla hilaridade. Fernando Navarro tinha compromissos na madrugada. Darwin Brandão estava meio pregado da agitação do dia, não houve outra solução – agradecer ao dono da casa a comovente hospitalidade pernambucana e tocar para o hotel. Fui para a cama com o frevo da grinalda de boninas de Capiba. Capiba ficou.

VI

Gastão de Holanda vem me buscar para um passeio a Olinda, devidamente explicado e comentado. Admirava o escritor – fino, sensível, perfeito. Fiquei amigo do homem – simples, fraternal, sonhador, que conhecia de vozeirão ao telefone, pois certa vez que viera ao Rio, a serviço do banco onde trabalha, tivera a delicadeza de ligar para mim, infelizmente estava eu de saída da cidade e não foi possível um encontro. É alto, espadaúdo, levemente grisalho, apesar de ser moço, lembra um pouco o velho amigo Francisco Inácio Peixoto, de Cataguases, e isto é fator importante no mundo das minhas simpatias, semelhança que se acentua quando me diz, muito tranqüilo, os filhos que tem.

— Sete?!
— Sete, Marques.
— Não... Temos um novo Chico Peixoto... Mas como é que você se arranja com uma tribo dessas?
— Arranjando... Papai teve vinte filhos...
— Bem, a coragem é hereditária.

E mais tarde conheceria o rancho todo, alegres crianças feitas na forma do pai, dando a impressão duma ninhada de gigantes. Mas agora nós estamos é no alto de Olinda e já havia visto o convento e a igreja de São Francisco, que mexem com a gente.

— É uma coisa engraçada — digo. — Ou melhor, é um santo privilegiado este nosso S. Francisco. Não há igreja a ele dedicada que não seja do melhor no nosso passado colonial...

— Gostaria de conhecer a de Ouro Preto, pois a arte religiosa me fascina. E toda Ouro Preto, é lógico, como todas as outras cidades do ouro mineiro. Estou até armando uma viagem daqui a São Paulo de caminhão. Num desses caminhões cargueiros, cujo itinerário é uma aventura imensa e palpitante. Já estou até apalavrado com um chofer meu camarada.

— Estimo que saia vivo. Mas para se ir daqui a São Paulo, creio que não passará por Ouro Preto. O caminho é outro.

Ficamos em dúvida. Nada há de mais belo e perturbador do que uma dúvida ao cair da tarde, tendo Olinda como cenário.

VII

É ainda Gastão de Holanda quem me leva à sede de "O Gráfico Amador", grupo interessado e restrito, na realidade restritíssimo e do qual é ele um dos mais destacados e entusiasmados componentes. O que devemos a este grupo de amadores não tem preço — algumas das edições mais belas que podemos orgulhosamente oferecer aos que exigem que o livro seja uma coisa graficamente digna e não a imundície que desgraçadamente publicamos.

É uma velha casa, de imensa simpatia, num bairro distante e silencioso, que lembra muito a nossa Tijuca antiga. Além das máquinas, na maioria manuais, e das boas mas ainda limitadas fontes de tipos, pois fonte de tipo custa caro e o grupo luta com as mil dificuldades que o País, com os seus admiráveis governos, impõe aos que procuram elevar o nível do nosso artesanato, funciona na velha casa o *atelier* de alguns dos artistas jovens e jovens arquitetos mais avançados do Recife. E nela mora e atua ainda, no sobrado, que tem muito de sótão parisiense, o Aloísio Magalhães, um parisiense de Pernambuco, e que é outra mola positiva de "O Gráfico Amador". Se devemos a este jovem muitas das conquistas do grupo, mais certamente ficaremos a dever se for avante, como imaginamos que vá, a idéia de ampliar o que era estudo e amadorismo, aliás nada provincianos, transformando a editora de obras limitadas numa empresa comercial, numa grande editora que o Recife indesculpável e incompreensivelmente não possui, quando possui tudo que é preciso para tal existência, seja, um material humano de primeiríssima ordem.

E naquela noite exatamente se reunia o grupo para os primeiros movimentos em tal sentido. O entusiasmo com que Aloísio chegou do estrangeiro, onde foi especialmente tratar de tais assuntos, o livro que trouxe sobre Brasília, planejado em Filadélfia, na oficina célebre de Feldmann, faz com que mantenhamos a esperança de que em breves dias o capitalismo pernambucano virá ao encontro do sonho dos rapazes e possamos ter uma grande editora nortista, uma editora que, antes de tudo, atire no mercado livros cuja qualidade gráfica seja um exemplo para as outras editoras do País.

VIII

E na sede de "O Gráfico Amador" não apenas de assuntos gráficos se conversou naquela noite cortada de cachacinha, cortes de que infelizmente, segundo algumas opiniões, não podia participar. Não, não somente de assuntos gráficos se conversou. Nem seria possível, se estava presente Ariano Suassuna, com o seu ar de pícaro espanhol. Espichado na rede da varanda, na rede se manteve toda a noite, acavalando-a algumas vezes com as magras pernas de cegonha, e só dela saindo para imitar alguns dos seus personagens, cuja hilariante explicação exigia, como no teatro, não apenas palavras, mas gestos e atitudes.

– Havia um sujeito em Campina Grande...

E tivemos dezenas de casos, mistura superior de realidade e imaginação, e nenhum melhor que aquele do comerciante que gostava de caprichar nos embrulhos, e que, portanto, preferia deixar de vender a vender uma garrafa e dois cocos, porque uma garrafa e dois cocos não davam um bom embrulho.

Osman Lins também sabe histórias, Gastão de Holanda arrancou uma ou duas do seu saco, mas é Ariano quem tem a palma:

– A melhor que eu conheço em matéria de preguiça é uma que aconteceu em Campina Grande...

E temos vontade de ir imediatamente para Campina Grande, fonte de tanta malícia sertaneja, cidade cuja maior anedota é a estátua que levantou a um presidente que lhe prometeu água, estátua cujas canteiros que a cercam o povo rega, gaiatamente, com água mineral.

E temos vontade também que aquela noite se prolongue, que não tenhamos que deixar a bela companhia, que tanto nos alegra, que tanto nos comove, que traz a lembrança duma juventude perdida e sonhadora, que às vezes pensávamos que nem existia mais.

IX

O quarto, amplo e branco, com uma tranqüilidade de casa de repouso, dá janelas para o rio em vazante, com o lodo aparecendo aqui e ali como chagas castanhas ao Sol. A ponte já teve portas que a tolice pôs abaixo no princípio do século. O tanque da pracinha, visto de cima, tem estátua molhada e plantas boiando, e à volta os camelôs praticam as suas mágicas com cobras e lagartos forçando a tampa das malas mais pobres e tristes que é possível imaginar.

E o que posso oferecer ao visitante é um banho de chuveiro, que o calor é imenso, e as frutas-de-conde que trouxe do mercadinho novo, que fica perto. Gastão de Holanda agradece, mas não aceita, e ficamos de conversa – o Campeonato Sul-Americano de Futebol ganhou mais dois excelentes comentaristas. Depois de futebol, que é assunto de momento, vem outro assunto, menos momentoso, mas muito mais afim e agradável – a literatura. Gastão expõe os seus planos, conta o enredo dum romance sobre a vida de um banqueiro, traça o panorama da gente nova do Recife. Faço o possível para explicar, sem enfadar, os propósitos que me animam na construção de um comprido romance, cuja ação fosse tão monótona quanto a nossa vida, e não sei se consegui, mas que diariamente persigo como se tal obra representasse a salvação do mundo.

A literatura é sempre caminho para conversas íntimas e, vai daí, Gastão me pergunta quem é esta tal dona Clementina, que tanto me perturba. Dou um suspiro. Gostaria de explicar, mas quanto mais falasse menos explicaria esta dama inexplicável.

– Meu amigo, eu tenho as maiores dificuldades em entendê-la. Tudo que dissesse seria vago e contraditório. Dona Clementina não pertence a este mundo, pelo menos não se rege pela nossa mecânica, mesmo a mais louca que possamos adotar. Sua linguagem é um exemplo da misteriosa utilização das palavras. Para ela o dicionário não existe. Como posso explicá-la, se eu mesmo não a entendo? Creio que só mesmo quem conhece astronomia tem coração para entender estrelas.

— Bonita?
— Feia! Na verdade a feia mais bonita que já vi.

X

A comida folclórica me atemoriza e decido por coisas corriqueiras e universais. Mas lagosta pernambucana não é nada folclórica, é sublimidade universalíssima e fica muito bem para começo de cardápio. Como fica ótimo o melão pernambucano para o fim, embora que o meu parceiro de refeição principie o repasto com ele. E a gasosa de limão de Fratelli Vita é qualquer coisa de único, cristalino e refrescante, que é impossível substituir, como faz o meu amigo por um refresco de mangaba, mas o leitor sabe como é o gosto dos homens, vário e desvairado, como é vário e desvairado o gosto de dona Clementina, que só usa água para banho.

E depois do almoço, toca a rodar pela cidade, falando com um, falando com outro, e fulano rindo me conta o número de peixeiras que um delegado ranzinza tomou na entrada de um jogo de futebol – umas mil e oitocentas e tantas... E se o sociólogo sofre de cabeça erguida umas tantas restrições por parte da juventude, sempre iconoclasta, que se exorbita em piadas a seu respeito, por outro lado, e felizmente tem uma falange de admiradores, fiéis e comprovados. E é um desses soldados de Apipucos que me pergunta, depois duma conversinha de três minutos contados pelo relógio da casa comercial:

— Já foi ver o Gilberto?
— Ainda não – respondo com sobriedade.
— Mas vai ver, não é?
— Não acredito. O tempo é escasso, Recife é grande e deliciosa, as solicitações são muitas... Tivesse mais tempo e, certamente, iria conhecer o famoso solar da inteligência, abeberar-me naquela fonte inesgotável. Aliás há muito tempo

que não vejo o Gilberto. A última, creio que foi em Portugal, onde ele fôra a convite e estava até de partida para uma importante viagem pelas colônias portuguesas, que deu margem a um substancioso volume.

– O mestre tem trabalhado muito. É incansável.

– Imagino. Viver da pena, como ele vive, é um milagre nestes brasis.

– Pois ele gostaria de vê-la.

– Quem gostaria era eu. Mas eu sou assim. Imagina que quando fui a Roma, não vi o Papa.

E, no outro dia, voava sem ter ido abraçar o caro Gilberto Freire.

1959
(De *Cenas da vida brasileira*)

FLORIANÓPOLIS

I

A sombra da patriarcal figueira, que de tão velha já se apóia em muletas, também pode refrescar idéias e sentimentos. Nem tudo está morto dentro de nós. Ficaria aqui por muito tempo.

II

Depois dum curso de arte culinária no Senac (dois meses!), madame fazia tão extraordinárias maioneses de lagosta, que sentia-se na obrigação de firmá-las com as suas iniciais em gema de ovo.

III

Essa história de se dizer de hora em hora Deus melhora não merece muito crédito não. Há coisas que não melhoram nunca.

Mas Florianópolis melhorou nestes dois anos em que lá não ia, solicitado por outros quadrantes. Três pontos, pelo menos, marcam o seu progresso: a luz, o Hotel Lux (que é luz em latim) e o Museu de Arte Moderna, fundado por este seu criado em 1948, mas que só agora inaugurou a sede própria e condigna e não foi por outro motivo que me bati para lá.

A luz era uma vergonha! Quem perdesse uma abóbora no meio da rua, ficava sem ela. E como buraco na rua é uma coisa que acontece, até mesmo numa cidade que tem um dínamo como prefeito, como é o caso do Rio de Janeiro, os acidentes poderiam até ser fatais nas ruas de Florianópolis se o povo não fosse congenitamente esperto. E uma das suas espertezas era viver como uma nova espécie de vaga-lume. Só que os vaga-lumes verdadeiros usam a luz no rabinho e os florianopolitanos usavam a luzinha na mão – lanterninha de pilha, freqüentemente fracativa – para poder acertar com o caminho de casa, porque afinal ir de noite dar uma olhada na praça é um vício que tem raízes extraordinárias e que não há de ser falta de luz que vá impedir.

Agora tem luz decente, que permite a leitura, embora proíba o namoro. Mas como é preceito altamente moral esse de viver às claras, está tudo muito bem. E além de leitura e moral, o simpático habitante da ilha já se pode dar ao luxo sempre sonhado de ter rádio sem pilha, geladeira, batedeira, enceradeira e liquidificador, embora não haja muita fruta para liquefazer.

A outra melhoria é o Hotel Lux, que tem quartos de hotel, corredores de hotel, banheiros de hotel, porteiros de hotel, bar de hotel, assuntos bastante característicos mas que muito hotel não dispõe. E é, principalmente, um edifício em que o hóspede pode dormir sossegado, pois encimando os seus seis andares – que olham Florianópolis com uma superioridade de arranha-céu, que só reparte com o novo edifício do Ipase – há uma luz vermelha, vigilante como farol, que avisa os aviões noturnos da existência do colosso. Os aviões e possivelmente a Lua, que bem pode uma noite vir distraída pelas alturas.

Quanto ao museu, que é a terceira melhoria, antes de mais nada é preciso dizer, foi idéia cá do degas, em 1948, quando foi a Santa Catarina a convite do amigo Armando

Simone Pereira, que era secretário da Educação e que agora está dando um voltejo pela Europa, numa missão econômica.

Jorge Lacerda, que então não era nem deputado, foi quem convenceu Simone da utilidade da exposição e depois da do Museu – joguemos confete em todos que merecem. E conseguidas algumas doações, a maior delas feita pelo governador Adhemar de Barros, instalou-se temporariamente o Museu de Arte Moderna de Florianópolis, depois do competente decreto governamental, num vestíbulo do Grupo Escolar Modelo Dias Velho, cabendo à incansável diretora deste, dona Julieta Torres Gonçalves, a incumbência de zelar pelo patrimônio inicial, que tem sido sempre engrossado por pessoas de boa vontade, destacando-se entre elas o Adalberto Tolentino de Carvalho.

Naturalmente pessoas muito sábias achavam uma vergonha que numa escola para formação de catarinenses ilustres as paredes estivessem envilecidas por tantos mostrengos e disparates e manifestavam o seu apoio à arte clássica, como assunto mentalmente saudável, embora que a rigor nas paredes das suas residências não estivesse pendurada nenhuma peça dessa natureza, nem de nenhuma outra natureza.

Em compensação, alguns desmiolados asseveravam que bem mais deseducadores mostrengos e disparates eram o estilo da catedral de Florianópolis e as decorações do palácio do governo. E entre esses dois interessantes pontos de vista, o museu foi se arrastando, até que na atual administração do sr. Irineu Borhnausen foi dada a sede de que ele precisava, com as condições mínimas de que necessita um pequeno museu e tudo por obra e esforço do já deputado Jorge Lacerda, do secretário da Educação, o prezado amigo João José de Souza Cabral, do Sálvio de Oliveira, que é diretor do museu e alto funcionário da educação estadual e ainda do boníssimo desembargador Henrique da Silva Fontes, que encontrou, na Casa de Santa Catarina, onde se abrigam também o Instituto Histórico, a Comissão Catarinense de Folclore, a Associação de Jornalistas etc., o lugar adequado para a permanência do Museu.

O ato de inauguração, com a presença das altas autoridades, foi simples, florido e decente – houve apenas dois discursos pequenos. Não houve coquetel, nem senhoras desvairadamente elegantes. Se algumas das damas presentes também detestavam a arte moderna, louvado seja Deus, que o fizeram com menos alarido e sem nenhum adjetivo de admiração diante dos quadros como parece ser moda na praça do Rio de Janeiro.

IV

Foi a única queixa apresentada à polícia no último e entusiasmado carnaval – o homem estava muito bem no cordão pulando e cantando quando roubaram-lhe a dentadura.

V

Quando Jesus começou a ser maltratado – a fita tremia de doer os olhos! – muitas crianças do catecismo principiaram a manifestar crises de choro.

O padre alemão levantou-se e gritou:

– Calma! Calma!

A criançada compreendeu mal e estrugiu a salva de palmas.

VI

Acolho-me à sombra da árvore sem partido, agora que parou o vento de três dias neurastênicos.

Acodem-me duas ou três verdades, inúteis para os homens como todas as verdades.

1952
(De *Cenas da vida brasileira*)

IMPRESSÕES E COMOÇÃO: FUTEBOL, CANÇÃO, VIAGEM

POEMA DE UM
CORAÇÃO RUBRO

O coração agüentou firme como se tivesse vinte anos, como se fosse o coração daqueles capetas que sassaricaram noventa minutos sem esmorecer um segundo, sem pensar um segundo que poderiam sair derrotados. Também fui correto e científico como ele, que os tempos podem não ser muito corretos, são até bastante incorretos e perturbadores, mas são capacitadamente científicos. Assim, meti-o numa concentração prudente e preparatória, paralela à da casinha da Rua Gonçalves Crespo, mas em que o Jorge Vieira fosse eu próprio. Enchi-o de tônicos, de antiespasmódicos e de tranqüilizadores da mais comprovada ação e do mais astronômico preço, forcei um regime sonoterápico do gênero familiar, entreguei-me a leituras rigorosamente escolhidas, para não me irritar, ainda para não me irritar não tomei conhecimento da intrincada e malcheirosa política guanabarina, subi com o pensamento a alturas altruísticas, me guardando de só falar mal dos colegas depois do dia 18, apenas não fui ver outra vez o "É Xique-Xique no Pixoxó", que é provada receita para relaxar os nervos, e estou abraçando aqui o compadre Oscarito, que, cumprindo uma obrigação profissional, não foi ao Maracanã e, ao ter no palco a notícia do triunfo, cortou as falas de comicidade com as incontidas lágrimas de júbilo, lágrimas que a platéia, imediatamente contagiada, recebeu com palmas e de pé.

O coração agüentou firme. Agüentou a crescente e angustiante expectativa semanal, com boatos de tornozelos inchados, distensões musculares e ameaças de alarmantes desfalques, agüentou a opinião nem sempre muito entendível dos entendidos do esporte, com muita alusão a complexos e inibições, esquecidos da grandeza das tradições, agüentou na noite de sábado a obrigação de uma crônica premeditadamente antecipada para o meu colunismo levemente intermitente, que finalizava com a afirmação de que o América é pequeno ante os pequenos e imenso ante os poderosos. Agüentou a cruel incerteza atmosférica, porquanto num gramado pesado não seria fácil ficarem em pé aqueles lutadores de salário mínimo, que vão ser agora muito cobiçados. Agüentou a entrada em campo dos queridos diabos rubros, como um grupo jovial de *ballet,* e o foguetório louco com que foram recebidos por cem mil almas aflitas, e os roucos microfones a avermelharem os ares com o hino do Lamartine Babo, e as charangas a entoarem o "Deus Salve o América". Agüentou a tristeza do minuto de silêncio pela alma de Antônio Avelar com os rapazes americanos de fumo no braço, e lembrou-se de um americano que também não estava presente, o popular ciclista de camisa encarnada, que pedalava pela cidade o seu amor ao América e deve estar pedalando no céu. Agüentou firme a penalidade máxima contra, transformada em ponto, vantagem que descansava mais ainda a suficiência adversária, necessitada apenas de um empate; agüentou o primeiro gol a favor e o estrondo popular que se seguiu; agüentou o segundo gol, o chute da liberação e o delírio dos jogadores, o delírio dos assistentes americanos, vascaínos, botafoguenses, rubro-negros, sancristovenses, de todos enfim, pois era a efusão de uma cidade inteira que ali se representava, cidade que na sua vida maravilhosa, que nenhuma Brasília poderá perturbar, jamais deixou de torcer pelos fracos e pelos humildes.

Agüentou tudo firme este meu coração quase tão velho quanto o América. Mas não suportou os quatorze minutos finais. Não, não suportou. Era como se o apito terminal nunca mais soasse e uma dor fina o tomou, dor de vinte e cinco anos de espera, dor da esperança que ainda podia fugir numa desgraçada fração de tempo, de indecisão ou de infelicidade, esperança que por fim se abria como imensa flor naquele campo verde, campo em que tantas outras vezes o capricho da sorte ou o capricho dos homens ceifou-o cega e impiedosamente. Uma dor fina, que ia tomando o peito e os braços, peito que recebia a garra da opressão, braços que se sacudiram em gestos elétricos de entusiasmo e de incentivo, dor que não despertava nenhum medo, que doía sem doer, como se a paixão fora satisfeita, o destino cumprido, as tristezas redimidas e a morte pudesse ser um sacrifício feliz, o preço de uma ambicionada alegria.

Doendo ficou, ainda dói um pouco, como ferida que se traz duma batalha heróica. E não sei como foram os meus passos depois que a luta se encerrou, com cem mil bandeiras se agitando, bandeiras que não traziam todas as três iniciais do América – eram bandeiras de todos os clubes cariocas, inclusive a do glorioso tricolor, vencido que se irmanava ao vencedor com ternura e respeito, bandeiras que saudavam um velho e leal lutador. Sei que andei por mil lugares, e abracei, fui abraçado e ri, um riso de confiança que parecia haver secado e que renascia para a certeza de outras vitórias, para a segurança de que o América não era uma glória morta, não era o mitológico Campeão do Centenário, era o primeiro Campeão da Guanabara livre, era o mesmo América, pequeno mas eterno, clube que os adeptos das outras agremiações colocam sempre em segundo lugar na simpatia, por sabê-lo dono das mais caras e nobres tradições do nosso esporte. E revi aquela tarde radiosa de 1913, quando pela primeira vez pisei no campo da Rua Campos Sales, e não compreendia bem, e as camisas eram vermelhas, e estufavam-se com o vento nas corridas dos jogadores, e a bola ora subia muito alto no céu azul, ora caía na esmeralda da grama com um barulho surdo que nunca mais esqueci.

Revi as gloriosas jornadas de outros tempos num mágico e sentimental caleidoscópio. Revi os campeões do passado, e não somente os mestres da história americana, um Belfort Duarte, um Ferreira, um Ojeda, um Paulo Barata, um Chiquinho, um Hildegardo, um Osvaldinho, que era "o Príncipe"! Não! Revi todos aqueles modestos jogadores que se tornaram campeões porque o sangue da camisa os empurrava. E revi todos aqueles que, grandes ou pequenos, sem terem sido campeões, emprestaram ao América a sua fibra e o seu amor. Ó ruas do meu bairro natal, ó ruas da zona norte inteira, como vos revi na euforia daquela noite povoada de risos e canções como há vinte e cinco anos não acontecia, noite primeira de uma nova etapa da vida rubra, noite de 18, número cabalístico e venturoso da trajetória americana, dia em que nunca é vencido, dia que se afirma como o do seu renascimento depois de tanta espera e tanta pertinácia! (De *Manchete*)

(In: REBELO, Marques. *Seleta*. Org., estudo e notas Ivan Cavalcanti Proença. Rio de Janeiro: José Olympio; Brasília: INL, 1974. p. 97-99)

CARMEM MIRANDA: CORPO QUE ERA BAILE E CANÇÃO

Não nasceu no Brasil, mas é como se tivesse nascido, pois nasceu em Portugal. Pequenina, aqui chegou e foi ao Sol e ao calor do seu querido Rio de Janeiro que seu corpo cresceu, que sua alma, radiosa de vida, desabrochou e transbordou como a primeira grande intérprete do nosso canto popular.

Tinha os olhos enormes e travessos, a boca enorme e sensual, o nariz enorme e petulante. E essas coisas se juntavam num enorme e maravilhoso encanto moreno, numa brejeirice sem-par, num despropósito de dengues. E os olhos falavam tanto quanto a boca polpuda. E, ao falatório de olhos e boca, vinha se juntar a tagarelice das mãos elétricas, palpitantes, capazes de dizer mil coisas impossíveis com simples trejeitos garotos.

Não tinha vergonha de ser baixa – nada! nada! – mas gostava de trepar no coração das multidões com calçados de alta sola, equilibrando na cabeça um amontoado de feitiçarias inventadas pela magia dos seus próprios dedos.

E ela, que tomara conta do Brasil, que era dona suprema desta terra imensa, partiu um dia para a América onde acabou tomando conta do mundo, sacolejando balangandãs, sambando, sambando, levando a todo o mundo, no gesto e na voz, a presença do Brasil.

Por duas vezes voltou à pátria. Na primeira, as ruas se inflamaram na apoteose da vitória. Na segunda, tempos depois, recebe-mo-la enferma e sofrida, mas ao ar e ao Sol generoso da sua cidade, a saúde e a alegria lhe voltaram. Hoje a recebemos novamente e a recebemos para sempre. Estão cerrados aqueles olhos, está muda aquela boca, sem movimento aquelas mãos. E aquele corpo, que foi baile e canção, e aquele coração, que foi amor e bondade, iremos conduzir em nossos braços inconsoláveis para o pequenino pedaço de terra da nossa terra, onde ficarão guardados para sempre.

(*Revista da Música Popular*,
Rio de Janeiro, n. VIII-IX, 1955)

IMPRESSÕES DA SUÉCIA

Apesar de atléticos e entusiasmados, os jogadores de futebol não são tão bons como os melhores do Brasil, mas são bons padeiros, bons carpinteiros, bons mecânicos, bons bombeiros, bons estudantes, o que quer dizer que ainda são amadores e só cuidam praticamente da bola quando chega o domingo, de sorte que uma vitória flamenga de um a zero sobre eles tem tanto valor, aos olhos da imparcialidade, como as surras infligidas aos rapazes do Grajaú pelos diabólicos cestobolistas pretos do Harlem, que do seu invencível malabarismo profissional não fazem nenhum cabedal como se viu.

O estádio de Estocolmo não é o maior do mundo, mas não cheira a urina nas suas passagens subterrâneas, é todo cercado de jardins, está acabado por dentro e por fora, possui estátuas de apurada condição artística e é aparelhado para a prática de todas as atividades esportivas e não apenas para o futebol.

O que há de maior em Estocolmo não é o estádio, são as escolas e os hospitais, sendo que o mais novo deles, o Karolinska, iguala ou supera em aparelhamento moderno o que há de mais transcendente nos Estados Unidos, que é terra feliz de hospitais. E o preço neles cobrado para uma operação, de qualquer natureza, e a conseqüente permanência, pelo tempo que for necessário, é um pouco menor do que o preço de uma cadeira numerada para o jogo Bonsucesso x Bangu.

Pelo mesmo preço, e com a mesmíssima assistência, os hospitais recebem o mais modesto operário ou o próprio rei, pois não há privilégios. Isso porque a medicina, na Suécia, é socializada. Os médicos recebem do Estado uma quantia que envergonharia um enfermeiro do pronto-socorro, mas, como o custo da vida é módico, se arranjam perfeitamente, vivendo num padrão que nem os americanos alcançaram.

Nas seus consultórios particulares, fora das horas obrigatórias de hospital ou ambulatório, os médicos poderão atender a quem bem queiram, mas os preços não são os que eles bem querem e sim os determinados pela lei, que é severa e que pode cassar temporária ou definitivamente o diploma dos possíveis infratores.

Assim como é barata a medicina, a odontologia e a farmácia, cujo controle é do governo, e que não vende nem bicarbonato sem receita médica, é barato tudo que é essencial – comida, moradia, roupa, educação, meios de comunicação e transporte. O luxo é que pode ser caro, como fumar e beber, mas se é caro é sempre bom – a cerveja é realmente cerveja e o cigarro jamais se poderá tachar de mata-rato.

Automóvel não buzina, bicicleta não toca campainha, os bondes e tróleis têm rodas de algodão. O pipocar das motocicletas e o ronco dos aviões de turismo, que aos domingos sobrevoejam as quarenta mil ilhas do arquipélago, são os únicos rumores que cortam o silêncio público, porque cachorro não late, gato não mia, as crianças não choram e as pessoas falam baixo, sussurrando, como se trocassem palavras secretas ou amorosas. E ama-se na Suécia!

As lojas têm argolinhas nas portas para a freguesia amarrar os cães, que ali esperam os donos com a maior compostura. Com a mesma compostura se mantêm no cabeleireiro canino, onde ficam sentadinhos em cadeiras, aguardando a vez, sem um rosnado, um latido, um cheirar de rabinho, compenetradíssimos.

Os quartéis emprestam ou alugam cavalos o dia todo para quem quiser passear, mas é indispensável a indumentária hípica.

Como o inverno está às portas e o inverno escandinavo não é brincadeira, ora com ondas de rígido frio da Sibéria, ora com um semifog londrino, a única coisa que a Inglaterra exporta de graça, as últimas andorinhas estão indo para o sul da Itália, onde vão ser comidas com polenta, pois na Itália não há passarinho que escape à panela. Para apanhá-las, os italianos têm um processo muito engenhoso, que os alemães já usaram em campos de concentração – eletrificam as cercas. Quando elas baixam em bando, cansadas do prolongado vôo, caem fulminadas, enchendo d'água a boca dos caçadores.

Entro numa loja e o mesmo pano tem dois preços. Um é mais barato, pois é do ano passado. Neste o governo autorizou uma pequena majoração, em virtude de ser material importado, e a coroa, para acompanhar os segredos econômicos do mundo, foi obrigada a sofrer uma desvalorização que permitisse manter a indústria sueca no campo da competência internacional.

Nos artigos de primeira necessidade, quando importados, e o nosso café, cujo consumo é espantoso na Suécia, está neste caso, os preços não se alteraram, porque o governo entra com a diferença do aumento, para que o povo não desequilibre a sua economia. Essa quota de sacrifício da fazenda pública em prol da bolsa popular é compensada pela intensificação da exportação, que a própria desvalorização da coroa favorece.

Quem guia automóvel não pode fazê-lo depois de ter bebido nem que seja um gole. Os inspetores de trânsito – insubornáveis! – têm ordens irredutíveis a respeito. À menor suspeita, fazem parar os carros e cheiram legalmente a boca dos motoristas. Qualquer dúvida poderá ser desfeita com um exame de sangue imediato nos laboratórios da polícia. E quem apresentar vestígios alcoólicos ganha prisão forte, multa descomunal e até cassação, temporária ou definitiva, da carteira, conforme a taxa constatada. Mas o resultado é que ninguém morre debaixo de automóvel.

O café é ralo, mas é café, somente café...

Estocolmo tem dezenas de parques, talvez não seja mais que um imenso parque, cortado por calmos braços do mar. E os parques são para as crianças, porque para as crianças todas as atenções são poucas. De velhos caminhões fazem-se brinquedos para elas. Que pode haver de mais sublime para um choferzinho de seis anos que guiar um caminhão?

Os órfãos fazem pequeninas flores de papel, que dão aos colegas mais felizes para vender na cidade. Quem não gosta de comprar uma flor mesmo que ela seja de papel? Ponho com orgulho na lapela a pequena flor sem classificação botânica, nascida no jardim da imaginação infantil.

Tudo tem seu limite e a honestidade sueca também. Jóias, valores, pode-se deixar sem susto à vista de qualquer um. Álcool não! E não é por outro motivo que a bebida é racionada e que o álcool, mesmo na sua condição mais simples de desinfetante e combustível, só é vendido em farmácias e sob receituário médico.

Os suecos ainda têm outros maus hábitos – o dos discursos, para citar um dos mais desgraçados. Reúnam-se cinco sujeitos à volta de uma mesa e haverá, fatalmente, cinco discursos e nada curtos. No caso de um banquete, o assunto é para enlouquecer.

Vê-se muito bichano de estimação, com olhos de vidro, empalhado nas vitrines.

A cidade velha é velha mesmo. Com traçado e edificações da Idade Média, ruazinhas estreitas e tortuosas como caminhos de rato, bastiões de altaneira pedra que mantinham o inimigo a distância, fica à volta do palácio real e incrustada no meio da metrópole que se expandiu. Mas está bem conservada e limpa, como tudo que é nórdico.

Dois leões gigantescos guardam a escadaria do palácio real e são da época de Carlos XII, que brigou muito e mereceu de Voltaire a subida honra de uma biografia.

Urrarão esses leões, quando diante deles passar uma virgem. E quem o diz não sou eu, que não invento histórias, é o irmão do velho rei, num livro de lendas escandinavas. O falecido rei era tenista. O atual é cientista, se não me engano com a mania de borboletas.

Como matéria de utilidade para as donas de casa, damos a receita de maçã assada, ao jeito da terra, fornecida pelo amigo Eric.

Tome maçãs verdes, pois as vermelhas não são tão boas para o manjar, lave-as bem lavadas e enxugue-as bem. Faça-se um profundo oco no lugar onde há o cabinho da fruta, de maneira que sejam extraídas todas as sementes, e encha-se o orifício com açúcar, canela à discrição e uma colher de manteiga. Unte-se com manteiga um tabuleiro de folha e sobre ele coloquem-se as maçãs, que deverão ser, então, ligeiramente polvilhadas com farinha de rosca e assadas em forno brando. Devem ser servidas geladas e com creme Chantilly.

Não conheço edifício mais belo do que o Conselho Municipal de Estocolmo. Arquiteto: Ragnar Ostberg. E foi feito ontem.

Quem anda com mania de caixas de fósforos fica maluco na Suécia, pois a variedade é infinita, não fossem os suecos aqueles que comercializaram os fósforos de segurança e durante muito tempo mantiveram o monopólio da indústria, através de patentes internacionais.

Se caíram os privilégios e todo o mundo adquiriu o direito de fazer os próprios fósforos, os suecos, porém, continuam a fabricá-los em quantidades superlativas, pois há ainda grandes mercados para abastecer, mormente os coloniais. E o capricho a que se dão na confecção excede a qualquer expectativa, e a elegância dos pauzinhos, a forma das caixinhas e os desenhos coloridos dos rótulos, integram-se no capítulo das pequenas obras de arte, e com isso os colecionadores perdem a cabeça!

Passei uma hora no parque apreciando as proezas do esquilo e as artes de Lilimöre, coisinha de quatro anos que deixa o esquilo abismado.

Helsimburgo

Ó tu, velho norte, norte fresco, norte montanhoso! Norte silencioso, norte alegre, belo norte! Eu te saúdo, país mais delicioso da terra, e teu Sol, teu céu, teus verdes prados! – o que são palavras da canção nacional, palavras novas assentadas sobre uma velha melodia popular.

(*Correio europeu*)

Renato Cordeiro Gomes é professor associado de Literatura Brasileira do Departamento de Comunicação Social e do Programa de Pós-Graduação em Letras do Departamento de Letras da PUC-Rio, onde concluiu o Mestrado e o Doutorado; pesquisador do CNPq; coordenador do Programa de Pós-Graduação em Comunicação da PUC-Rio; coordenador-adjunto da Cátedra Padre Antônio Vieira de Estudos Portugueses da PUC-Rio em convênio com o Instituto Camões.

PUBLICAÇÕES: Livros *Todas as cidades, a cidade* (Rio de Janeiro: Rocco, 1994) e *João do Rio: vielas do vício, ruas da graça* (Rio de Janeiro: Relume-Dumará, 1996). Ensaios: "Os bairros de Marques Rebelo, a cidade", in *Cronistas do Rio*, org. Beatriz Resende (1995); "Modernização e controle social: planejamento, muros e controle espacial", in *Narrativas da modernidade*, org. Wander Melo Miranda (1999); "La scène et la mise en scène de la ville dans le récit brésilien postmoderne", in *La postmodernité au Brésil*, org. Dinisio Toledo (1998); "A literatura e os estudos urbanos", in *Fronteiras imaginadas*: cultura nacional/ teoria internacional, org. Eduardo Coutinho (2001); "De superfícies e montagens: um caso entre o cinema e a literatura", in *Literatura e mídia*, org. Karl Eric Schollhammer e Heidrun Krieger Olinto (2001); "Que faremos com esta tradição? Ou: Relíquias da casa velha", in *Figuras da lusofonia: Cleonnice Berardinelli*, org. Izabel Margato (2002); "Literatura e resíduos utópicos: heterogeneidade cultural e representações da cidade", in *Literatura e cultura*, org. Karl Eric Schollhammer e Heidrun Krieger Olinto (2003).

CACOS DE UM ESPELHO PARTIDO: BIOGRAFIA DE MARQUES REBELO

Renato Cordeiro Gomes

Marques Rebelo é o nome do autor que nasceu Eddy Dias da Cruz, filho de Manuel Dias da Cruz e Rosa Reis Dias da Cruz. Na origem, já estão presentes as marcas cariocas: a da família e a do bairro onde nasceu – a Vila Isabel, cantada por Noel Rosa. A data: 6 de janeiro de 1907. Essa origem marcará a vida e a obra desse escritor, visceralmente ligadas ao Rio de Janeiro.

Quanto ao seu nome de escritor, disse num depoimento a Clarice Lispector: "O negócio é o seguinte: você repara que, como eufonia mínima necessária para um nome literário, meu nome de batismo é fogo. Mudar foi iniciativa própria, mas quem primeiro me abriu os olhos foi o professor Nestor Vita, que implicava com meu nome". Achava que Eddy Dias da Cruz era bom para compositor de escola de samba. Adotou então como nome artístico o de um poeta português do século XVI. Com a renomeação, surgia o escritor.

A infância pode ser reconstruída em muitos de seus textos que a tematizam e a transfiguram nos personagens. Foram fixados não só os primeiros anos, mas também a paisagem tranqüila da Tijuca, de uma cidade que não mais existe, transformada que foi pelo progresso e pela "fúria urbanística" (como Rebelo dizia).

Aprendeu a ler em casa, interessado nas histórias da revista *Tico-Tico*, que marcou mais de uma geração de brasileiros. Dos quatro anos aos doze anos, morou com a família em Barbacena, cidade mineira que recorda em crônica de *Cenas da vida brasileira*. De volta ao Rio, estudou no tradicional e excelente Colégio Pedro II, por onde também passaram nomes ilustres da vida política e cultural brasileira.

Desde cedo, foi um leitor contumaz, aproveitando a biblioteca do pai. Aos treze anos, já lera a *Bíblia*, além de autores como Flaubert, Balzac e os clássicos portugueses. Aos quinze, descobriu Machado de Assis e Manuel Antônio de Almeida, autores a que está ligado pela relação com o Rio de Janeiro. Do autor de *Memórias de um sargento de milícias* escreveu, em 1943, uma biografia.

Em depoimento a Paulo Francis, que está na abertura de seu livro *O simples coronel Madureira*, de 1967, relata Marques Rebelo: "Nenhum de nós foi batizado, a família toda é pagã, mas, aos onze anos, por obra e graça de um pastor protestante, amigo nosso, eu já conhecia a *Bíblia* de trás para diante. Foi um dos livros que mais me influenciaram como escritor. Aos 17 anos, eu fiz uma versalhada de tatibitate, com os cacoetes da época. Estávamos em plena campanha modernista, existia um esforço de artistas e intelectuais de valorização do homem brasileiro, de redescoberta do País nos seus próprios termos. Da mesma forma que o movimento romântico foi nosso primeiro surto de anticolonialismo artístico, o movimento de 22 levou-nos para a cultura do século XX."

Por volta dessa época, entrou para a Faculdade de Medicina, que logo abandonou, dedicando-se ao comércio, onde trabalharia durante doze anos. Como vendedor, esquadrinhou o Rio de Janeiro e outras partes do Brasil, experiência de vida relevante para sua obra. O conhecimento da sua cidade, de que se fez intérprete, e do País – de sua gente, de seus costumes, de sua cultura, enfim, aliado ao aguçado senso de observação, serviria de alimento para a obra de ficção e para suas crônicas, que documentaram o caráter múltiplo da realidade brasileira. Em relação ao Rio, diria mais tarde: "Conheço o Rio como conheço meu coração".

Embora tivesse acompanhado de longe o movimento modernista, reconheceu sua importância e colaborou em periódicos a exemplo das revistas *Verde*, de Cataguases, e *Antropofagia*, dirigida por Oswald de Andrade, de *Leite Criôlo*, suplemento do jornal *O Estado de Minas*, além de *Para Todos* e *Ilustração Brasileira*. Em depoimento, ao relacionar o movimento artístico renovador com as questões da sociedade brasileira, afirmou: "A revolta artística alastra-se no campo social. A Revolução de 30 é, de certa forma, filha espiritual do modernismo. Significava o abandono da mentalidade de fraque e cartola, da fossilização da Velha República; é a possibilidade de experimento, a aceitação da juventude como um agente político de primeira grandeza, através do vigor do tenentismo". E continua, discorrendo sobre a literatura: "Do ponto de vista literário, houve excessos. Descuidava-se ostensivamente do uso corrente da língua, por exemplo, para reagir ao formalismo excessivo que nos precedia. Isto resultou no chamado 'moderno analfabeto' que até hoje, tem livre trânsito em certos círculos. Mas os verdadeiros escritores foram aos poucos reencontrando a tradição do estilo, já acrescida, enriquecida de suas próprias descobertas [Rebelo, aqui, certamente, refere-se a si próprio]. Por outro lado, os revolucionários de 22 empenharam-se também em valorizar o que lhes parecia importante no passado".

É na fase de formação, portanto, que entrou em contato com essas novas diretrizes que a literatura vinha tomando. Época também que serviu o Exército. Pouco antes de dar baixa, foi vítima de um acidente que o deixou fora de circulação, tempo em que, imobilizado, decidiu pelo caminho literário. Diz Rebelo: "Quanto a mim, apesar de sentir vocação, a princípio não me achava muito capaz de escrever. Fui sorteado para o Exército, quebrei a espinha e fiquei oito meses de cama. Quando levantei, já era uma onça literária. Antes disso, que ocorreu em 1929, eu lia, procurava nos livros um caminho".

Acreditou que poderia escrever sobre o mundo burguês; que era tarefa respeitável fixar um tempo mais estável e feliz se visto em relação ao mundo contemporâneo que estava se desestabilizando. Por isso, tematizou a infância, menos por necessidade memorialista, mas pela imposição de registrar tempos mais amenos. Esse projeto se estendeu desde *Oscarina*, seu primeiro livro de contos, publicado em 1931, até seu romance monumental em forma de diário *O espelho partido*, publicado a partir de 1959, que passou em revista, na perspectiva do personagem-narrador, Eduardo, alterego do autor, não só a vida pessoal privada, mas ainda a vida pública da cidade, do País e do mundo, entre 1936 e 1945.

Os contos de *Oscarina* foram saudados por nomes importantes da época, a exemplo de Manuel Bandeira, Agripino Grieco e Tristão de Athayde. Em 1933, publicou *Três caminhos*, que passou desapercebido, diante da grande novidade daquele momento: a narrativa regionalista, forte e de denúncia social, que trazia a assinatura de nomes como Rachel de Queirós, José Lins do Rego, Jorge Amado e Graciliano Ramos, autores, hoje, incorporados ao cânone do Modernismo brasileiro.

Marques Rebelo, entretanto, inaugurava, de certa forma, um filão que, no decorrer do século XX, foi predominando na literatura brasileira, ou seja, a narrativa urbana, que descreveu e dramatizou os conflitos da conturbada vida das nossas cidades. Trazia ele então significativa contribuição, ao fixar a vida de certo Rio de Janeiro, aquele das vidas humildes, dos pequenos dramas familiares, do arrastar do cotidiano de uma gente de classe social meio indefinida, como bem notou Mário de Andrade, quando escreveu sobre o primeiro livro do autor. Trazia ele toda uma cidade para as páginas de seus livros, vendo as transformações que a modernidade provocava, afetando a vida de todos. Com a publicação das obras que se seguiram, a partir dos anos 30, Marques Rebelo continuou fiel a seu projeto centrado no Rio de Janeiro, que iria inscrevê-lo na tradição da narrativa urbana carioca, numa família que engloba José de Alencar, Manuel Antônio de Almeida, Machado de Assis, Lima Barreto, João do Rio, e que deixaria herdeiros que se estendem até, por exemplo, Rubem Fonseca. Em 1935, publica o romance *Marafa*, que seria refundido em edições posteriores. Essa narrativa revelou uma cidade partida, ao trazer para a cena dois segmentos da sociedade – o Mangue e uma pequena burguesia meio indefinida –, que estão postos à margem pela euforia do progresso. O mundo do malandro e das prostitutas e a vidinha humilde e sem graça dos dramas miúdos de pequenos funcionários são dramatizados separadamente e quando se juntam geram uma tragédia.

A essa narrativa de costumes se seguiu o romance de 1939, *A estrela sobe*, talvez o livro mais conhecido de Rebelo, principalmente depois de sua adaptação para o cinema, realizada por Bruno Barreto. Esse romance foi o primeiro, salvo engano, a explorar o mundo do rádio associado ao mito do sucesso, que ganhou força com o desenvolvimento dos meios de comunicação de massa. A cultura midiática – como se sabe – mudou hábitos, costumes e valores arraigados na sociedade tradicional e, nesse aspecto, foi componente da trama de *A estrela* sobe. Esse relato dramatizou a vida e o destino de Leniza Maier, a moça pobre que almeja subir na vida por meio do sucesso como cantora de rádio e vê-se obrigada a entrar num mundo do vale-tudo, sem ética e sem escrúpulos. A personagem central foi o ponto de convergência da narrativa e ponto de referência para o narrador, os outros personagens e a cidade. A captação do Rio de Janeiro foi filtrada pelo narrador através de Leniza, cujos passos são seguidos desde o círculo fechado e promíscuo da casa de cômodos no bairro da Saúde, ao mundo externo do trabalho até as estações de rádio, em que ela busca o estrelato.

Os anos 30, politicamente conturbados no Brasil e no mundo, foi uma década de grande atividade para Marques Rebelo. Além de sua estréia em livro e da continuidade de suas publicações, que se ampliam com o livro infantil *A casa das três rolinhas,* premiado pelo Ministério da Educação e Saúde, em 1937, mesmo ano em que se formou em Direito. Em 1938, foi nomeado inspetor federal de ensino secundário e publicou livros didáticos em parceria com o artista plástico Santa Rosa, como *ABC de João e Maria* e *Amigos e inimigos de João e Maria.* Editou o jornal literário *Dom Casmurro.* A década se fechou com a publicação de *A estrela sobe,* em 1939.

Estamos em pleno Estado Novo de Getúlio Vargas e, no plano internacional, a Segunda Guerra Mundial afeta o ritmo e os valores do mundo. Já gozando de firme posição literária, passa a colaborar, a partir de março de 1941 até outubro de 1943, na revista do Departamento de Imprensa e Propaganda, *Cultura Política.* A colaboração de Rebelo aparecerá com o título genérico de "Quadros e costumes do Centro e do Sul", depois rebatizada a seção como "Quadros e costumes regionais", ou ainda "Quadros regionais". Os textos aí publicados são as crônicas reunidas em 1944, em livro publicado com o título *Cenas da vida brasileira* (ver o estudo "Marques Rebelo, cronista de uma cidade", na introdução deste volume).

Em 1942, publica sua última coletânea de contos, *Stela me abriu a porta.* Em 45, é eleito delegado do Distrito Federal para o I Congresso de Escritores Brasileiros, em São Paulo, em que as vozes dos intelectuais exigiam a queda de Getúlio Vargas e a volta do País à democracia. Nesse mesmo ano, viaja pela América do Sul em missão cultural que se prolonga, com intervalos, até 1950.

Os traços autobiográficos, a vida brasileira, mais especificamente o Rio de Janeiro como metonímia do Brasil, bem como os acontecimentos mundiais das décadas de 30 e 40, servirão de matéria para a grande obra de Marques Rebelo, o ciclo de *O espelho partido*, projeto desenvolvido ao longo de toda uma vida e só interrompido com a morte, em 1973. Planejado como um *roman-fleuve*, subdividido em sete volumes, a narrativa em forma de diário fragmentado registraria o período de 1936 a 1954. A unidade seria dada pela forma de diário íntimo e, principalmente, pelo personagem-narrador – Eduardo, alterego do autor. Foram publicados três tomos integrais e o início do quarto. São eles: *O Trapicheiro* (1959), que abrange os acontecimentos de 1936 a 1938; *A mudança* (1962), os anos de 1939 a 1942; *A guerra está em nós* (1968), os anos de 1942 a 1945. A 2ª edição deste último trouxe as anotações do mês de janeiro de 1946, que abrem *A paz não é branca*.

Como um vasto painel, *O espelho partido* é constituído pelos fragmentos, cacos, que refletem a realidade do eu (o personagem que escreve o diário à medida que também narra sua própria vida) e a realidade político-social do Rio de Janeiro, do País e do mundo. Há uma força acumulativa, ramificadora, que se esgalha por meio da multiplicidade de personagens e de linguagens. Os cacos do espelho irão compor a cartografia afetiva do personagem e a cartografia simbólica da cidade: a cidade da origem (o Rio Trapicheiro, que havia perto de sua casa em Vila Isabel; a casa paterna, o espaço da família); a cidade das letras (intelectuais, escritores, editoras, revistas e jornais e sua relação com as instituições e o Estado; a cidade da boêmia; a cidade das mulheres ("A memória de todo homem é um espelho de mulheres mortas" – é a epígrafe geral da obra, retirada de George Moore); a cidade do poder e do Estado Novo, capital do projeto de modernização conservadora que regeu o Brasil do século XX. Sobre sua grande obra, eis um depoimento de Rebelo: "Nós terminamos, apesar de todo o nosso senso de realidade, por não distinguir o dia do sonho, como diria Rilke.

E dessa confusão é que me foi saindo *O espelho partido* – caco a caco, mistura de biografia e ficção. Mas ao cabo de um grande espelho da minha vida e de outras vidas, igualmente ásperas, um espelho de nossa época. Ele é muito camuflado. Nele se confundem o homem e o escritor, sofrendo o mesmo drama – não saber para o que veio, não sabendo o que foi, não sabendo para onde irá e o que legará (...) O ideal é obter-se um máximo de realidade num máximo de adaptação".

Em 1951, intensifica-se seu trabalho na imprensa. Achava que há certas coisas que precisam ser ditas e que não cabiam em livro; o jornalismo seria mais adequado para tomada de posição. Rebelo escreveu, na década de 50, no jornal carioca *Última Hora*, em que assinou a coluna de crônicas "Conversa do Dia", e no tablóide *Flan*, do mesmo periódico a coluna "Conversa da Semana". Nessa década viaja à Europa Ocidental (1951 e 1952) e depois visita a Tcheco-Eslováquia, Suécia e Rússia (em 1954), viagens registradas, respectivamente, nos livros *Correio europeu* e *Cortina de ferro*.

Em 1967, publica ao lado de Sérgio Porto, Antônio Callado, Hermano Alves e Carlos Heitor Cony, o volume *64 D.C.*, com o conto "Acudiram três cavaleiros". Vem a lume também a novela *O simples coronel Madureira*, cujo personagem é um militar reformado, pequeno-burguês, que não se adapta à vida da zona sul carioca, para onde se muda, ao mesmo tempo em que vai trabalhar numa empresa estatal, depois do golpe militar de 1964.

Nos últimos anos de sua vida, Marques Rebelo dedicou-se a continuar *O espelho partido*, só interrompido pela morte ("A morte pôs ponto final/ à árvore solta do jornal-/ romance pelo autor previsto/ como câncer não como quisto" – como se lê no poema "O espelho partido", de João Cabral de Melo Neto). Morre em 21 de julho de 1973, este escritor que ocupou a cadeira número nove da Academia Brasileira de Letras.

Declarou certa vez, quando perguntado sobre sua atividade profissional: "Nunca quis ser mais do que escritor. Mas, por causa desta falha, fui obrigado a fazer um pouco de tudo – desgastamento que ao fim da vida me permitiu ser só e realmente escritor".

Desse escritor carioca da gema, que disse "só compreendo viver no Rio, apesar da falta d'água, dos prefeitos, de tudo... Conheço o Rio como conheço meu coração. (...) Não moro em Vila Isabel para ter saudades", ou ainda ser seu orgulho secreto "ter nascido em Vila Isabel", escreveu Drummond, na crônica "Sarcasmo e ternura" (*Jornal do Brasil*, 30 ago. 1973):

"Era um diabo miudinho, de língua solta e coração escondido. (...) Desempenhou funções comuns, numa existência comum, a que só o amor às letras e às artes dava relevo, mas extraiu de tudo saborosa experiência humana. (...) Tal como outros, cumpriu obrigações a que não se destinava, afastando com isso oportunidades de ser totalmente ele mesmo. Reagia pela sátira: sua defesa, mais que outra coisa. Sem esquecer a ternura pelos velhos amigos e pelas criaturas do povo, anônimas e presentes em sua paisagem literária".

BIBLIOGRAFIA

a) Marques Rebelo cronista:

Cenas da vida brasileira, suíte n. 1. Rio de Janeiro: Pongetti, 1944. Suítes n. 1 e n. 2. Rio de Janeiro: O Cruzeiro, 1951.

Cortina de ferro (crônicas de viagem). São Paulo: Martins, 1956.

Correio europeu (crônicas de viagem). São Paulo: Martins, 1959.

Conversa do dia. *Última Hora*, Rio de Janeiro, 1952, 1953, 1954.

Conversa da semana. *Última Hora*, Rio de Janeiro, 1954. Suplemento Flan.

b) Marques Rebelo ficcionista:

Oscarina (contos). Rio de Janeiro: Schmidt, 1931.

Três caminhos (contos). Rio de Janeiro: Ariel, 1933.

Oscarina e *Três caminhos*. São Paulo: Martins, 1960. 7. ed., Rio de Janeiro: Edições de Ouro, [s.d].

Marafa (romance). São Paulo: Nacional, 1935. 3. ed. rev. São Paulo: Martins, 1957. 5. ed., Rio de Janeiro: Edições de Ouro, [s.d].

A estrela sobe (romance). Rio de Janeiro: José Olympio, 1939. 4. ed., São Paulo: Martins, 1957. 7. ed., Edições de Ouro, [s.d].

Stela me abriu a porta (contos). Porto Alegre: Globo, 1942.
O espelho partido (ciclo de romances). São Paulo: Martins.
    Tomo I: *O trapicheiro*, 1959. 2. ed., Rio de Janeiro: Nova Fronteira, 1984.
    Tomo II: *A mudança*, 1963. 2. ed., Rio de Janeiro: Nova Fronteira, 1984.
    Tomo III: *A guerra está em nós*, 1968. 2. ed. Rio de Janeiro: Nova Fronteira, 1984.
O simples coronel Madureira (novela). Rio de Janeiro: Biblioteca Universal Popular, 1967.
Vejo a lua no céu. Rio de Janeiro: Fontana, 1973.

c) Literatura infantil

A casa das três rolinhas (em colaboração com Arnaldo Tabaiá). Porto Alegre: Globo, 1939.
Aventuras de Barrigudinho (em colaboração com Arnaldo Tabaiá). Rio de Janeiro: Pongetti, 1942.
Pequena história de amor (em colaboração com Arnaldo Tabaiá). Rio de Janeiro: Ed. Criança, 1942.

d) Outras publicações

Rua Alegre, 12 (teatro). Curitiba: Guairá, 1940.
Vida e obra de Manuel Antônio de Almeida. Rio de Janeiro: Ministério de Educação e Saúde / Instituto Nacional do Livro, 1943. 2. ed, refundida, São Paulo: Martins, 1963.
Rio (texto do álbum fotográfico). Rio de Janeiro: Agência Jornalística IMAGE, 1970.
O Rio de Janeiro do bota-abaixo (fotografias de Augusto Malta, textos de Marques Rebelo e Antonio Bulhões). Rio de Janeiro: Salamandra, 1997.
Discursos de posse e de recepção (em colaboração com Aurélio Buarque de Holanda). Separata do v. 12 de

Discursos Acadêmicos, tomo VII. Rio de Janeiro: Academia Brasileira de Letras [s.d].

Discursos na Academia (em colaboração com Francisco de Assis Barbosa). Rio de Janeiro: José Olympio, 1971.

Encontro na Academia (em colaboração com Herberto Sales). Rio de Janeiro: O Cruzeiro, 1972.

BIBLIOGRAFIA BÁSICA SOBRE MARQUES REBELO

ANDRADE, Mário. A estrela sobe. In: *O empalhador de passarinho*. 3. ed. São Paulo: Martins; Brasília: INL, 1972.

_____. Oscarina. In: *Táxi e crônicas do Diário de Notícias*. (estabelecimento de texto, introd. e notas de Telê Porto Ancona Lopes). São Paulo: Duas Cidades: Secretaria Cult. Ciência e Tecnologia, 1976.

ANTELO, Raúl. As máscaras de Rebelo. In: *Literatura em revista*. São Paulo: Ática, 1984.

ATHAYDE, Tristão de. *Estudos*: quinta série. Rio de Janeiro: Civilização Brasileira, 1935.

BOSI, Alfredo. *História concisa da literatura brasileira*. São Paulo: Cultrix, 1970.

FILHO, Adonias. *Modernos ficcionistas brasileiros*. Rio de Janeiro: O Cruzeiro, 1958.

GOMES, Renato Cordeiro. O Rio no espelho partido. In: *Todas as cidades, a cidade*. Rio de Janeiro: Rocco, 1994.

_____. Os bairros de Marques Rebelo, a cidade. In: RESENDE, Beatriz (Org.). *Cronistas do Rio*. Rio de Janeiro: José Olympio: CCBB, 1995.

HOUAISS, Antônio. *Crítica avulsa*. Salvador: Livraria Progresso, 1960.

LINS, Álvaro. E uma saga do Rio de Janeiro em termos de província-nação. In: *Os mortos de sobrecasaca*. Rio de Janeiro: Civilização Brasileira, 1963.

PAES, José Paulo; MOISÉS, Massaud. *Pequeno dicionário de literatura brasileira*. São Paulo: Cultrix, 1967.

PÉREZ, Renard. *Escritores brasileiros contemporâneos*. Rio de Janeiro: José Olympio, 1971.

PROENÇA, M. Cavalcanti. *Estudos literários*. Rio de Janeiro: José Olympio, 1971.

PROENÇA, Ivan Cavalcanti. Marques Rebelo – cantor das gentes cariocas. In: REBELO, Marques. *Seleta* (Org., estudo e notas Ivan Cavalcanti Proença). Rio de Janeiro: José Olympio; Brasília: INL, 1974.

RODRIGUES FILHO, Nelson. O Rio de Marques Rebelo. *Revista Tempo Brasileiro*: Cidades, ficções, n. 85, abr./jun. 1986.

TRIGO, Luciano. *Marques Rebelo*: mosaico de um escritor. Rio de Janeiro: Relume-Dumará: Prefeitura, 1996 (Perfis do Rio).

ÍNDICE

Marques Rebelo, cronista de uma cidade 7

CRÔNICAS

SUÍTE CARIOCA

Fúria urbanística 23
A expansão não pára 25
Vila Isabel (a fundação) 28
Vila Isabel (eu também sou da Vila) 33
Lapa 36
Paraíso carioca 39
São Cristóvão 41
Céu no chão 44
Cidade do Méier 46
Jacarepaguá 49
Cosme Velho 52
Copacabana 54

CENAS DA VIDA CARIOCA

1933 59
1934 65

1943 71
1952 75
1953 80

CONVERSA DO DIA

Novamente 85
Natal 87
Memória do Natal 89
Querida Nanci 91
Carta achada no bonde 93
A mesma música 95
A volta 97
Fim de semana 99
A respeito de loucos 101
Notas paraenses 103
Ano Novo 105

CONVERSA DA SEMANA

Novo Ano 109
Na praia 111
Pedaços da noite 113
Páginas das páginas 115
Para a mesma morte a mesma palavra 117
Das fugas 119
Fumando espero 121
Espera no Galeão 123

VIAGEM SENTIMENTAL A MINAS GERAIS

Januária 127
Cataguases 138
Laranjal 148
Itajubá 149
Belo Horizonte (1942) 166
Ouro Preto 179
Belo Horizonte (1945) 183
Barbacena 185

CENAS DA VIDA BRASILEIRA: OUTRAS CIDADES

São Paulo 217
Vitória 221
Salvador 225
Recife 233
Florianópolis 245

IMPRESSÕES E COMOÇÃO: FUTEBOL, CANÇÃO, VIAGEM

Poema de um coração rubro 251
Carmem Miranda: corpo que era baile e canção 255
Impressões da Suécia 257
Cacos de um espelho partido: biografia de Marques Rebelo 265

Bibliografia 275
Bibliografia básica sobre Marques Rebelo 279

COLEÇÃO MELHORES CONTOS

ANÍBAL MACHADO
Seleção e prefácio de Antonio Dimas

LYGIA FAGUNDES TELLES
Seleção e prefácio de Eduardo Portella

BRENO ACCIOLY
Seleção e prefácio de Ricardo Ramos

MARQUES REBELO
Seleção e prefácio de Ary Quintella

MOACYR SCLIAR
Seleção e prefácio de Regina Zilbermann

MACHADO DE ASSIS
Seleção e prefácio de Domício Proença Filho

HERBERTO SALES
Seleção e prefácio de Judith Grossmann

RUBEM BRAGA
Seleção e prefácio de Davi Arrigucci Jr.

LIMA BARRETO
Seleção e prefácio de Francisco de Assis Barbosa

JOÃO ANTÔNIO
Seleção e prefácio de Antônio Hohlfeldt

EÇA DE QUEIRÓS
Seleção e prefácio de Herberto Sales

MÁRIO DE ANDRADE
Seleção e prefácio de Telê Ancona Lopez

LUIZ VILELA
Seleção e prefácio de Wilson Martins

J. J. VEIGA
Seleção e prefácio de J. Aderaldo Castello

JOÃO DO RIO
Seleção e prefácio de Helena Parente Cunha

IGNÁCIO DE LOYOLA BRANDÃO
Seleção e prefácio de Deonísio da Silva

LÊDO IVO
Seleção e prefácio de Afrânio Coutinho

RICARDO RAMOS
Seleção e prefácio de Bella Jozef

MARCOS REY
Seleção e prefácio de Fábio Lucas

SIMÕES LOPES NETO
Seleção e prefácio de Dionísio Toledo

HERMILO BORBA FILHO
Seleção e prefácio de Silvio Roberto de Oliveira

BERNARDO ÉLIS
Seleção e prefácio de Gilberto Mendonça Teles

AUTRAN DOURADO
Seleção e prefácio de João Luiz Lafetá

JOEL SILVEIRA
Seleção e prefácio de Lêdo Ivo

JOÃO ALPHONSUS
Seleção e prefácio de Afonso Henriques Neto

ARTUR AZEVEDO
Seleção e prefácio de Antonio Martins de Araújo

RIBEIRO COUTO
Seleção e prefácio de Alberto Venancio Filho

OSMAN LINS
Seleção e prefácio de Sandra Nitrini

ORÍGENES LESSA
Seleção e prefácio de Glória Pondé

DOMINGOS PELLEGRINI
Seleção e prefácio de Miguel Sanches Neto

CAIO FERNANDO ABREU
Seleção e prefácio de Marcelo Secron Bessa

EDLA VAN STEEN
Seleção e prefácio de Antonio Carlos Secchin

FAUSTO WOLFF
Seleção e prefácio de André Seffrin

AURÉLIO BUARQUE DE HOLANDA
Seleção e prefácio de Luciano Rosa

ALUÍSIO AZEVEDO
Seleção e prefácio de Ubiratan Machado

ARY QUINTELLA*
Seleção e prefácio de Mônica Rector

*PRELO**

COLEÇÃO MELHORES POEMAS

Castro Alves
Seleção e prefácio de Lêdo Ivo

Lêdo Ivo
Seleção e prefácio de Sergio Alves Peixoto

Ferreira Gullar
Seleção e prefácio de Alfredo Bosi

Mario Quintana
Seleção e prefácio de Fausto Cunha

Carlos Pena Filho
Seleção e prefácio de Edilberto Coutinho

Tomás Antônio Gonzaga
Seleção e prefácio de Alexandre Eulalio

Manuel Bandeira
Seleção e prefácio de Francisco de Assis Barbosa

Cecília Meireles
Seleção e prefácio de Maria Fernanda

Carlos Nejar
Seleção e prefácio de Léo Gilson Ribeiro

Luís de Camões
Seleção e prefácio de Leodegário A. de Azevedo Filho

Gregório de Matos
Seleção e prefácio de Darcy Damasceno

Álvares de Azevedo
Seleção e prefácio de Antonio Candido

Mário Faustino
Seleção e prefácio de Benedito Nunes

Alphonsus de Guimaraens
Seleção e prefácio de Alphonsus de Guimaraens Filho

Olavo Bilac
Seleção e prefácio de Marisa Lajolo

João Cabral de Melo Neto
Seleção e prefácio de Antonio Carlos Secchin

Fernando Pessoa
Seleção e prefácio de Teresa Rita Lopes

Augusto dos Anjos
Seleção e prefácio de José Paulo Paes

Bocage
Seleção e prefácio de Cleonice Berardinelli

Mário de Andrade
Seleção e prefácio de Gilda de Mello e Souza

Paulo Mendes Campos
Seleção e prefácio de Guilhermino César

Luís Delfino
Seleção e prefácio de Lauro Junkes

Gonçalves Dias
Seleção e prefácio de José Carlos Garbuglio

Affonso Romano de Sant'Anna
Seleção e prefácio de Donaldo Schüler

Haroldo de Campos
Seleção e prefácio de Inês Oseki-Dépré

Gilberto Mendonça Teles
Seleção e prefácio de Luiz Busatto

Guilherme de Almeida
Seleção e prefácio de Carlos Vogt

Jorge de Lima
Seleção e prefácio de Gilberto Mendonça Teles

Casimiro de Abreu
Seleção e prefácio de Rubem Braga

Murilo Mendes
Seleção e prefácio de Luciana Stegagno Picchio

Paulo Leminski
Seleção e prefácio de Fred Góes e Álvaro Marins

Raimundo Correia
Seleção e prefácio de Telenia Hill

Cruz e Sousa
Seleção e prefácio de Flávio Aguiar

Dante Milano
Seleção e prefácio de Ivan Junqueira

José Paulo Paes
Seleção e prefácio de Davi Arrigucci Jr.

Cláudio Manuel da Costa
Seleção e prefácio de Francisco Iglésias

Machado de Assis
Seleção e prefácio de Alexei Bueno

Henriqueta Lisboa
Seleção e prefácio de Fábio Lucas

Augusto Meyer
Seleção e prefácio de Tania Franco Carvalhal

Ribeiro Couto
Seleção e prefácio de José Almino

Raul de Leoni
Seleção e prefácio de Pedro Lyra

Alvarenga Peixoto
Seleção e prefácio de Antonio Arnoni Prado

Cassiano Ricardo
Seleção e prefácio de Luiza Franco Moreira

Bueno de Rivera
Seleção e prefácio de Affonso Romano de Sant'Anna

Ivan Junqueira
Seleção e prefácio de Ricardo Thomé

Cora Coralina
Seleção e prefácio de Darcy França Denófrio

Antero de Quental
Seleção e prefácio de Benjamin Abdalla Junior

Nauro Machado
Seleção e prefácio de Hildeberto Barbosa Filho

Fagundes Varela
Seleção e prefácio de Antonio Carlos Secchin

Cesário Verde
Seleção e prefácio de Leyla Perrone-Moisés

Florbela Espanca
Seleção e prefácio de Zina Bellodi

Vicente de Carvalho
Seleção e prefácio de Cláudio Murilo Leal

Patativa do Assaré
Seleção e prefácio de Cláudio Portella

Alberto da Costa e Silva
Seleção e prefácio de André Seffrin

Alberto de Oliveira
Seleção e prefácio de Sânzio de Azevedo

Walmir Ayala
Seleção e prefácio de Marco Lucchesi

Alphonsus de Guimaraens Filho
Seleção e prefácio de Afonso Henriques Neto

*Armando Freitas Filho**
Seleção e prefácio de Heloísa Buarque de Hollanda

*Álvaro Alves de Faria**
Seleção e prefácio de Carlos Felipe Moisés

*Mário de Sá-Carneiro**
Seleção e prefácio de Lucila Nogueira

*Sousândrade**
Seleção e prefácio de Adriano Espínola

*Luiz de Miranda**
Seleção e prefácio de Regina Zilbermann

*PRELO**